光文社古典新訳文庫

カーミラ　レ・ファニュ傑作選

レ・ファニュ

南條竹則訳

kobunsha classics

光文社

Title : CARMILA
1872
Author : J.Sheridan Le Fanu

目次

カーミラ

レ・ファニュ傑作選

シャルケン画伯

「何となれば、彼は我の如く人にあらざれば我ら倶《とも》に来ることかなわず、我ら二人に手を置き得る者もあらず。されば、彼をしてその杖を我より取り離し、彼への恐れもて我を脅やかすことなからしめよ[1]」

シャルケンの優れた作品が一枚、今も良い状態で残っている。彼の描いたものはたいていそうだが、光線の面白い処理がこの絵の主たる外見上の長所である。外見上のと言ったのは、絵の真価は画題にあり、いかに精妙であれ、その筆遣いにあるのではないからだ。この絵には、どこか古い宗教的建築の一室とおぼしきものの内部が描かれ、一種の白い長衣をまとった婦人の姿が手前の方を占めている。その服は一部分が面紗《ヴェール》となるようにこしらえてあるが、いかなる修道会の服でもない。婦人は手にランプを持ち、それだけが彼女の姿と顔を照らしている。その顔は悪ふざけをしている可愛い女性のような、ひどくいたずらっぽい笑みを浮かべている。背景は真っ暗闇だが、ただ一箇所、消えなんとする炉火のほのかな赤い光があって、傍に立つ一人の男の輪郭を示している。男は古いフランダース風の服を着て警戒の姿勢をとり、剣の柄《つか》に手をかけて、引き抜こうとしているかに見える。

ある種の絵は、なぜか人にこう確信させるものだ――ここに描かれているのは画家の想像裡を漂って通り過ぎた、単なる観念的な姿形や配合ではなく、実在した場面や、顔や、状況なのだと。この奇妙な絵にも、現実を描いたものだと思わせる何かがある。そして、事実そうなのだ。この絵はある特異な謎めいた出来事を忠実に記録しており、構図の中でもっとも目立つ場所を占める婦人の顔に、ローゼ・フェルダーカウトの正確な肖像を留《とど》めているからである。この女性はヘラルト・ダウの姪で、ゴットフリート・シャルケンの最初の、そして私が信ずるには唯一の恋人だった。私の曽祖父は画家を良く知っていて、シャルケン本人からこの絵の恐ろしい由緒《いわれ》を聞き、最後に絵そのものを遺産として譲《ゆず》りうけたのだった。物語と絵は現在わが家の宝物となっ

1　欽定訳聖書「ヨブ記」第九章第三十二～三十四節からの不正確な引用。

ているが、後者を詳しく説明したので、よろしければ、絵と共に伝わる言い伝えもお話しするとしよう。

野暮で無骨なシャルケンの姿ほど、恋物語《ロマンス》という外套が似合わぬものはまずないだろう。彼は丸出しの田舎者だったが、いとも巧みな油絵画家で、その作品が今日《こんにち》の批評家を喜ばせるのと同じくらいに、彼の態度振舞いは当時の洗練された人々に毛嫌いされた。だが、この男、名声を享受しながら何とも粗野で、強情で、だらしない身形《みなり》をしていたこの男も、無名だがもっと幸福《しあわせ》だった時代には、謎と熱情の数奇な物語の主人公を演じたことがあるのだ。

不滅の巨匠ヘラルト・ダウの下で画業を学んでいた頃、シャルケンはまだうんと若く、鈍重な気性であったが、裕福な師の美しい姪にたちまちぞっこん惚れ込んでしまった。ローゼ・フェルダーカウストはシャルケンよりもさらに若く、十七歳にもなっていなかったが、言い伝えが本当なら、綺麗な明るい色の髪をしたフランダース乙女の、たおやかで愛くるしい魅力をすべて具《そな》えていた。若い画家は心底から、熱に浮かされたように恋をした。彼の率直な崇拝は報いられた。彼は堂々と愛を宣言して、お返しにためらいがちな告白を得た。彼こそはキリスト教世界のうちでもっとも幸福な、誇り高い画家であった。しかし、彼の得意な心を打ち挫《くじ》くのは、自分が貧しく、名も揚げていないことだった。彼はヘラルト老に、可愛い姪御さんをくださいと言い出せなかったのである。その前に、まず名声と相応の財産を手に入れなければならなかった。

されば、彼の前には多くの恐るべき不確実さと寒々《さむざむ》した日々があり、厳しい逆境に立ち向かって道を切り開かねばならなかった。愛《いと》しいローゼ・フェルダーカウストの心を得たからには、戦いは半ば勝利を収めたのだ。彼が以前に倍して画業に励んだことは言うまでもなく、彼の名声が長続きしていることは、勤勉に対して成功という報いがなくはなかったことを証明している。

しかし、こうした労苦も、またもっと悪いことに、それを励まし慰めてくれた希望も、突然中断される運命にあった――そのいきさつは何とも奇怪で謎めいていたため、調べても何一つわからず、出来事自体に超自然的な恐怖の影を投げかけた。

シャルケンはある晩、他の弟子がみんな帰ってしまったあとも居残り、人のいない部屋で製作を続けていた。陽射しが急に弱まって来たので、絵具をわきへ除《の》けて、素描の完成に取りかかった。彼はその絵に並外れた苦しみを表現していた。それは宗教画で、太鼓腹の聖アントニウスの誘惑を描いていた。若い画家は、まだ未熟であったとはいえ、己が作品に満足しないだけの眼識は持っていたから、聖者と悪魔は辛抱強く何度も消され、描き直されたが、駄目だった。広い古風な部屋は静かで、ふだんそこにいる人間はシャルケンのほかに誰もいなかった。こうして一時間が過ぎ、二時間近く経ったが、絵は一向に良くならなかった。陽はすでに傾き、薄明は夜の闇に変わりつつあった。若い画家も忍耐が尽きて、未完成の作品の前に立ちながら、怒り、煩悶し、片手を長い髪の中に埋《うず》め、もう片方の手は、つとめを巧く果たさなかった木炭の欠片《かけら》を持って、それをゆったりしたフランダース風のズボンに苛立たしげに押しつけていた。ズボンに黒い縞がつくのもかまわなかった。「こんな画題は呪われろ！」と若者は声に出して言った。「こんな絵は呪われろ、悪魔も聖者も――」

この時、フフンと鼻息の音がすぐそばから聞こえたので、画家はさっとふり返り、自分の苦心する様子を見知らぬ人間が覗き見ていることに初めて気づいた。彼の背後《うしろ》の、一ヤード半と離れていないところに、外套と鍔広《つばびろ》のとんがり帽子を身につけた年輩の男が立っていたのである。厚い長手袋に護られた手に長い黒檀のステッキを握っており、そのステッキには、薄明かりの中でぼんやり光っていることからすると、大きな黄金《きん》の握りらしい物がついていた。男の胸にも、外套の襞《ひだ》の中に、同じ金属の贅沢な鎖が光っていた。部屋が暗かったので、男の外見についてそれ以上のことは確かめられなかったし、帽子がその顔を深い影に隠していた。侵入者の年齢を推測するのは容易でなかったが、この陰気な帽子の下からはみ出している黒髪の多さといい、背筋のシャンとした揺るぎない姿勢といい、六十の坂をあまり越してはいないと思われた。この人物の扮装《いでたち》には重々しく勿体《もったい》ぶったところがあり、石のように身じろぎ一つしない姿には、何か言うにいわれぬ奇妙な、いや、恐ろしいと言っても良いものがあった。それが、苛立った画家の口から出かかった刺々《とげとげ》しい言葉を押しとどめたのだった。それで画家は驚きから立ち直ると、見知らぬ男に向かってお坐り下さいと慇懃《いんぎん》に言い、師匠に何か言伝《ことづて》でもおありでしょうかとたずねた。

「ヘラルト・ダウに言ってくれ」未知の男はいささかも姿勢を変えずに言った。「ロッテルダムのファンダーハウゼン氏が明日の午後、この時刻に、よろしければこの部屋で、大事な用件について話したがっていると。それだけだ」

見知らぬ男は言伝を言い終えると、いきなりうしろを向いて、足早に、しかし音も立てずに部屋を去った。シャルケンは一言の返事をする暇もなかった。若者はロッテルダムの市民がアトリエを出てから、どちらの方角へ行くかに好奇心をおぼえたので、すぐさま玄関口を見下ろせる窓に寄った。画家のいた部屋の内扉と街路に面した入口との間にはかなり長い広廊下があったから、シャルケンは老人がまだ街路へ出るはずのないうちに、見張り場所に陣取った。ところが、見張っていても誰も出て来なかった。ほかに出口はなかった。おかしな老人は消えてしまったのだろうか？　それとも何か良からぬ目的があって、廊下の隅にでも隠れているのだろうか？　この最後の考えはシャルケンの心を漠然たる不安に満たし、どういうわけかその不安がひどくつのって来て、部屋に独りでいるのが怖くなると同時に、広廊下を渡るのも厭《いや》になった。だが、大袈裟なほどの努力をして、部屋を出るのだと覚悟を決め、扉に錠をさして鍵をポケットに突っ込むと、ついさっきまで謎の訪問客がいて、ことによるとまだいるかもしれない通廊を脇目もふらずに突っ切った。外の街路に出るまでは、ろくに息もつかなかった。

「ファンダーハウゼン氏だと！」約束の刻限が近づくと、ヘラルト・ダウは胸の内で思った。「ロッテルダムのファンダーハウゼン氏だと！　そんな名前は昨日まで聞いたこともなかった。一体、わしに何の用があるんじゃろう？　肖像画を描けというのかもしれんな。それとも、貧しい親類を弟子にしてもらいたいのか。それとも蒐集品を値踏みしてもらいたいのか。それとも――いやいや！　ロッテルダムには、わしに遺産をのこす人間などおらん。まあ、どういう用件にしろ、もうじきすべてがわかるはずだ」

もう夕暮れで、この日もシャルケン以外、画架の前に立つ者はいなくなった。ヘラルト・ダウは待ち遠しく落ち着かぬ足取りで部屋を歩きまわり、時には立ちどまって、その場にいない弟子の作品に一瞥《いちべつ》をくれたが、それよりも頻繁に窓のそばへ寄った。そこからは彼のアトリエがある細い裏路を縫って行く通行人を観察することができた。

「ゴットフリート、おまえの話では」ダウはその見張りの場所から長い間甲斐《かい》なく見つめていたあと、シャルケンの方を向いて言った。「その男が指定した刻限は、市庁舎の時計で七時頃だったね？」

「最初にあの方を見た時、ちょうど七時を打ったところでした」と弟子は答えた。

「ならば、もうじきじゃ」師匠はオレンジのように丸い大きな測時器《とけい》を見て、言った。「ロッテルダムのファンダーハウゼン氏――そうだったな？」

「そういう名前でした」

「年輩の男で、贅沢な服を着ていたのだな?」ダウは考えに耽るように、言葉を続けた。

「僕の見た限りでは」と弟子はこたえた。「若くもありませんが、かといって非常な高齢とも思えません。服装は贅沢で地味な、裕福で地位のある市民にふさわしいものでした」

この時、市庁舎の時計の高らかな音が一打また一打と響き渡って、七時を告げた。師と弟子と二人の眼は扉に向けられた。鐘の最後の音の余韻が静まると、ようやくダウは大声で言った——

「よしよし。もうじき閣下がお出ましになるじゃろう。約束の時間を守るつもりならな。さもなければ、ゴットフリート、おまえは待っているがよい。そいつと近づきになりたければな。だが、とどのつまり、ファンカルプか誰かおどけ者の仕掛けた狂言だったとしたら、どうじゃ? おまえ、思いきって市長殿をぶちのめしてやれば良かったのになあ。ライン白葡萄酒を一ダース賭けてもいいが、閣下はたちまち仮面を脱いで、古馴染みなんだから赦《ゆる》してくれと言ったことじゃろうに」

「そら、来ましたよ、先生」シャルケンが低い警告する調子で言った。すぐさま扉の方をふり向いたヘラルト・ダウは、前日弟子のシャルケンにいとも唐突な挨拶をした人物を見た。

その人物の様子には、仮装などではなく、本当に高貴な人物がそこにいるのだと納得させるものがあったので、画家はためらわずに帽子を取り、見知らぬ男に恭《うやうや》しくお辞儀をすると、どうぞお掛け下さいと言った。訪問客は、堅苦しい礼儀は抜きにしましょうとばかりに軽く手を振ったが、立ったままだった。

「御尊顔を拝する光栄を賜りましたのは、ロッテルダムのファンダーハウゼン様でございますな?」とヘラルト・ダウはたずねた。

「さよう」訪問者は素っ気なく答えた。

「私にお話があるそうですな」とダウはつづけた。「それでお約束に従い、ここで閣下の御命令を待っているのです」

「あれは信用できる男か?」ファンダーハウゼンは師のうしろに少し離れて立っているシャルケンの方を向いて、言った。

「はい」とヘラルトはこたえた。

「それなら、あの男にこの箱を持たせて、近くの宝石商か金細工人のところへ行かせなさい。中身を値踏みしてもらって、査定証明書を持ち帰らせるのだ」

男はそう言うと同時に、縦横九インチ程の小匣《こばこ》をヘラルト・ダウの手に握らせた。ヘラルトはそれを渡された奇妙な唐突さもさることながら、匣の重さにびっくりした。男の願い通り、それをシャルケンに手渡し、男の言った指示を繰り返して、使いにやった。

シャルケンは貴重な預かり物を外套の下にしっかりしまうと、狭い街路を二つ三つ素早く渡り、角の建物の前で立ちどまった。その建物の一階には当時ユダヤ人の金細工人の店があった。シャルケンは店に入り、小柄なヘブライ人を奥まった薄暗いところへ呼ぶと、相手の目の前にファンダーハウゼンの小匣を置いた。ランプの明かりで調べてみると、匣は全体を鉛で包まれているようだったが、その表面は大分汚れ、引っ掻き傷がついていたうえ、古いので白っぽくなっていた。これを一部分取り除くと、下に硬い木の匣があらわれた。それも力ずくでこじ開けて、二、三重に折り畳んだリネンの布を取り去ると、中には金塊がびっしりと詰め込んであり、ユダヤ人が断言するには、非の打ちどころのない純良なものであった。金塊はすべて小柄なユダヤ人の精査をうけたが、彼は輝く金属の小塊に触れて試験することに享楽家の歓喜《よろこび》を感じているらしく、一つ一つを匣に戻すたびに、こう叫んだ。「神《マイン・ゴット》よ、何という非の打ちどころのないものだろう！　これっぽっちも混ざり物がない——美しい、美しい！」鑑定はようやく終わり、金塊の価値は数千ライクスダルダー[2]を下らぬとユダヤ人は言下に保証した。シャルケンは望みの書類をポケットに入れ、高価な黄金の匣を注意深くわきに抱え、外套に隠して、引き返した。アトリエへ入ると、師と例の男が密談中だった。じつは、言いつけられた用事を果たしにシャルケンが部屋を出て行くとすぐ、ファンダーハウゼンは次のような言葉でヘラルト・ダウに話しかけたのである——

「今宵はほんの数分しかここにおられぬので、参上した用向きを手短かに申しましょう。あなたは四カ月程前にロッテルダムの町へ行かれましたが、その際、聖ラウレンス教会で姪御さん、ローゼ・フェルダーカウスト嬢のお姿を見たのです。私は姪御さ

2　原語は rix-dollars。十六世紀から十九世紀中頃までオランダ、ドイツ、スウェーデン、デンマークなどで使われた銀貨。価は約一ドル相当。オランダ語 rijksdaalder の発音により表記する。

んと結婚したい。それで、もし姪御さんのために望み得るいかなる夫よりも裕福だということで御満足いただけるなら、求婚をあなたの権威によって後押ししてもらいたいのです。私の申し出を御承知下さるなら、今ここで決めていただかねばなりません。ゆっくり考えるなどといって先延ばしされるのを待っていられませんのでな」

ヘラルト・ダウはファンダーハウゼン氏の話の趣にいたく驚かされたが、それを気《け》ぶりには出さなかった。慎重さと礼儀から来る動機に加えて、画家はこの奇矯な男の前に立っていると、一種の寒気《さむけ》と圧迫を感じたからだ。人はそれと知らないうちに、生来反感をおぼえる対象の近くに置かれると、そんな気持ちになると言われている——いわく言い難いが圧倒的な感覚である。だから、たとえ道理にかなっていても、相手を怒らせるようなことは言いたくなかったのだ。

「あなたがお申し出になる縁組は」ヘラルトは二、三度咳払いをしてから言った。「姪にとり、有利で光栄なものであることに疑いは持ちません。しかし、彼女《あれ》にもあれの意志がございまして、我々が良かれと思ってお膳立てすることに従わないかもしれませぬ。そのことを、どうかお忘れ下さいませぬよう」

「私を騙そうとするのはやめなさい、画家殿」とファンダーハウゼンは言った。「あなたは彼女の保護者であり――彼女はあなたの被後見人です――もしあなたがそうしたければ、姪御さんは私のものなのだ」

ロッテルダムの男は話しながら少し前へ進み出、ヘラルト・ダウは、なぜかわからなかったが、シャルケンが早く帰って来ることを心の中で祈った。

「私は」と謎めいた紳士は言った。「私の富の証明と、姪御さんを好条件で迎える保証を、今すぐあなたの手に渡したいのです。あの若者はもう一、二分すれば戻って来るでしょう――姪御さんが夫に期待する権利のある財産の五倍の値打ちがある大金を持って。それを姪御さんの持参金と合わせてお手元にお持ちいただきたい。両方とも、一番彼女のためになるように使って下さって構いません。その金は彼女の存命中、彼女ただ一人のものとしましょう。良い条件ではありませんか？」

ダウはうなずき、運命が姪に対して並外れて優しかったことを内心認めた。この人物は、と彼は思った。金持ちである上に気前が良く、このような申し出は、たとえ変人で、あまり魅力のない人間がしたものであっても軽んじるべきではない。ローゼはさして高望みができる立場ではなかった。持参金はわずかしかなく、それもすべて叔父が気前良く用意したものだったし、生まれを理由に別扱いを求める権利もなかった。

名門の出というには程遠かったからだ。ほかの難点についていえば、そんなものは一瞬たりと顧慮するべきではない、とヘラルトは決断した――実際、この時代の慣習により、決断する資格があったのである。

「あなた」と彼は見知らぬ男に向かって言った。「お申し出は御寛大なもので、即決に躊躇をおぼえるとすれば、それはひとえに、あなたの御家族や御身分について何も存じ上げる光栄を持たないからです。こうした点について私を満足させることは、むろん、たやすくおできになるでしょうな?」

「賤しい身分でないことは」男は素っ気なく言った。「さしあたり、認めていただかねばなりません。あれこれと質問して悩ませないで下さい。私が知らせようと思ったこと以外には、何もお知りになることはできません。私の身分については十分な保証を差し出しましょう――あなたがもし名誉を重んずる人間なら、私の言葉を。もし下種《げす》なら、私の黄金を」

「気の短い老人だな」とダウは思った。「思い通りにしないと気が済まんのだな。しかし、いろいろ考えると、この申し出を断わるのはよろしくない。とはいえ、不必要に誓約を立てるのは控えよう」

「あなたは必要がなければ誓約しないでしょうが」奇妙なことに、ファンダーハウゼンは相手の心にたった今浮かんだ言葉を、そのまま口に出した。「もし必要とあらば誓約なさるでしょうな。私はそれが不可欠だと考えていることを示しましょう。もしあなたの手に残してゆく黄金に満足されるなら、そしてこの申し出をただちに撤回することを望まれないなら、私がこの部屋を出て行く前に、この約束書にお名前を書いて下さい」

そう言うと、絵師の手に一枚の紙を渡した。その内容はヘラルト・ダウが交わした約束を記しており、その日付より一週間以内に、ローゼ・フェルダーカウストをロッテルダムのウィルケン・ファンダーハウゼンに娶《めと》らせるというものだった。画家が部屋の遠くの壁に掛かって揺らめいているランプの明かりでこの契約書を見ているうちに、先に述べた通り、シャルケンがアトリエに入って来て、小匣とユダヤ人の鑑定書を見知らぬ男の手に渡し、部屋から出ようとした。それをファンダーハウゼンが呼びとめた。彼は匣と証明書をヘラルト・ダウに差し出し、ヘラルトが両者をあらためて、自分の手中に残された担保品の価値について納得するのを黙って待った。しまいに彼は言った――

「御満足なさいましたか？」

画家はもう一日だけ考えさせてもらいたいと言った。

「一時間でも駄目です」求婚者は冷淡に言った。

「わかりました。それでは」ダウはひどく苦しげに言った。「私は満足しました。お約束いたしました」

「では、さっそく署名していただこう」とファンダーハウゼンは言った。「私はもうくたびれてしまいましたからな」

と同時に、彼は筆記用具の入った小さい箱を取り出し、ヘラルトは重要な書類に署名した。

「この若者を契約の証人にしましょう」と老人は言った。かくしてゴットフリート・シャルケンはそれと知らずに、恋しいローゼ・フェルダーカウストを自分から永遠に奪う書類の証人となったのである。

契約が結ばれると、訪問客は紙を巻いて、内ポケットに大切におさめた。

「私は明晩九時にあなたの家を訪ねて、ヘラルト・ダウよ、婚約の相手に会います」

ウィルケン・ファンダーハウゼンはそう言うと、ぎこちなく、だが素早く部屋から出て行った。

シャルケンは昨日からの疑問を解消したくて、街路側の入口を見張ってやろうと窓辺に寄ったが、それは彼の疑いを裏づけるだけだった。老人は扉から出て来なかったのだ。これは本当に稀代《きたい》で妙な、いや恐ろしいことだった。彼と師匠は一緒に帰ったが、道々ほとんど口を利かなかった。どちらにも熟考し、心配し、望むことがあったからである。しかし、シャルケンは己の一番大事な計画を脅やかす禍《わざわい》のことを知らなかった。

ヘラルト・ダウは弟子と姪の間に芽生えた愛情について何も知らなかったし、たとえ知っていたとしても、その存在をファンダーハウゼン氏の願いに対する重大な障《しょう》碍《がい》と見なしたかどうかは疑わしい。当時この土地では、結婚とは取引と打算の問題だったから、この種の約定に於いて互いの愛情を不可欠の要素とすることは、後見人の目から見ると、証文や受け取りを物語《ロマンス》の言葉で書くのと同じように馬鹿馬鹿しく映っただろう。

しかしながら、画家は姪のために取った重要な処置を本人に教えなかった。姪が反《はん》撥《ぱつ》すると予想したからではない。ただ、花婿になるのはどんな人かともしも姪がたずねたら、一度も顔を見ていないので、たとえそうしろと言われても、この人だと見分けることはとてもできない――そう白状しなければならないという滑稽な理由からだった。翌日、ヘラルト・ダウは午餐のあとで姪を呼び寄せ、その姿形を満足げにながめると、手を取り、優しく微笑みながら可愛らしい無邪気な顔を見て言った――「ローゼ、わしの娘や、おまえの顔はおまえの幸せとなるだろうよ」ローゼは赤くなってにっこり微笑《わら》った。「こういう美しい顔と気立ての良さがそろっていることはめったにない。もしあったら、その取り合わせは恋の魔法で、逆らえる人間など、まずおらん。きっと、おまえはもうじき花嫁になるぞ。しかし、それは冗談だ。わしは今忙しいから、今夜八時までに広間を整えて、九時に夜食をとれるようにしておくれ。わしの友達が来るのだ。いいかね、綺麗におめかしするのだぞ。わしらが貧乏でだらしないなどと友達に思われたくないからな」

彼はこう言い置いて姪のもとを離れ、弟子たちが製作に励んでいる部屋へ向かった。

夕暮になると、ヘラルトは慰めのない侘《わび》しい下宿に帰ろうとしていたシャルケンを呼び、わしの家に来て、ローゼやファンダーハウゼンと夜食を食べてくれと言った。相手はもちろん招きに応じ、しばらくすると、ヘラルト・ダウと弟子は当時としても古めかしい小綺麗な部屋にいた。そこに見知らぬ客を迎える準備ができていたのである。暖炉には明るい薪《たきぎ》の火が燃え、その一方へ少し寄ったところに、古風なテーブルが火明かりの中で磨きをかけた黄金のように輝いて、今仕度を進めている夜食の時を待っていた。背凭《せもた》れの高い椅子が整然と並べてあったが、その椅子の不格好さは坐り心地の良さによって十分以上に埋め合わされていた。ローゼと叔父と画家から成る小さな集まりは、客の到来を今か今かと待った。ついに九時になると、街路に面した入口に声がかかって、家の者がすみやかに応じ、ゆっくりと、力をこめた足音が階段を上がって来た。足音は重々しく広廊下を渡り、先に述べた人々の集まっている部屋の扉がゆっくり開いて、一人の男が入って来たが、その姿を見ると鈍いオランダ男たちも度肝を抜かれ、ローゼは恐ろしさに悲鳴を上げそうになった。それは身体つきも着ている服も例のファンダーハウゼン氏にほかならず、態度や歩きぶり、身の丈も同じだったが、顔立ちは一同のうちの誰も見たことがないものだった。男は部屋の戸口で立ちどまり、姿形をすっかり露わにした。暗色の布の外套をまとっているが、ゆったりしたその外套は短くて膝までもとどかなかった。脚は濃い紫の絹の靴下につつまれ、靴には同じ色の薔薇の飾りがついていた。外套の前が開いたところに、下に着ている服が見えたが、それは黒っぽい、たぶん真っ黒な生地で出来ており、両手は厚い革の手袋につつまれ、手袋は鎧《よろい》の籠手《こて》のように、手首よりも大分上までを被っていた。片手にステッキと脱いだ帽子を持ち、もう片方の手はわきに重々しく垂れていた。白髪交じりのかなり豊かな髪の毛が長い房となって頭から垂れ下がり、頸をすっかり隠している硬い襞襟《ひだえり》の襞の上に落ちていた。そこまでは良かった。だが、顔は！――顔全体の肌が青ずんだ鉛色をしていたのだ。金属を含む薬を飲みすぎると生じる色だ。眼は濁った白目の部分が不釣合に多すぎて、まるで狂気を宿しているような、何とも名状し難いところがあった。唇は顔よりも色が濃いため黒に近く、顔全体の性格は淫猥《みだら》で悪意に満ち、悪魔的でさえあった。特に目についたのは、この貴人ができるだけ肌を見せないようにして、訪問の間一度も手袋を取らなかったことだった。

ヘラルト・ダウはしばし戸口に立ち尽くしたが、やがて息がつけるようになり、落ち着きも取り戻して、客に歓迎の挨拶をした。すると男は無言で一揖《いちゆう》し、部屋の中へ進み出た。男の動作すべてに何か言うに言われず妙で恐ろしいもの――何か形容し難い、不自然で人間離れしたものがあった。まるで肉体という機械の扱いに慣れぬ霊が手足を操り、動かしているようだった。訪問は三十分を越えず、その間、客人はろくに口を利かなかったし、この家の主人も、精一杯の勇気をふるい起こして、二言三言必要な挨拶とお愛想を言うのがやっとだった。実際、ファンダーハウゼンがいるために一同は恐ろしくて気が張りつめていたから、ほんの小さなきっかけでもあれば、あからさまな恐慌にかられて部屋から逃げ出したろう。だが、かれらにも多少の自制心が残っていたから、訪問客に奇妙な点が二つあることに気づいた。この家にいる間、彼の目蓋は一度も閉じたことがなく、それどころか、ほんの少しも動かなかった。また呼吸によって胸が起伏しなかったため、身体全体に死の如き静かさがあった。この二つは、口で言うと些細《ささい》なことに聞こえるかもしれないが、目で見、観察すると、じつに異様で不愉快な印象を与えた。やがてファンダーハウゼンはライデンの画家の前から立ち去り、三人は街路に面した扉が彼のうしろに閉まる音を聞いて、たいそうホッとしたのである。

「叔父さま」とローゼが言った。「何て厭らしい人なんでしょう！　国中の財産をくれるといわれたって、二度と会いたくありませんわ」

「黙りなさい、愚かな娘や」そう言ったダウの気持ちも愉快とは程遠かった。「人間は悪魔のように醜くとも、心と行いが正しければ、遊歩道を歩いている顔のきれいな、香水をつけた優男《やさおとこ》ども全員に勝るのだ。ローゼや、あの人がきれいな顔をしていないのは本当だが、金持ちで太っ腹であることをわしは知っている。たといあの十倍醜くとも、この二つの長所は見苦しさを帳消しにして、顔の形や色を変えることはできないにしろ、それがあまり気にならないようにしてくれるものだ」

「でもね、叔父さま」とローゼが言った。「あの人が戸口に立っているのを見た時、私、ロッテルダムの聖ラウレンス教会で色塗りの古い木像を見たことが頭から離れませんでしたわ。私はあの木像を見てギョッとしたでしょう」

ヘラルトは苦笑いしたが、内心、巧い喩《たと》えだと認めざるを得なかった。しかし、姪が花婿となる相手の醜さを並べ立てるのは、なるべくやめさせなければなるまい。もっとも、彼女は自分と弟子のゴットフリート・シャルケンを動揺させた、あの男の不思議な怖さを少しも感じていないらしい。これは理解に苦しむが、好都合だと思った。

翌朝早く、町のあちこちから絹物や、天鵞絨《びろうど》や、宝飾品といったローゼへの贈物が届けられた。それと共にヘラルト・ダウ宛の小包が来て、開けてみると、中には正式に作成した結婚契約書が入っていた。ロッテルダム、ボーム埠頭《ふとう》のウィルケン・ファンダーハウゼンとライデンのローゼ・フェルダーカウスト——同じくライデンの画匠ヘラルト・ダウの姪——との結婚である。また、ファンダーハウゼンが花嫁に財産を譲渡する旨の取り決め書も入っていたが、その金は花嫁の後見人が思っていたよりも遥かに巨額であり、しかも、彼女のために使うべく、願ってもない形で保管されることになっていた——金はヘラルト・ダウその人の手に渡されるというのである。

私がつぶさに語るべき感情的な場面はない。後見人の冷酷さも、被後見人の寛大さも、恋人たちの懊悩《おうのう》も、有頂点の歓びもない。私がつくらねばならぬ記録は、貪欲、軽挙、そして無情さの記録である。先にお話しした初顔合わせから一週間と経たぬうちに、結婚の契約は履行され、シャルケンは自分の命をかけても欲しい宝物が、厭《いと》わしい恋敵によって、荘厳華美な式典のうちに奪い去られるのを見た。彼は二、三日画塾に来なかった。それから戻って来て、前ほど陽気にではないにしても、前よりもはるかに固い決意を持って画業に打ち込んだ。恋の刺激が野心の刺激に取って代わられたのだ。数カ月が経ち、期待とは裏腹に、そして両者が直接《じか》に交わした約束にも反して、ヘラルト・ダウは姪についても、尊貴なつれあいについても何一つ消息を聞かなかった。金の利息は四半期ごとに総計して請求されるはずだったが、そのままヘラルトの手に預けられていた。

彼はひどく不安になって来た。ファンダーハウゼン氏のロッテルダムの住所は詳しく聞いておいたから、ややためらったのち、ついにそちらへ出向いて——小旅行で、面倒はかからない——心から愛する姪が無事安楽に暮らしているのをたしかめることにした。ところが、探しても甲斐はなかった。ロッテルダムの人間は、誰もファンダーハウゼン氏の名を聞いたことがなかったのである。ヘラルト・ダウはボーム埠頭の家を一軒一軒虱《しらみ》つぶしにあたってみたが、無駄だった。彼が探している人物について情報を与えることのできる者はおらず、出かけた時と較べて何の収穫もなく、不安が遥かにつのるばかりで、ライデンへ引き返さねばならなかった。

ライデンへ着くと、ファンダーハウゼンがガタガタの馬車——とはいえ時代を考えると一番贅沢な乗り物で、新郎新婦がロッテルダムへ行くのに使った——を雇った立て場へ急いで行った。御者から聞いた話によると、あの日馬車はゆっくりと進み、晩も遅くなってからロッテルダムへ近づいたが、街へ入るにはまだ一マイルほど行かなければならないところで、男たちの一団が道の真ん中に立ちふさがり、馬車が進むのを邪魔した。男たちは地味で古風な服装をし、顎鬚や口髭をピンと尖らしていた。御者は手綱を引いて馬を止めた。時刻も時刻であるし道も寂しいので、何か悪さをするつもりではないかと心配したが、見知らぬ男たちは古めかしい格好の大きな輿《こし》を運んでいたので、懼《おそ》れは幾分薄らいだ。男たちはすぐさま輿を敷石の上に下ろした。すると、花婿が馬車の扉を開けて下りて来て、花嫁が下りるのに手を貸すと、泣きじゃくり、両手を揉み絞っている彼女を輿のところへ連れて行って、二人で乗った。すると、まわりを囲んでいた男たちが輿を担ぎ上げ、街へ向かってすみやかに運んで行ったが、そう遠くまで行かないうちに暗闇にまぎれ、オランダ人の御者には見えなくなった。馬車の中には財布が置いてあり、乗物と人の雇い賃の三倍以上の金が入っていた。ファンダーハウゼン氏と美しい婦人にはそれっきり会っていないし、何も消息を知らないというのだった。

この謎はヘラルト・ダウにとって深い憂慮と悲嘆の元となった。ファンダーハウゼンと自分との取引に欺瞞《ぎまん》があったのは明らかだったが、どういう目的でそんなことをしたのか想像もつかなかった。ああいう顔つきの男が悪者でない可能性はどの程度あるか怪しいものだったし、姪から音信もなく、噂も聞かずに過ぎて行く一日一日が、心配を忘れさせるどころかいよいよ募らせるのだった。また朗らかな彼女がいなくなったために気が沈みがちだったので、彼は日々の仕事が済むと心にしばしば忍び寄る憂鬱を追い払うため、シャルケンに度々家まで来てもらい、ほかに相手のない夜食を共にしてもらうのだった。

ある晩、画家と弟子が結構な食事を済ませて炉端に坐り、無言で食後の快い憂愁に浸《ひた》っていると、街路に面した扉の方で大きな音がして、沈思黙考を妨げられた。まるで誰かが駆け込んで来て、激しく扉を叩いているようだった。使用人がさっそく騒ぎの原因をたしかめに駆けつけ、入ろうとする者に問いたずねる声が二、三度聞こえたが、返事はなく、音がひっきりなしに繰り返されるだけだった。やがて玄関の扉を開ける音が聞こえ、階段を急いで上がる軽い足音がした。シャルケンは扉の方へ進み出た。彼がそこへ行く前に扉は開き、ローゼが部屋へとび込んで来た。恐怖と極度の疲労のために取り乱し、恐ろしい顔つきをして、げっそりと痩せていたが、その服は思いがけない来訪と同じくらい二人を驚かせた。それは一種の白い毛織の部屋着で、襟元がすぼまり、裾は床まで垂れていた。ひどく乱れて、旅の塵埃《ちりぼこり》に汚れていた。哀れな娘は部屋に入ったとたん、床に倒れて気を失った。二人が介抱したのでやっと意識を取り戻したが、気がつくとすぐ叫び声を上げた。それはただのもどかしさというより恐怖の声音であった——

「お酒を！　お酒を早く！　さもないと私はおしまいだわ！」

二人は奇妙に興奮した訴えに驚き、ほとんど怖くなって、さっそく言う通りにしてやった。彼女はびっくりするほど慌てて、葡萄酒をゴクゴクと飲んだ。酒を飲み干すと、やはりせき立てるように叫んだ。

「食べ物を、後生だから早く食べ物をちょうだい。でないと死んでしまうわ」

焼肉の大きな塊がテーブルに載っていたので、シャルケンはすぐにそれを切ろうとしたが、先を越された。彼女は肉を見たとたんにひっつかんで——その飢えた様子は凄まじいという以上だった——両手と歯まで使って肉を千切り、嚥《の》み込んだ。空腹の発作が少しおさまると、今度は急に恥ずかしくなったように見えたが、あるいはべつの、もっと胸を掻き乱す思いに圧倒され、怯えていたのかもしれない。激しく泣いて、両手を揉み絞り始めたからである。

「どうか、牧師様を呼んで下さい」と彼女は言った。「牧師様がいらっしゃるまで、私は安全ではありません。今すぐ呼んで下さい」

ヘラルト・ダウはただちに使いを出し、わしの寝室を貸すから使っておくれと言った。また、早く寝室へ退《さが》って休むように説得した。彼女はやっと承知したが、二人が片時もそばを離れないという条件つきだった。

「ああ、牧師様がここにいらっしゃれば、私を助けられるのに。死者と生者はけっして一緒になれないのよ。神様が禁じていらっしゃるんですもの」

彼女はこんな謎めいたことを言いながら二人の指示に従い、三人はヘラルト・ダウが使えと言った寝室へ向かった。

「けして、片時も私から離れないで」と彼女は言った。「もし離れたら、私は永久にいなくなるのよ」

ヘラルト・ダウの寝室にはもう一つの広い部屋を通って行くのだが、三人は手前のその部屋に入ろうとしていた。ヘラルトとシャルケンは蠟燭を一本ずつ持ち、あたりの物すべてに十分な光が照《あ》たっていた。ダウの部屋に続くその広い部屋に入ったとたん、ローゼが急に立ちどまり、小声でこう言ったので、二人はゾッとした——

「ああ、神様！　あの人がここにいる！　ほら、ほら！　そっちへ歩いて行くわ！」

ローゼは奥の部屋の扉を指差し、シャルケンは影のような定かならぬ姿がその部屋へするりと入って行くのを見たと思った。彼は剣を抜き、蠟燭を持ち上げて、部屋の中の物をはっきり明かりで照らすと、影が滑り込んだ部屋に入った。そこに人影はなかった——備えつけの家具以外何もなかったが、何かが自分たちよりも前にこの部屋へ入ったことは、間違いなかった。彼はむかつくような恐怖感に襲われ、大粒の冷たい汗が額に噴き出した。ローゼが片時も離れないでくれと頼む、いよいよ切実で苦しげな声を聞いても、不安はつのるばかりだった。

「あの人を見たわ」と彼女は言った。「ここにいるわ。私は騙されない。わかります。あの人はそばにいる。私と一緒にこの部屋にいる。だから、お願い、私を助けたいならそばを離れないでちょうだい」

二人はやっとのことで彼女を説き伏せ、ベッドに寝かした。ローゼはそばにいてくれと言い続けた。脈絡のない言葉を何度も口走って、「死者と生者は一緒になれない。神様が禁じていらっしゃる」とか、「目醒めている者に休息を——眠りながら歩く者に眠りを」などと繰り返した。こういう謎めいた切れぎれの言葉を、聖職者が到着するまで言いつづけた。ヘラルト・ダウは、無理からぬことだが、恐怖か虐待の故に娘が正気を失ったのではないかと心配になり、彼女の来訪の唐突さや時ならぬ時刻、何よりも態度振舞いの荒々しさと恐ろしさから、どこか狂った人間の隔離所から逃げ出して来て、追手が来ることを懼れているのではないかと疑った。聖職者に会うことをああして切に望んでいるが、それによって姪の心が少し落ち着いたら、さっそく医者の助言を求めよう――そう思い決めて、今は何も問いただださなかった。質問をすれば苦しい記憶や恐ろしい記憶が蘇って、いっそうひどく興奮するかもしれないからだ。聖職者はまもなく到着した。謹厳な顔つきで、尊ぶべき高齢の人物だった。老練な論客だというので、ヘラルト・ダウはこの人をたいそう尊敬していたが、おそらく人間として愛されるよりも闘士として恐れられる人物――道心堅固で、緻密な頭脳と氷のような心を持つ人物だった。彼はローゼが横たわっている部屋へ通じる部屋に入り、それを見るとすぐさまローゼは自分のために――サタンの手にとらえられて、天の力による解放を望むしかない者のために祈って下さいと頼んだ。

これからお話しする出来事の状況をはっきり理解していただくためには、居合わせた人々がお互いに対してどういう位置にいたかを述べておく必要がある。年老《としお》いた聖職者とシャルケンは先に述べた通り、次の間にいた。ローゼは奥の部屋にいて、その部屋の扉は開いており、ベッドの傍に、彼女の強い願いで、後見人が立っていた。寝室には蠟燭が一本燃え、外の部屋には三本点《つ》いていた。老人は咳払いをして今にも祈禱を始めそうだったが、始めるひまもないうちにいきなり突風が吹いて、哀れな娘のいる部屋を照らしていた蠟燭が消え、娘は慌てて叫んだ――

「ゴットフリート、べつの蠟燭を持って来て。暗闇は危いわ」

ヘラルト・ダウはとっさの衝動にかられて、姪が何度も言ったことを一瞬忘れ、彼女が求める物を取って来ようと、寝室から隣の部屋へ踏み出した。

「まあ！　行かないで、叔父様！」不幸な娘は金切り声を上げた――と同時にベッドから跳び出し、叔父をつかまえ、引き留めようとして、あとを追った。だが、警告は間に合わなかった。ヘラルトが敷居を跨ぐや否や、姪が凄まじい悲鳴を上げるか上げないかのうちに、二つの部屋の間の扉がヘラルトの背後で乱暴に閉まったのだ――まるで強烈な突風に吹き煽《あお》られたかのようだった。シャルケンとヘラルトは急いで扉に駆け寄ったが、二人がかりで懸命に開けようとしても、扉はビクともしなかった。奥の部屋からは劈《つんざ》くような絶叫が次々と起こった。絶望と恐怖をおびた甲高い声だった。シャルケンとダウは全力で扉をこじ開けようとしたが、駄目だった。室内から揉み合う音は聞こえて来なかったが、悲鳴はますます高くなるようで、それと同時に格子窓の掛け金が外される音がし、窓そのものも勢い良く開けられたように、下枠と擦《こす》れる音がした。最後の絶叫が一声——長く、劈くようで、人間の声とは思われぬほどの苦悶に満ちた声が部屋から上がり、突然、死のごとき静寂が訪れた。ベッドから窓へ向かって行くように、床を渡る軽い足音が聞こえた。と、ほとんど同時に扉が外の二人の力に屈し、いきなり開いたので、二人はもんどり打って部屋の中に転げ込んだ。そこはもぬけの殻だった。窓が開いており、シャルケンは椅子にとび乗って、下の街路と運河を見やった。人影は見えなかったが、下方の広い運河の水が、あたかもたった今重い物が投げ込まれて掻き乱されたかのように、大きな輪を次々とつくっているのを見たように思った。

その後ローゼの行方は杳《よう》として知れず、謎の求婚者についても確実なことは何一つわからぬばかりか、想像さえもできなかった——錯綜した迷路を辿って解決に至るための手がかりは何も現われなかった。しかし、ある出来事が起こり、それは理性的な読者には証拠と受け取れないであろうが、シャルケンの心には長く消えない強烈な印象を刻んだのである。先に述べた事件があってから何年も経って、当時遠方に住んでいたシャルケンは、父が死去し、所定の日にロッテルダムの教会で葬儀が執り行われるという報に接した。葬いの参列者があまり多くないことは容易にお信じになれるだろうが、行列はかなり長い道のりを歩かなければならなかった。シャルケンは葬儀が営まれる予定の日、遅い時刻にやっとのことでロッテルダムへ着いた。葬列はまだ到着していなかった。日が暮れても現われなかった。

シャルケンは教会までぶらぶら歩いて行った。教会の扉は開いていた。葬いの告知がしてあり、亡骸《なきがら》が納められる地下納骨所の入口が開けてあった。寺男は、葬儀に参列するという身形の良い紳士が教会の通路を歩いているのを見ると、慇懃に招いて、燃えさかる火に一緒にあたらせた。その火は冬場、葬儀がある時の習慣で、物々しい会葬者の到来を待つ部屋の暖炉に点けてあったが、その部屋は階段で下の納骨所に通じていた。シャルケンともてなし手はこの部屋に腰を下ろした。寺男は客人と歓談をしようと試みたが上手くゆかず、パイプと煙草の罐《かん》を取り出して無聊《ぶりょう》を慰めねばならなかった。嘆きと気がかりにもかかわらず、ほぼ四十時間に及ぶ急ぎ旅の疲れが次第にゴットフリート・シャルケンの心身を打ち負かして、彼は深い眠りに落ち、誰かに肩をそっと揺すられて目を醒ました。最初、年寄りの寺男が起こしたのかと思ったが、寺男はもう部屋にいなかった。起き上がって、周囲の物がはっきり見えるようになると、一種のふわりとした白の長衣をまとっている女が目に入った。その衣の一部は面紗《ヴェール》のようになっていて、片手にランプを持っていた。女はシャルケンから離れ、地下納骨所に通じる階段の方へ近づいて行った。シャルケンはその姿を見て漠然とした警戒心をおぼえると同時に、ついて行きたいという抗しがたい衝動に駆られた。そして納骨所の方へ進み出たが、女が階段のところまで行くと立ちどまった。女も立ちどまり、静かにこちらをふり向いた。手に持つランプの明かりで露わになったのは、ほかでもない、初恋の人ローゼ・フェルダーカウストの顔形だった。その顔つきには恐ろしいものもなければ、悲しいものさえなかった。それどころか、遠い昔の幸せな日々に画家を魅了した、あのいたずらっぽい笑みを浮かべていた。強烈で抗《あらが》えない畏怖と興味に駆られて、彼は亡霊に――もし亡霊ならば――ついて行った。女は階段を下り――シャルケンはあとを追い――左の方へ曲がると、狭い通廊を抜けた。その先は、何とも驚いたことに、ヘラルト・ダウが不滅の絵に描いたような、古風なオランダの部屋だった。室内の到る所に高価な旧式の家具が置かれ、片隅に四柱式寝台があって、黒い厚手のカーテンがまわりに引いてあった。女はあのいたずらっぽい笑顔で何度も彼の方をふり向いた。そしてベッドの傍へ来ると、カーテンを引き開け、中に向けてランプをかざした。その明かりで、恐怖に打たれた画家に示したのは、ベッドの上に背をピンと伸ばして坐っているファンダーハウゼンの土気色で悪魔のような姿だった。シャルケンは彼を見た途端、気絶して床に倒れ、翌朝納骨所への通路の扉を閉めに来た人々が発見するまでそのままだった。彼がいたのは相当な広さのある地下室だったが、そこには長い間人が立ち入っておらず、彼は大型の棺のそばに倒れていたが、棺は害獣に襲われるのを防ぐため、小さな柱に支えられていた。

シャルケンは自分の見た幻が現実であったことを死ぬ日まで疑わず、それが想像裡に焼きつけた印象の奇妙な証跡を絵の中に遺した。それは今話した出来事のすぐあとに描かれた絵で、人々が尊ぶシャルケンの画風を示している点で貴重なだけでなく、若き日の恋人ローゼ・フェルダーカウスト――その謎の運命はいつまでも臆測の対象となりつづけるであろう人物の肖像であるが故に、いっそう貴重なのである。

幽霊と接骨師

先頃物故した畏友フランシス・パーセルは、アイルランド南部で教区司祭の務めを五十年近く精勤した人物だが、私は彼の遺《のこ》した書類に目を通しているうち、以下の文書を発見した。同じような文書はほかにもたくさんあるが、それは彼が土地の古い言い伝えに興味をそそられ、熱心に蒐《あつ》めていたからである――彼が住んでいた地域には、さような言い伝えがふんだんにあったのだ。伝説を蒐集整理することは、私の記憶する限り彼の道楽だったが、驚くべき奇妙なものを愛するあまり、研究成果を著述に残すほどだったとは、故人の遺志によって私が遺産の受取人となり、手稿を全部委ねられて初めて知ったのである。このような物を執筆することが、田舎司祭の性格や習慣にそぐわないとお考えになるかもしれない人々に言っておく必要があるが、かつてはある種の司祭が――昔気質の司祭、今はほとんど跡を絶った種族が――存在して、その習慣は種々の理由からメイヌース大学[1]の学生のそれよりも洗練され、その趣味はもっと文学的だったのである。

これも付言しておく必要があるかもしれないが、以下の物語が示すような迷信——すなわち最後に葬られた死体は、次に誰かが埋葬されるまで、自分の墓地に眠る同胞のために、煉獄の燃えるような渇きを鎮めるための新鮮な水を取って来なければならないという考えは、アイルランド南部全体に広まっている。筆者が本当だと保証できるある事例では、ティペラリー[2]の辺境に住む裕福で立派な農場主が、死んだ配偶者の魚の目を気遣って、棺に二足の頑丈な靴を入れた——軽い靴と厚手の靴で、一方は乾いた天気、一方は雨がちの天気のためだった。細君は水を調達して煉獄にいる喉の渇いた魂に供するため、そちこち歩きまわらなければならない。その疲れをこうして和らげようとしたのだった。この地方では、二つの葬いの行列が同じ墓地に近づくと、猛烈な争いが起こる。いずれの側も自分たちの死者を先に埋葬し、最後に来た者の脚力に課せられる負担を避けようとするからである。そう遠くない以前に起こったある例では、二つの葬列の一方が、故人がこの重要な便宜を失うことを恐れて、墓地へ行

1 アイルランドのキルデア州にある大学。十八世紀に設立された。
2 アイルランド南部、マンスター地方の州。

くのに近道をして、かれらがもっとも不吉と信じている禁忌《きんき》を冒した。門から入ったのでは時間が無駄になるといって、棺を塀越しに放り込んだのだ。同様の例はいくらでも挙げられるが、いずれも南部の農民の間にこの迷信がいかに根強いかを示すものである。だが、これ以上前置を続けて読者を引き留めるのはやめ、以下の文書を御覧いただくとしよう——

ドラムクーラの故フランシス・パーセル師が遺した手稿からの抜粋

私は以下の内容を、思い出せる限り忠実に語り手の言葉で語る。申し上げておく必要があるかもしれないが、語り手はいわゆる立派な言葉をつかう人物で、長い間、彼が生まれた教区の利口な子供たちに、自由学科と理科のうちで自分に教授できるものを教えていた——この物語には、用法の正確さというよりも響きの良さが顕著な難しい言葉が時々出て来るが、それはこうした事情から説明されるであろう。それでは、前口上はもうやめて、テリー・ニールの驚くべき冒険をみなさまにお聞きいただく。

さて、それじゃあお話しするが、こいつはじつに怪体《けったい》な話だけれども、旦那さんがそこに坐っているのと同じくらい本当のことなんだ。それに憚《はばか》りながら、七つの教区のうちに、わしよりもちゃんとこの話ができる奴はおるまいよ。なにしろ、この一件はほかでもないわしの父さんに起こった出来事で、本人の口から何度も聞いてるからな。それにわしは誇りに思っているが、父さんの言葉は、あの土地の地主さんの誓言と同じくらい信ずるべからざる《インクレディブル》ものだった。だから、貧乏人が運悪く厄介事に巻き込まれると、父さんはきっと法廷へ行って証言するんだが、そいつはあまり役に立たないんだ——父さんは真っ正直で真面目だったが、一日一緒に歩けばわかるけれども、ちっとばかり酒を飲みすぎた。でも、あのあたりじゃあ、骨折り仕事や道路掘りをやらせたら、父さんに敵《かな》う者はなかった。それに、大工仕事や古道具の直しなんかもじつに巧《うま》いものだったから、接骨を始めたのも不思議はなかった。腰掛やテーブルの脚を直すことにかけちゃ、父さんみたいに上手な者は誰もいなかったからだ。それに、あんなに流行《はや》った接骨師もまずいなかった——大人も子供も、若者も年寄りもかかりに来て——人があれほど骨を折ったり治したりすることは、開闢《かいびゃく》以来ためしがなかった。それで、テリー・ニール――それが父さんの名前なんだ――は、心は軽くなるし、財布は重くなって来たんで、フェリム大地主さんの土地の、ちょうどお城の真下にあるところに、ちょっとした農場を借りた。気持ちの良い小さな農場だったよ。それで、昼間も朝も、腕や脚が折れて、地面に足をつけられない可哀想な連中が、骨を接いでもらいに、四方八方からやって来た。ところがね、旦那さん、サー・フェリムがどこか他所《よそ》へ出かける時は、借地人の誰かがこの御一家への御奉仕として、お城で夜明かしする慣《なら》わしになっていたんだ――借地人にしてみりゃ、ひどくいやな御奉仕だった。あのお城におかしなことがあるのを知らない者はいなかったからだ。近隣の者の話じゃ、地主さんのお祖父《じい》さんが――噂じゃあじつに立派な紳士だったというが――神様があのお方と共にありますように――酒壜の栓を抜こうとして血管が破裂して以来、真夜中に歩きまわるというんだな。これはわしらもひょっとすると、そんなことになりかねんし、神様がそう思し召せばそうなるだろうが、まあ、そいつはどうでもいい話だ。それで、さっきも言ったように、大地主さんは自分の絵がかかってる部屋で、額縁からスッと出て来て、酒壜や杯を割って――わしらに神様のお慈悲がありますように――手あたり次第酒を飲んだが――まあ、それも仕方がない。それに、誰か家の者が入って来ると、あの人も絵の中に戻って、何も知らぬといった顔で澄ましていたんだ――ほんに、やんちゃな爺《じい》さんだよ。

さて、旦那さん、さっきも言った通り、ある時、お城の御一家が一週間か二週間ダブリンに滞在した。それで、いつものように借地人の誰かがお城で夜明かししなけりゃならなくて、三日目の夜、わしの父さんの番がまわって来たんだ。「ああ、何てこった」と父さんはひとりごちた。「それじゃア、一晩中寝ずの番をして、やくざ者の爺《じじ》いの霊が――神様に栄えあれ――屋敷中うろついてセレナーデを歌って、ありとあらゆる悪戯《おいた》をするのか」しかし、逃がれることはできないから、父さんは何食わぬ顔をして、日が暮れると密造ウイスキーの壜と聖水の入った壜を持って出かけた。

雨が大分降っていて、暗い陰気な晩だった。父さんはお城へ入ると、聖水を身体にふりかけたが、しばらくすると、胸のうちが寒くならないように、密造ウイスキーを一杯飲まずにいられなくなった。扉を開けたのは、年老《としと》った家令のローレンス・コナーで――父さんとは昔から大の仲良しだった。それで、家令は来たのが誰かを見て、お城の見張りをする番なんだと父さんが言うと、それならわしもつきあおうと言った。父さんも厭《いや》がらなかったことはたしかだ。それでラリー[3]が言った。

「客間にちっと火をおこさなきゃならんな」

「大広間にしたらどうかね？」と父さんは言った。地主さんの絵が客間に掛かっているのを知っていたからだ。

「大広間に火をおこすことはできんよ」とローレンスが言った。「煙突に小鴉《こがらす》の巣があるからな」

「そうか、そんなら」と父さんは言った。「台所に泊まろうじゃないか。わしらみたいな者が客間にいるのはふさわしくないからな」

「いや、テリー、そりゃあ駄目じゃ」とローレンスが言った。「古いしきたりを守るんなら、きちんと守った方がいい」

「古いしきたりなぞ、悪魔にさらわれちまえ」と父さんは言った——心の中でだよ。自分の方が怖がっているのをローレンスに悟られたくなかったからな。

「ああ、いいとも」と父さんは言った。「俺はかまわんよ、ローレンス」それで、二人共台所へ行って、客間の暖炉の火がつくまでそこにいた——それはそんなに長いことじゃなかった。

さて、旦那さん、二人はすぐに階上《うえ》へ戻って、客間の暖炉のそばに気持ち良く腰掛けると、おしゃべりを始め、煙草を喫《の》んで、密造ウイスキーをチビチビやり始めた。その上、埋《うも》れ木と芝をじゃんじゃん燃《も》して、脛《すね》を温めた。

今も言ったように、二人は楽しくおしゃべりして煙草を喫んでいたが、そのうちローレンスが眠くなって来た。そりゃア無理もない。年寄りだから、よく眠ったんだ。「おいおい、まさか」と父さんは言った。「お眠《ねむ》じゃないだろうな？」「とんでもない」とラリーは言った。「目をつぶっとるだけさ。煙草の煙がしみないようにな。煙が入ると涙が出るのさ。だから、人のことはほっといて」ときっぱり言った（あの人なりに気位が高かったからだ。あの人の魂に平安あれ）。「おまえさんの話を続けてくれ。聴いてるからな」そう言って、目をつぶった。

父さんは言っても無駄だとわかると、物語をつづけた。ちなみにジム・サリヴァンと山羊の話をしていたんだ――これは愉快で――じつに面白い話だから、眠たがり屋も起きるほどだし、まっとうな人間を眠らせないのはもちろんだった。だが、まったく、父さんの話しぶりといったら、あとにも先にもあんなものは聞けなかったと思う。

3　ラリーはローレンスの縮小形。

父さんはラリー爺さんを寝かせまいとして、まるで命を吐き出すように、一言一言大声を張り上げたんだ。ところが、それも役に立たなかった。そのうち声がかれて、物語が終わる前に、ラリー・オコナーはバグパイプみたいな鼾《いびき》をかきはじめたんだ。

「ああ、こん畜生」と父さんは言った。「ひどいじゃないか。糞ったれの爺いめ、友達だなぞといったくせに、こんな風に眠りよって。わしら二人共、幽霊の憑《つ》いてる部屋にいるってのによ。キリスト様の十字架がお守り下さいますように」そう言ってローレンスを揺り起こそうとしかけたが、ふと思った。こいつを起こしたら、きっと寝に行っちまって、わしを置き去りにするにちがいない。その方がずっと拙《まず》いとな。

「うん、そんなら」と父さんは言った。「こいつを起こすのはやめておこう。眠ってるのを苦しめるのは友達甲斐《がい》がないし、意地悪だからな。しかし、わしもこんな風に眠れたら良いんだがなア」

そう言うと、部屋の中を行ったり来たりしながら祈りはじめて、そのうち汗びっしょりになった。だが、何の役にも立たなかったんで、気を落ち着けるために酒を一パイントばかり飲んだ。

「ああ。わしもラリーみたいな呑気者《のんきもの》だったらなア。でも、眠ろうとすれば眠れるかもしれん」父さんはそう言って、大きな肘掛椅子をローレンスの横に引き寄せて、そこにできるだけ楽な格好で坐った。

だが、一つ可怪《おか》しなことを言うのを忘れていた。父さんはどうしても時々あの絵を見ずにいられなくて、どこへ行っても絵姿の目が自分のあとを追って、睨《にら》んだり、目配せしたりするのに気づいたんだ。「やれやれ」父さんはそれを見ると言った。「ひでえ目に遭ったもんだ。この縁起でもねえ城に入って来た日は、悪運に取り憑かれていたんだ。だが、ともかく、今になって怖がってもしようがない。どうせ死ぬにしても、勇気を持ってあの世へおさらばと行こう」

さて、旦那さん、父さんは精一杯気を楽に持って、二度か三度眠りそうになったけれども、駄目だった――外の重い大枝の間を嵐が唸ってギイギイいって、お城の古い煙突の中でビュウビュウ口笛を吹いていたからだ。なにしろ、大風がいっぺんゴオッと吹くと、お城の壁が揺さぶられて、すっかり倒れちまいそうだったんだ。と、突然嵐がパッタリやんで、七月の晩みたいにひっそりと静かになった。そしてね、旦那さん、風がやんで三分と経たないうちに、父さんは暖炉の上の方で何か音がしたように思ったんだ。それで目をほんの少しだけ開《あ》いたら、地主の大旦那が、まるで乗馬服を脱ぎ捨てるみたいに、絵から出て来るのが見えたんだ。そのうち暖炉の上からすっかり踏み出すと、床へドスンと飛び下りた。狡《ずる》っこい爺さんは——父さんは何とも汚ないやり方だと思ったんだが——何かわるさをはじめる前に立ちどまって、二人が眠っているかどうかをたしかめようと、しばらく耳を澄ました。そして二人とも寝入っていると思うや否や、手を伸ばして、ウイスキーの壜をつかんで、入っている酒を一パイントも飲んだ。そうして酒を飲んじまうと、壜をもとあった場所に上手いこと戻した。それから部屋の中をウロウロ歩きはじめたが、酒なぞ飲まなかったみたいに、素面《しらふ》でしっかりした顔をしていた。幽霊が前を通るたびに硫黄みたいなきつい臭いがするんで、父さんは震え上がった。旦那の前でナンだけれども、それは地獄で燃えている硫黄だと知ってたからだ。ともかく、マーフィー神父さんから話によく聞かされていたんで、地獄に何があるかを知ってたわけだ——父さんも亡くなったが、安らかに眠っていますように。それで旦那さん、父さんは楽にしていたけれども、そのうち霊がそばを通った。あまりすぐ近くを通ったんで——みんなに神様の御慈悲がありますように——硫黄の匂いで父さんは息もつけなくなった。おかげでひどく咳込んだので、坐ってる椅子から転げ落ちそうになった。

「ほお、ほお！」地主さんは二歩ばかり離れたところで、いきなり立ちどまると、父さんの方をふり向いて言った。「坐っておったのは、おまえか？——達者かね、テリー・ニール？」

「おかげさまをもちまして」と父さんは言った（恐ろしくて上手く口がまわらなかった。生きた心地もしなかったんだ）。「今宵はお目にかかれまして、光栄の至りでございます」

「テレンス」と地主さんは言った。「おまえは立派な男で（それは本当だった）、真面目な働き者で、全教区のために節酒のお手本になっておるな」

「有難うございます」父さんは勇気が湧いて来て、言った。「あなたさまは昔から、慇懃《いんぎん》なお言葉をおかけ下さいましたな、旦那様に神様が安息をお与え下さいますように」

「わしに安息じゃと？」亡霊は（忿怒《いかり》のあまり顔を真っ赤にして）言った。「わしに安息じゃと？　何と、物知らずなごくつぶしめ。賤《いや》しい欲張りの無学者め。礼儀作法をどこへ落っことして来たんじゃ？　わしが死んでいるとしても、そいつはわしのせいじゃない。おまえごときにつべこべ言われる筋合いはないわい」そう言いながら床を踏み鳴らしたので、足元の床板が割れるかと思うほどだった。

「ああ」と父さんは言った。「わっしは馬鹿で、物知らずな、哀れな男でございます」

「その通りじゃ」と地主さんは言った。「だが、ともかく、わしが上がって来た――いやさ、下りて来たのは――（小さな言い間違いだったが、父さんはそれに気がついたんだ）――無駄口をきくためでもないし、おまえごとき者と話をするためでもない。いいか、良く聞け、テレンス・ニール。わしはおまえの祖父《じい》さんパトリック・ニールに、主人としても良くしてやったな」

「おっしゃる通りでございます」と父さんは言った。

「それに、わしはいつでも真面目な、まっとうな紳士であった」と地主さんは言った。

「たしかに、そういう評判でした」と父さんは言った（嘘でも、そう言わないわけにゆかなかったんだ）。

「うむ」と亡霊は言った。「わしはたいがいの人間――少なくとも、たいがいの紳士と同じくらい真面目だったし――それにその時々で、しごく即興的《エクステンポリー》[4]なキリスト教徒でもあり、貧しい者に恵み深く、情の薄い人間《インヒューマン》[5]でもあった。然《しか》るに、わしのいる場所は思ったほど居心地が良くないんじゃ」

「お気の毒さまで」と父さんは言った。「もしや旦那様はマーフィー神父様とお話をなさりたいのではありませんか?」

「黙れ、ろくでなしの下郎め」と大地主さんは言った。「わしが考えておるのは、魂のことではない――紳士に向かって魂の話をするほどいけずうずうしいとは恐れ入るわい――そいつを何とかしようと思ったら」大地主さんは腿をピシャリと叩いて言った。「そういうことを知っとる人間のところへ行くわい。魂じゃない」大地主さんは父さんの真向かいに腰を下ろした。「わしが一番困っておるのは魂のことじゃアない――右脚の具合が悪いんじゃ。黒毛のバーニーを殺した日に、グレンヴァーロッホの藪《やぶ》で折った脚がな」

(父さんはあとで知ったが、そいつは大地主さんを乗せて倒れたお気に入りの馬だった。谷間に沿って渡してある大きな柵を跳び越したあと、倒れたんだ)。

「旦那様は」と父さんは言った。「馬を殺したことが気がかりなのではございません

4 原文は extempory。模範的 exemplary の言い間違い。
5 情に厚い human の言い間違い。

でしょうな？」

「黙っとれ、馬鹿者」と大地主さんは言った。「脚のことで悩んでいる理由《わけ》を教えてやろう。ここへ出て来てまわりをながめるわずかな暇《ひま》をべつとして、わしが今ずっといる場所では、この世にいた時よりもたくさん歩かなければならんのじゃ。それがじつにしんどくてならん。というのも、わしがいるところの連中は冷たい水が滅法《めっぽう》好きでな。それよりマシな飲み物がないからじゃよ。おまけに暑くて、あまり快適ではない。わしは水運びを手伝わされるが、わし自身にはほんの少しの水しか分けてもらえん。おまけに、それはごつう難儀な、くたびれる仕事なんじゃ。本当じゃぞ。連中はみんな驚くほど喉が渇いておって、わしがこの脚で運ぶそばから飲んじまうんじゃ。だが、何といっても閉口するのは脚が悪いことじゃ。それで、おまえにこの脚をちょっと引っ張って、治してもらいたいんじゃ。掻《か》いつまんで言えば、そういうことじゃ」

「おお、旦那様」と父さんは言った（幽霊なんかいじりたくなかったからだ）。「旦那様にそんなことをするほど、わしは厚かましくありません。骨接ぎをするのは、このわしのような哀れな連中だけなんで」

「調子の良いことを言うでない。そら、わしの脚じゃ」地主さんはそう言って、脚を父さんに向かってピンと伸ばした。「命がけで引っぱるのじゃぞ。厭というなら、不滅の諸力にかけて、おまえの身体の骨を一つ残らず粉々にしてくれるぞ」

父さんはそれを聞くと言訳しても無駄とわかったので、脚をつかんで、引っ張りに引っ張った――しまいには、汗が顔をつたってポタポタ流れはじめた。

「引っ張れ、こん畜生」と地主さんは言った。

「御意《ぎょい》のままに」と父さんは言った。

「もっと強く引け」と地主さんは言った。

父さんはシャカリキになって引っ張った。

「ちっと飲ましてもらうぞ」地主さんは壜に手を伸ばした。「元気づけにな」そう言って、酒の力でしゃっきりしようとした。だが、この人は利口だったが、この時はヘマをやらかした。取る壜を間違えたんだ。「おまえの健康に乾杯、テレンス。さあ、気合を入れて引っ張れよ」そう言って聖水の壜を持ち上げたが、口につけたとたんに金切り声を上げた。部屋が割れるかと思うような叫び声だった。そして足を蹴ったんで、脚が父さんにつかまれたまま身体からすっぽ抜けた。地主さんはテーブルの向こうにぶっ倒れるし、父さんは部屋の向こうへ吹っ飛ばされて、床に仰向けに倒れた。父さんが我に返った時は、明るい朝のお天道様が風のあたる鎧窓《よろいまど》の向こうに輝いていた。父さんは仰向けにぺったりと寝ていて、大きな古い椅子の脚が一本、きれいに引っこ抜かれて、父さんの手に握られて、天井を向いていた。ラリー爺さんはぐっすり眠りこけて、相変わらず高鼾《たかいびき》をかいていた。父さんはその朝マーフィー神父さんのところへ行って、それ以来死ぬまで告解やお弥撒《ミサ》を欠かしたことはなかったし、父さんのした話は信じてもらえなかったから、滅多に人に話さなかった。そして大地主さんはというと、つまり亡霊のことだが、あの酒が気に入らなかったのか脚がなくなったからか、それっきり歩きまわったという噂を聞かない。

チャペリゾッドの幽霊譚

請《う》け合っても良いが、古い村、ことに昔良い時代を見て来た村で、恐ろしい言い伝えの一つや二つないところなぞありはしない。壁蝨《だに》のたからぬ腐ったチーズや、鼠のいない古家や、正真正銘の小鬼《ゴブリン》が住んでいない廃《すた》れた古い町を探した方が良いくらいだ。この種の住人はけして警察当局に従順ではないけれども、かれらの行状は女王陛下の臣民の安寧に直接《じか》に影響するから、公衆がこれまでかれらの数や活動等々の統計的な報告を受けずにいたことは、重大な手抜かりと見なさざるを得ない。そして私は確信するが、アイルランド在住の超自然的存在の人数、習慣、出没する場所等々を調査して報告する委員会を設けたならば、この国が金を払って運営している委員会の大半よりは無害で面白いだろうし、少なくとも教育的であろう。かく申すのは、この提案が受け入れられることを期待してというよりも義務感からであり、厳粛なる真実を述べたいからである。しかし、読者も共にお嘆き下さるだろうが、議会の調査委員会が持つ何でも鵜呑《うの》みにする能力《ちから》と無尽蔵とも思える余暇が、私の言う問題にあてられることはけしてあるまいし、その種の情報を蒐《あつ》める作業は、この私のように、ほかの仕事を抱える個人の無償で気まぐれな労働に委ねられるであろう。しかし、これは話が横に逸《そ》れた。

ダブリン周辺にある村々の中でも、チャペリゾッドはかつて第一の、とは言わないまでも相当の地位を占めていた。キルメイナムにあった聖ヨハネ騎士団の大きな拠点キルメイナム支部[1]の歴史との関わりに触れなくとも、読者には古く名高い〝城〟――今は跡形も残っていないが――のことや、この村が、我々の信ずるには、数世紀にわたってアイルランド総督の夏の居住地だったことを思い出していただけば十分であろう。ここは王立アイルランド砲兵連隊が解隊されるまで、彼《か》の軍団の本拠地だった――と我々は信ずる――ことも、騎士団の支部があったほどの名誉とは言えなくとも、実質上は同じくらい重要な地位をこの場所に与えていた。かかる有利な事情があったことを思えば、この町が一時、近代アイルランドの村が知らない、裕福で半ば貴族的な繁栄の雰囲気を醸していたことも不思議ではない。

1 原語は Kilmainham Preceptory。

歩道がきれいに舗装された広い街路《とおり》と当時ダブリンのハイカラな街にあったのと同じくらい高い建物。正面が石造りの立派な兵舎。地下には納骨所があり、塔の天辺から土台まで見事な蔦《つた》に蔽われている古い教会。つつましいローマ・カトリック教の礼拝堂。リフィー川に架かる勾配のついた橋と、こちら方の橋詰にある古い大きな水車場——こうしたものが町の主たる名所だった。これらは、少なくともそのほとんどは現在も残っているが、多くは変わり果てて惨めな状態にある。あるものは消滅してしまわぬまでも、橋や、礼拝堂や、教会の一部といった現代の建築物に取って代わられたし、残りのものは、かつてそれらを建てた階級に見捨てられて貧窮し、いくつかの場合には全《まった》き荒廃に立ち至っている。

村はリフィー川の森に蔽われた豊かな渓谷の窪地にあり、一方では美しいフェニックス・パークの高台から、他方ではパーマストン丘陵《ヒルズ》の尾根から見下ろされる。従って、その地勢はまさに絵に描いたようであり、工場の正面や煙突が見えるにもかかわらず、荒廃のうちにあっても一種独特の憂いをおびた画趣を湛《たた》えていると思う。それはともあれ、私はこれから二つ三つ物語をするつもりだ。刺すように寒い冬の夜、燃えさかる暖炉の火のそばで読むとすこぶる効果《ききめ》があり、いずれも私がその名前を申し上げた、今は様変わりしていささか物悲しい小さな町に直接の関係がある。最初にお聞きいただくのは次のような話だ――

村の乱暴者

今から三十年程前、チャペリゾッドの町に、力はヘラクレスのように強いが根性の悪い男が住んでいて、乱暴者ラーキンのあだ名で近隣中に知られていた。肉体の並外れた強さに加え、ある程度拳闘の心得もあって、その拳闘の腕だけでも手強《てごわ》い相手になったことだろう。実際、彼は村の専制君主であり、伊達《だて》に王笏《おうしゃく》を持ってはいなかった。自分が優位にあることを知り、安全だと信じきっていた彼は、卑怯かつ粗暴な傲慢さで仲間の上に君臨していたため、恐れられる以上に憎まれていた。

この男は一度ならず、蛮勇を見せつけるため、目をつけておいた男たちにわざと喧嘩を吹っかけた。そして立ち合えばいつも遥かに弱い敵手《あいて》はたっぷり「懲《こ》らしめ」を受け、見物人は教化されて戦慄し、やられた者には時として消えない傷といつまでも治らぬ怪我が残った。

乱暴者ラーキンが公正に勇気を試したことは一度もなかった。体重でも、腕力でも、技巧でも桁外《けたはず》れに優っていたため、彼の勝利はつねに確実で容易だったからだ。そして一律に敵手《あいて》を打ち砕く容易さに比例して、喧嘩好きと傲慢さはますますつのっていった。こうして彼は近隣の憎まれ者となり、息子を持つすべての母親の恐怖、侮辱に憤る気概《きがい》を持つ夫や、拳闘の技倆《うで》に少しでも自信のある夫を持つすべての妻の恐怖となった。

さて、その頃町にネッド・モラーンという若い男がいた——「のっぽのネッド」のあだ名の方が良く知られていたが、このあだ名はひょろ長い身体つきからついたのである。まだほんの若僧で、十九歳で、がっしりした乱暴者よりたっぷり十二歳は若かった。しかし、これから読者は御覧になるだろうが、性悪な拳闘家の卑怯な挑発を免れることはできなかった。のっぽのネッドは悪い時に、あるぽっちゃりした娘さんに色目をつかった。娘は乱暴者ラーキンからも想いを寄せられていたが、ネッドの方になびく傾向があった。

言うまでもないが、嫉妬の火花はいったん燃えつくとたちまち炎となり、粗暴で抑えのきかない人間の場合、容易に暴力や無法な行為となって爆発する。

「乱暴者」は好機をうかがい、酒場で仲間と飲んでいたネッド・モラーンを挑発して、口論を始めたが、その際、男なら到底我慢できないような侮辱を恋敵にぶつけるのを忘れなかった。のっぽのネッドは単純で気の良い奴だったが、けして気骨がないわけではなかったから、挑みかかるような調子でやり返し、それは臆病者の手本にはなったけれども、彼の敵にはひそかに望んでいた好機を与えたのだ。

乱暴者ラーキンは雄々しい若者に挑戦した。彼はそれまで心の中で、若者のきれいな顔を、お得意の血みどろの懲罰にかけてズタズタに切りさいなんでいたのだ。喧嘩はラーキン自身が吹っかけたものだったが、その裏にある敵意と悪だくみをある程度覆い隠し、のっぽのネッドは大きな怒りとウイスキー・ポンチで一杯になっていたから、戦いの方法をすぐ承知した。一同は遊んでいる男や少年の群に、早い話が、仕事の合間に暫時の閑《ひま》をつくれるすべての人間に伴われて、行列をなして、ゆっくりと古い門からフェニックス・パークへ進み、町を見下ろす丘を上って、頂《いただき》近くにある平らな場所で喧嘩の決着をつけることにした。

格闘者たちは服を脱いだが、若者の痩せてひょろ長い姿と、年季の入った敵手《あいて》の筋骨隆々たる逞《たくま》しい身体つきが呈する対照を見れば、気の毒なネッド・モラーンの勝ち目が薄いことは子供にもわかっただろう。

「セコンド」と「付添」が――もちろん、拳闘好きの中から選ばれ――指名されて、「ファイト」は始まった。

そのあとに続いた冷血残酷な試合の様子を述べて、読者をぞっとさせるつもりはない。戦いの結果は誰にも予想できた。第十一ラウンドで、哀れなネッドは「降参」することを拒んだ。屈強な拳闘家は無傷で息も上がらず、いまだ満たされぬ復讐心に青ざめ、相手がセコンドの膝の上に坐って、頭を持ち上げることもできず、左腕は利かなくなっているのを見て悦《えつ》に入《い》った。若者の顔は血まみれでふくれ上がり、形のない塊だった。胸は傷がつき、血だらけで、全身が怒りと消耗のために喘《あえ》ぎ、震えていた。

「降参しろ、ネッド」見物人が何人もそう叫んだ。

「いやだ、いやだ」ネッドは嗄《か》れて詰まった声で叫んだ。

時間が来たので、セコンドはふたたび彼を立たせた。自分の血で目が見えなくなり、ゼエゼエ息を切らしてよろめいているネッドは、為すすべもなく屈強な敵手《あいて》の攻撃をうけた。ちょっと触れただけで地面に倒れてしまうことは明らかだったが、ラーキンはそう簡単に彼を放してやるつもりはなかった。殴らずに（早まって殴れば相手はすぐ地面に倒れ、闘いは終わっただろう）彼に近づき、打ちのめされてほとんど無感覚になった頭を小脇に抱えた。拳闘好きには「大法院《チャンセリー》[2]」という愉快な名で知られる独特の「絞め」で、相手をしっかり押さえつけながら、単調で野蛮な打撃で、相手の顔に拳をめり込ませんばかりだった。「恥を知れ」という叫びが群衆から上がった。打たれた男はもう人事不省で、乱暴者のヘラクレスのような腕に支えられているだけだとはっきりわかったからだ。そのラウンドの闘いは、ラーキンが相手を地面に投げ出したことによって終わったが、その際彼は相手の上に倒れ込んで、胸板に膝をあてた。

乱暴者は血のついた両手で真っ白い顔から汗を拭いながら立ち上がったが、ネッドは芝生に大の字になり、身じろぎもしなかった。立たせてもう一ラウンド戦わせるのは不可能だったから、そのままの状態で、当時パークの古い門のそばにあった池まで運んで行き、水辺で頭と身体を洗った。みんなはてっきり死んだと思っていたが、生きていた。彼は家に運ばれ、数カ月すると多少回復した。しかし、二度と頭を持ち上げることはなく、その年のうちに肺病で死んだ。病気になった理由について誰も疑い

2　相手の頭を脇の下に抱え込むこと。

は持たなかったが、原因と結果を結びつけるこれといった証拠はなく、悪党ラーキンは法の復讐を免れた。しかしながら、奇妙な応報が彼を待っていたのである。

のっぽのネッドが死んでから、彼は以前ほど喧嘩っ早《ぱや》くなくなり、ふさぎ込んで、人と打ち解けなくなった。「あのことで懲りたんだ」と言う者もいれば、良心が咎めているんだと言う者もいた。だが、それはどうあれ、心は動揺していたとしても、そのために健康を害することはなかったし、怒り狂ったモラーンの母親が浴びせる呪いのため、世渡りに差しつかえることもなかった。それどころかむしろ出世をして、パークの向こうにいる首席秘書官の庭師から定期的に割りの良い仕事をもらった。相変わらずチャペリゾッドに住んでいて[3]、一日の仕事が終わると、〝十五《フィフティーン》エーカーズ〟[4]を横切って、そこへ戻るのだった。

先に言った出来事より三年ばかりあとの、秋も深い頃だった。ある夜、ラーキンはいつもとちがって間借りしている家に帰らず、一晩中村のどこにも姿を見せなかった。いつもきっちり決まった時刻に帰るので、人々はいささか驚いたが、それでも本気で心配はせず、宿は定刻に夜の戸締まりをして、不在の下宿人は地水火風の慈悲と運命の星の庇護に委ねられた。しかし、翌朝早く、チャペリゾッドの門を真下に見下ろす斜面に、まったく身体の自由が利かなくなって倒れているのが発見された。卒中に襲われたのだ。右半身が麻痺しており、何週間も経ってからようやく、言いたいことをわかってもらえる程度にしゃべれるようになった。

その時、話したところによると——彼はふだんより遅くまで引きとめられ、パークを越えて宿へ向かう頃には、もう闇が下りていたらしい。月夜だったが、千切《ちぎ》れ雲の塊がゆっくりと空を流れていた。人間には誰にも出会わず、茂みや窪地を吹き渡る風のサヤサヤいう音のほかには何も耳に聞こえなかった。しかし、こうした自然の単調な物音と彼を囲むまったくの孤独も、迷信のせいにされるあの不安な感覚を掻き立てはしなかった。とはいえ、気が沈むのは——彼自身の言葉で言えば、「寂しさ」は感じたそうだ。チャペリゾッドの町の上に覆いかかっている丘の端を横切った時、月がしばらくの間、雲に覆われずに輝き出した。彼はたまたま斜面の下にある暗い囲い地

3 原語は Chief Secretary [for Ireland]。総務長官などとも訳される。名目上は統監 Lord Lieutenant の下役だが、実際上はアイルランド統治を司る役職。

4 フェニックス・パークにある草地。

のあたりに視線をさまよわせていたが、登って来る人間の姿がふと目に留まった。その人間は追われる者のように急いで、教会墓地の塀を乗り越え、急な上り坂をまっすぐこちらへ駆け上がって来た。その怪しい姿を見ているうちに、「死体盗人」の話が記憶をよぎった。だが、やがて何とも説明のできない恐ろしい直感で、走っている者が良からぬ意図を持って自分の方へ向かっていることを知った。

その人影はゆったりした上衣を引っかけた男で、走りながら上衣を脱ぎ、ラーキンに見える限り――というのは、月がまた雲の中に見え隠れしていたからだが――それを投げ出したようだった。男はこうして四十ヤードも離れていないところまで進んで来ると、足取りを緩《ゆる》め、悠然と、肩で風を切るようにして近づいて来た。月がまた皓々《こうこう》と輝き出した。おお、慈悲深い神よ！　彼の前には何という光景があったことか？　ほかならぬネッド・モラーンが、生身で現われたかのようにはっきりした姿で、まるで拳闘の試合をするように腰から上は何も着ずに、黙って近づいて来たのだ。ラーキンは叫べるものなら叫び、祈り、呪い、パークを突っ切って逃げたかったが、どうすることもできなかった。亡霊は二、三歩先に来て立ちどまると、拳闘家が試合の前に相手を脅《おど》かす挑戦的な睨《にら》み合いを真似して、気味悪く彼をジロリと見た。しばらくの間――どれだけの間かは見当もつかなかったが――ラーキンはこの世ならぬ眼差しの魅縛《みばく》にかかっていたが、しまいに相手は、その正体が何であれ、突然両方の掌を突き出し、肩で風を切るように歩いてそばへ寄って来た。ラーキンは恐怖にかられ、相手を近づけまいとして片手を突き出したので、二人の掌が触れた――少なくとも、ラーキンはそう思った――というのも、言語に絶する苦悶の戦慄が彼の腕を走り抜けて全身に伝わり、彼は気絶して地面に倒れたのだ。

ラーキンはそれから何年も生きたが、彼の受けた罰は恐ろしかった。不治の病人となり、働けないので、生きるためには仕方なく、かつて自分を恐れ、へつらった人々に施しを乞わねばならなかった。また彼は自分の悲惨の始まりである超自然的な遭遇を恐ろしく解釈して、いっそう苦しんだ。亡霊が本物だと信じる彼の気持ちを揺るがそうとしても無駄だった。ある者は同情して、こんな風に言い聞かせた――幻がした挨拶は彼に一時《いっとき》の試煉を与えたが、それを埋め合わせる和解を意味しているのだと。しかし、それも慰めにはならなかった。

「いや、いや」と彼は言うのだった。「何を言ったって駄目だ。俺は良く意味をわかってる。あれはもう一つの世界で――俺が行く地獄で――決闘するための挑戦なんだ――それがあのことの意味で、ほかの何でもないんだ」

こうして彼は惨めに慰めを拒み、数年経ってから死んで、彼の犠牲者の亡骸《なきがら》が眠る狭い教会墓地に葬られた。

言うまでもないだろうが、私がこの話を聞いた頃、正直な住民たちは超自然の呼び出しが現実だと固く信じていた。その呼び出しは恐怖と病と悲惨の門を通じて、乱暴者ラーキンを彼の終《つい》の棲家《すみか》へ呼んだのだ。しかも、彼が乱暴に遺恨を晴らした数々の悪行の中でも、もっとも罪深い勝利を収めた場所で。

私はもう一つ、超自然的な種類の話を憶えている。三十五年程前、町のおしゃべり連中の間でかなり評判になった話だが、礼儀正しい読者よ、貴方のお許しを得てそれをお話ししようと思う。

寺男の冒険

四半世紀前か、それ以前のチャペリゾッドを憶えている方々なら、教区の寺男を御記憶かもしれない。ボブ・マーティンは、日曜に教会墓地へ入って来るずるけ者の少年たちから大いに畏《おそ》れられていた。悪童どもは墓石の文字を読んだり、墓石で馬跳びをしたり、蝙蝠《こうもり》や雀の巣を探して蔦によじ登ったり、東側の窓の下にある謎めいた隙間を覗き込んだりしたのである。その隙間からは地下へおりて行く階段がぼんやりと見え、その先は深い暗闇に消えていた。そこには時間《とき》と死の運命《さだめ》が散らばしたぼろぼろの天鵞絨《びろうど》や、骨や、塵埃《じんかい》の間に、蓋のない棺桶が恐ろしく口を開《あ》いていた。そういう好奇心の強い、またほかの面でも冒険好きな子供にとって、ボブはもちろん特別な懲らしめの鞭であり、恐怖だった。だが、寺男という仕事は恐ろしげに思われたし、くたびれた黒貂《くろてん》の服をまとったひょろ長い姿も厭《いと》わしかったが、彼の小さい冷ややかな顔、疑い深げな灰色の眼、色の褪《さ》めた茶色い半鬘《はんかつら》は、情があって意志の弱い人間の持ち物に見えたかもしれない。ともかく、ボブ・マーティンの厳格な道義心も時には揺らいだし、酒神《バッカス》が彼を誘惑していつも無駄に終わったわけではないのも本当だった。

ボブは奇妙な頭を、「愉快な話」と怖い話がたっぷり詰まった記憶を持っていた。仕事柄墓や小鬼に馴れ親しんでいたし、自分の好みとしては婚礼や、酒盛りや、あらゆる種類の浮かれ騒ぎに親しんでいた。彼の個人的な回想は六十年近く過去へ遡《さかのぼ》って村の歴史の通景に入り込み、土地の逸話に関する蘊蓄《うんちく》は豊富で、正確で、有益だった。教会からもらう扶持《ふち》はけして多くなかったので、ボブはしばしば好物を嗜《たしな》むために、良く言っても品のない手管《てくだ》を使わなければならなかった。もてなすべき人間が酒をおごるのを忘れると、彼はしばしば自分で自分に酒をおごった。酒場で知り合いがささやかな宴を開いているところへフラリとやって来て、無尽蔵の貯えの中から変わった話や怖い話をして一同を楽しませ、温かいウイスキー・ポンチや、何でもその時飲んでいる酒の形で礼を受けとることをためらわなかった。

当時、フイリップ・スレイニーという憂鬱症の酒場の主人がいて、古い銭取門《ぜにとりもん》[5]のほぼ真向かいに店を構えていた。この男は、独りの時はむやみに酒を飲まなかったが、生来陰気な性質《たち》で、心がつねに刺激を必要としていたため、ボブ・マーティンと一緒にいるのがたいそう好きになった。実際、寺男とのつきあいは次第に生活の慰めとなり、彼の愉快な冗談や驚くべき物語に魅せられると、持って生まれた気鬱も晴れるようだった。

この親密さは、酒飲み二人の景気や評判を良くはしなかった。ボブ・マーティンは身体に良くないほど、また教会の人間にふさわしくないほどポンチを飲んだ。フィリップ・スレイニーも同様の悪癖に染まった。才ある仲間の懇《ねんご》ろな誘いに抗《あらが》えなかったからだ。そして彼は二人分の勘定を払わねばならなかったので、頭と肝臓以上に財布が痛手を受けたと信じられていた。

それはともあれ、ボブ・マーティンは「鬱《ふさ》ぎ屋フィル・スレイニー」——彼はこのあだ名で知られていた——を飲んだくれにしたという評判だったし、フィル・スレイニーは寺男を、そんなことがもし可能なら、前よりも「ひどいろくでなし」にしたと言われていた。こうした事情で、銭取門の向かいの店の会計はいささかこんぐらかった。そして蒸しむしして空が曇った、眠気を誘う夏の朝、フィル・スレイニーは裏手の小さい別室へ行った。そこには帳簿が置いてあり、汚れた窓ガラスの向こうにのっぺりした壁が見えた。彼は扉に錠をさすと弾をこめた拳銃を取って、銃口をくわえ、頭蓋《あたま》の上の部分を天井まで吹っ飛ばした。

このおぞましい事件はボブ・マーティンに極度の衝撃を与えた。一つにはそのこと

5 通行税を取り立てる門。

があり、また一つには、近頃何度も人事不省といった様子で夜分本街道に寝ているところを見つかったため、馘《くび》にすると脅されていた。それに、ある者が言うには、気の毒なフィル・スレイニーのように「おごって」くれる人間を見つけるのは難しかった。そういう理由が重なって、彼は当分あらゆる取り合わせのアルコールを断つと誓い、節制節酒の良い手本となった。

ボブは殊勝《しゅしょう》な決心をかなりちゃんと守ったので、おかみさんは大喜びだし、近所の者のためにもなった。ほろ酔い加減になることもめったになく、けして酔っ払いはしなかったから、放蕩息子のあらゆる名誉をもって社会の上等な部分に迎えられた。

さて、先に述べた陰惨な出来事から一年程あとに、こういうことが起こったのだ。チャペリゾッドの教会墓地で葬いが営まれる、墓の場所はこれこれ、という通知を副牧師が郵便でうけとった。副牧師はこの仕事について細かいことを伝えるため、ボブ・マーティンを呼び出した。

それは今にも降り出しそうな秋の夜だった。物凄い雷雲がもくもくと地上から立ち昇り、嵐の荘厳で不吉な天蓋によって空を覆った。どんよりして、そよとも動かぬ空気の上に遠雷の唸りが聞こえ、近づく大嵐の重苦しさに森羅万象が鳴りをひそめ、怯えているようだった。

ボブがみすぼらしい黒の仕事着を着て上役のところへ行く仕度をしたのは、九時過ぎだった。

「ボビー、ねえ」女房が持っていた帽子を渡す前に言った。「きっとよ、ボビー、やめてちょうだいね——きっとよ——何のことかわかってるわね」

「わからん」ボブは帽子をつかもうとしながら、口早に言い返した。

「ボビー、ね、指切りしてくれない、あなた《アクシュラ》？」女房は夫がつかもうとする帽子をわきへそらして、言った。

「何だい、どうしてそんなことをしなきゃいけないんだ？　そら、帽子をくれないか？」

「でも、約束してくれない、ボビー——約束してちょうだいな」

「ああ、ああ、約束するとも——しないでか——そら、帽子をくれ。もう行かせてくれ」

「だって、約束してないじゃないの、ボビー、愛しい人《マヴールニーン》。なんにも約束しちゃいないわよ」

「わかったよ、もし帰って来るまでに酒を一滴でも飲んだら、悪魔が俺をかっさらって行くがいい」寺男は腹立たしげに言った。「これで良いか？　それじゃ、もう帽子を渡してくれるかい？」

「ほら、どうぞ」と女房は言った。「神様が無事にお帰し下さいますように」

　そう言って別れの祝福をすると、彼女は遠ざかって行く夫に向かって扉を閉め――もうすっかり暗かったからだ――また編物を始めて夫の帰りを待った。これで一安心だと女房は思った。というのも、夫は近頃、禁酒したとは言えないほど度々一杯加減になったので、この時、町の向こうへ行く途中に通りかかる半ダースの「酒場《パブリック》」の誘惑をおそれていたからだ。

　ボブが物欲しそうに通り過ぎた時、酒場はまだ開いていて、芳しいウイスキーの香りを吐き出していたが、彼は両手をしっかりポケットに入れたままそっぽを向いて、固い意志を示すように口笛を吹き、副牧師の姿を思い浮かべて、もうじきもらえる駄《だ》賃《ちん》のことを考えた。こうして妨ぐる岩[6]の間を、心迷わずに通り抜け、副牧師の宿舎へ無事たどり着いた。

　ところが、副牧師は思いがけず病人から呼び出しをうけ、見舞いに行って留守だったので、ボブ・マーティンは玄関で帰りを待ちながら、指太鼓を打って閑をつぶさねばならなかった。不幸なことに、務めが大分長引いたため、ボブ・マーティンが家路につく頃にはたっぷり十二時を回っていたにちがいない。この頃には嵐が近づいて空は真っ暗になり、ダブリン山地の岩と窪地の間で雷がゴロゴロと鳴り、青白い稲光が家々の睨みつけるような正面に光った。

もうどこも扉を閉ざしていたが、家に向かってトボトボ歩いている間、ボブはかつてフィル・スレイニーのものだった酒場に無意識に目を向けた。扉の上の鎧戸とガラス窓からかすかな明かりが洩れて、家の前に鈍い朦朧《もうろう》とした暈《かさ》をつくっていた。ボブは薄暗さに目が慣れていたので、その弱い光でも一人の男の姿が見えた。男は一種のゆったりした乗馬服を着て、当時、その家の窓の下に据えつけてあったベンチに腰かけていた。帽子をうんと目深《まぶか》に被り、長いパイプをふかしていた。男の傍に杯と一クォート壜の輪郭がやはりぼんやりと見え、かすかにしか見え分かないが、鞍をつけた大きな馬が一服する主人を辛抱強く待っていた。

6 参照、新約聖書「ローマ人への手紙」第九章第三十三節。

旅人がそんな時刻に往来で酒を飲むとはどうも変だったが、寺男は気楽にこう考えた——今夜はもう酒場が看板になったので、飲みかけの酒をそこへ持って行って、野天で楽しんでいるのだろう、と。

べつの時なら、ボブは見知らぬ男に親しく「今晩は」と声をかけたかもしれない。だが、何となく虫の居所が悪くて、お愛想をする気にならなかったので、挨拶なしに通り過ぎようとした。すると、男はパイプを口に啣《くわ》えたまま壜を持ち上げた。その壜で親しげに招く仕草をしながら、頭と両肩を傾けてベンチの端へ移り、一緒に坐って楽しくやろうと、身振り手振りで誘った。あたりにはウイスキーの素晴らしい芳香が漂い、ボブは半分その気になったが、心が揺らぎはじめた時、女房との約束を思い出して言った。

「いや、有難いが、今夜はゆっくりできないんだ」

見知らぬ男は熱心に招き、ベンチの空いた場所を指差した。

「御丁寧なお招きを有難うよ」とボブは言った。「だが、もう遅くなって時間がないもんでな。だから、失敬するよ」

旅人は杯を壜の首にカチンとあてた。ひまはかけないから、せめて一口だけでも飲んで行けよと言いたげだった。ボブは内心まったく同意見で、口に唾《つばき》が湧いて来たが、約束を思い出してきっぱりと首を横に振り、歩きつづけた。

見知らぬ男はパイプを咥えたままベンチから立ち上がると、片手に壜を、片手に杯を持ち、寺男について来た。黒ずんだ馬もすぐそのあとに続いた。

このしつこさには何か怪しく不可解なものがあった。

ボブは足取りを速めたが、男はすぐあとからついて来た。寺男は薄気味悪くなって、ふり返った。男はうしろで、今もじれったそうな仕草をして、俺の酒を飲めと誘っていた。

「言っただろう」ボブは腹も立ち、怖くもなって来て言った。「俺は飲まねえ。それで十分だ。おまえにも、おまえの酒壜にも何も言いたくない。それに神様の御名《みな》に於いて」彼は相手がさらに近づいて来たのを見ると、激しい調子で言い足した。「こっちへ来るな。こんな風に俺を悩ませるのをやめろ」

見知らぬ男はそれを聞いてカッとしたらしく、ボブ・マーティンに向かって、脅すように乱暴に壜を振りまわした。しかし、喧嘩腰の仕草にもかかわらず、二人の間の距離が空《あ》くのを縮めようとしなかった。それでもボブは相手がまだ遠くからついて来るのを見た。パイプが素晴らしく赤く輝いて、男の姿全体を、彗星の赤い無気味な気圏のようにうっすらと照らしていたからだ。

「悪魔は自分の獲物をつかまえりゃいい」興奮した寺男はつぶやいた。「それに、おまえがどこへ行くかわかってるぞ」

ところが、次に肩ごしにふり向くと、驚いたことに、しつこい男はもうすぐうしろまで近づいていた。

「糞ったれ」髑髏《しゃれこうべ》と鋤《すき》の男は、怒りと恐怖にほとんど我を忘れて叫んだ。「俺に何が望みなんだ？」

見知らぬ男は前よりも自信ありげに首を振りながら近づいて来ると、杯と壜をボブの方へ差し出した。ボブ・マーティンは暗闇の中をついて来た馬が鼻を鳴らすのを聞いた。

「何だか知らんが、そいつはおまえのそばに置いとけ。おまえのまわりには神様のお恵みも幸運もないんだからな」ボブ・マーティンは恐ろしさに凍りついて叫んだ。

「俺を放っといてくれないか」

あれやこれやの考えが沸きかえる中で、祈りか悪魔払いの文句を思い出そうとしたが、駄目だった。ボブは足取りを速め、ほとんど駆け足になった。川っ縁《ぺり》の突き出した土手の下にある自宅の戸口にもう近かった。

「入れてくれ、入れてくれ、後生だから。モリー、戸を開けてくれよ」彼は戸口に駆け寄ると、板に背を凭《もた》せて、そう叫んだ。追っ手は路上で彼に面と向かった。もうパイプは咥えていなかったが、ぼんやりした赤い光はまだ男のまわりに残っていた。男は何かはっきりしない、洞穴から出て来るような声を出し、その声は狼の声に似て、何とも形容し難かった。一方、彼は壜から杯に酒を注《つ》いでいるようだった。

寺男は力一杯扉を蹴り、絶望した声で叫んだ。

「全能の神の御名に於いて、これっきり俺にかまうな」

追跡者は怒り狂い、壜の中身をボブ・マーティンに向けてぶちまけたが、液体の代わりに壜から出て来たのは火焰の流れで、そいつは伸び広がり、二人のまわりを渦巻いて、一瞬、二人共弱い焰につつまれた。と同時に、突風がいきなり吹きつけて、見知らぬ男の帽子をかっさらい、寺男はそいつの頭の天辺が欠けているのを見た。頭の鉢が割れて黒い穴がぽっかり空いているのを一瞬見、それから気を失って、自分の家の戸口にバッタリ倒れ込んだ。その時ちょうど、怯えた女房がかんぬきを外した。

このじつにわかりやすい、信頼できる話の謎を解く鍵を読者に与える必要はあるまい。くだんの旅人は自殺した男の亡霊だったのだと誰もが認めていた。酒好きな寺男が呪いの言葉によって固められた約束を破るように、〝悪い奴〟が亡霊を差し向けたのだ。もし上手くゆけば、鞍をつけて待っていた黒ずんだ駿馬が、亡霊がもといた場所へ、二重の重荷を乗せて戻るはずだったに違いない。

この出来事が現実にあった証拠として、戸口の上に蔽いかかっている古い茨《いばら》の木が、翌朝見ると、壜から出た地獄の火に焼かれていた。まるで雷が焼き焦がしたかのようだった。

右の物語の教訓は表面《うわべ》にあり、明白で、いわば自動的である――だから、幸い、そのことを論じ合う必要はあるまい。そこで正直なボブ・マーティンには別れを告げて――彼は今、若い頃他人《ひと》のためにたくさんの寝床を作った、あの荘厳な寝所《しんじょ》で安らかに眠っている――長い間チャペリゾッドの町に本拠地を置いていた王立アイルランド砲兵連隊の伝説を物語ろう。この古い町については、同じくらい信頼できる驚くべき物語をまだまだたくさんお話しできるのだが、ことによると別の土地のために同様の務めを果たさねばならないかもしれないし、アンソニー・ポプラーは、アトロポス[7]の如く、穏当な範囲を越えるすべての「法螺話」を切るための大鋏《おおばさみ》を持ち歩いている[8]から、私もあと一つだけお話をして、チャペリゾッドの言い伝えを片づけた方が無難だと考える。

しかしながら、まず名前をつけさせていただきたい。作家が題名なしで物語を世に送ることができないのは、薬屋がラベルなしで薬を渡せないのと同じだからだ。されば、話をこう呼ぶとしよう――

亡霊の恋人たち

今から十五年程前、破屋《あばらや》と言うに近い小さな荒れ果てた家に、一人の老婆が住んでいた。八十歳《はちじゅう》をかなり越していると言われていて、アリス、一般にはアリー・モラー

7 未詳。本篇が掲載された「ダブリン大学雑誌」の関係者か。
8 ギリシア神話の運命の神。大鋏を持っていて、人の運命の糸を断ち切る。

ンの名で通っていた。人はあまりこの老婆とつきあおうとしなかった。彼女は金持ちでもなかったし、読者は御想像になれると思うが、美しくもなかったからだ。彼女には痩せたやくざ犬と猫に加えて、人間の相手が一人いた。孫のピーター・ブライエンだ。老婆は称賛に足る気立ての好さで、この子が両親《ふたおや》を失《な》くしてからこの物語の時、つまり二十歳《はたち》になった時まで育て上げた。ピーターは気立ての良い奴だったが、辛《つら》い仕事よりもレスリングやダンスや女に言い寄ることに夢中で、ためになる忠告よりもウイスキー・ポンチの方が好きだった。祖母は親の欲目で彼の特技を高く買い、また大した才能を持っていると思っていた。ピーターが数年来政治に関心を寄せはじめたからだ。真っ正直な労働が死ぬほど嫌いなことは明らかだったので、祖母は本物の占い師さながら、この子は財産を持つ女と結婚するように生まれたのだと予言し、ピーター本人は（たとえそんな条件でも、自由を捨てる気はなかったから）黄金の甕《かめ》を見つける運命なのだと言っていた。両者はある点で意見が一致した。彼は才能に片寄りがあって仕事に向かないため、純然たる幸運によって莫大な財産を手に入れる――これだけの器量の人間にはその資格がある、ということだった。こうしてピーターの将来を解決したことには二重の効果があった――ピーター本人も祖母も彼の無為な生活を良しとしたし、彼はいつも愉快な気分を持ちつづけたのである。おかげでピーターはどこへ行っても歓迎されたが、それはまさに、もうじき金持ちになるという意識の当然の結果だった。

ある夜、ピーターは二、三の気の合う仲間とパーマストンの近くで夜更けまで楽しんでいた。政治や恋を語り、歌をうたい、物語をし、何よりも、ポンチという上品な見せかけによって、めいめい少なくとも一パイントの上等なウイスキーを鯨飲していた。

ピーターが連れに別れを言って、吐息《といき》をつき、しゃっくりをし、パイプに火をつけ、たった一人家路についた頃は一時を大分まわっていた。

この夜彼が歩いた道のちょうど真ん中辺にチャペリゾッドの橋が架かっていたが、何かしらの理由で彼の進みは少々のろく、橋の古い欄干にもたれかかって川上を見やった頃は、もう二時を過ぎていた。うねうねと曲がる川の流れと木々の生えた土手に、仄《ほの》かな月光が落ちていた。

川上から軽《かろ》やかに吹いて来る冷たい風が、ピーターには有難かった。ズキズキする頭を冷やしてくれたので、熱く火照《ほて》った唇でその空気を吸い込んだ。はっきり感じたわけではないが、まわりの景色にも神秘《なぞ》めいた魅力があった。村は深い眠りにつき、外を歩く者はなく、音も聞こえず、薄靄《うすもや》がすべてを蔽って、風景全体の上に妖しい月影がたゆたっていた。

ピーターは物を思うような、嬉しいような気分で古い橋の欄干から身を乗り出していたが、そのうちにおかしなものを見たか、見たと思った——川岸に沿って、チャペリゾッドの街路《とおり》の裏にある小庭や囲い地に、何ともかとも風変わりな、水漆喰を塗った小屋や小さな家が次々に現われるのを。その晩、愉快な集まりに向かう途中橋を渡った時は、そんなものはなかった。だが、何よりも驚くべきだったのは、奇妙な小さい家々の見え方だった。最初、一つ二つが目の隅に見えたが、おかしなことに、まともに見ようとするとスーッと薄れて消えてしまった。それからまた次々と視界に入って来るが、どの家もまるで人見知りをするように、現われたと思うと、しっかり見つめることができないうちに消えてしまう。それでも、しばらくすると、もう少しまともに見られるようになり、注意を凝らせば、次第に長い間幻を固定することができるようになった。うっすらとして消えかかっても、光と実体の中に呼び戻すことができた。やがて揺ら揺らする不明瞭さはだんだんなくなり、月明かりの風景の中に一定の場所を占めた。

「何とまあ」ピーターは仰天して我を忘れ、パイプをうっかり川の中に落として言った。「あんな怪体《けったい》なおんぼろ小屋は見たことがねえぞ。夕方の露の中の茸《きのこ》みたいに生えて来て、あっちやこっちに、またべつのところにヒョッと出て来る――まるで兎穴の白兎だな。それでも今は、大洪水の時からそこにあるみたいにしっかり立ってるぞ。いやはや、こんなものを見ると、妖精がいるっていうのも信じたくなるな」

あとの方の言葉は、ピーターにしては大きな譲歩だった。彼はいっぱしの自由思想家で、日頃その種の存在のことを小馬鹿にしていたからだ。

これらの謎めいた建物を最後にたっぷり見ると、ピーターはまた家に向かった。橋を渡って水車場を通り過ぎると、小さい町の本通りの角に出、ダブリン街道に何げない視線を投げかけた時、思いもかけぬ光景が目に留まった。

それはほかでもない歩兵の縦隊で、村へ向かって一糸乱れず前進し、騎馬の将校が先頭に立っていた。かれらは銭取門の向こう側にいて、門は閉まっていたが、少しも阻《はば》まれる様子はなく、門を通り抜けて進んで来たから、ピーターはひどくまごついた。縦隊はゆっくりした進み方で、こちらへ向かって来た。何よりも奇態《きたい》だったのは、数台の大砲を引いていたことだ。ある者は綱を持ち、ある者は車輪をまわし、またある者はマスケット銃を肩に担いで大砲の前後を行進し、この――ピーターが思うには――およそ軍隊らしくない行列に派手で規則正しい荘重さを与えていた。

ピーターの目が一時《いっとき》良く見えなかったせいなのか、霧と月光に伴う錯覚のせいか、それともほかの原因によるのかわからないが、行列全体に揺らめく蒸気のようなところがあって、彼の目を少なからず惑わし、疲れさせた。ちょうど魔術幻燈《ファンタズマゴリア》の行列の絵が煙に映っているようだった。こちらが息をするたびに乱れるようで、時にはぼやけ、時には消え失《う》せ、今はここに今は彼処《かしこ》に現われた。時によると、縦隊の上の部分ははっきりしているのに、脚はうっすらと消えそうになるか、まるきり消えてしまい、しばらくするとまた輪郭がはっきり浮き上がって、整然と歩みつづけた。一方、三角帽子と肩は透きとおって、消えそうになった。

しかし、こうした奇妙な視覚的変動があったにもかかわらず、縦隊は着実に前進をつづけた。ピーターは古い橋の近くの角から街路を渡ると、爪先立ちで走り、見つからぬように身を屈《かが》めて、家々の影になっている一段高い歩道に場所を占めた。兵士は道の真ん中を歩いているので、そこにいればかれらが通るさまをはっきり見られるだろうと計算したのだ。

「ちくし――一体全体」彼は口にしかけた不敬な叫びを中途でやめて、つぶやいた。ウイスキーの壜をあけて空《から》元気は出ていたが、胸先に妙な不安がわだかまっていたからである。「一体こりゃ、どういうことだ？　フランス軍がとうとう上陸して、俺たちに手を貸して、連合撤回運動《リピール》[9]を本気で助けてくれるんだろうか？　もしもフランス軍でなけりゃ、どこの悪――いや、一体どこの誰だか訊きたいもんだ。生まれてからこの方、あんな兵隊は見たことがねえからな」

この頃には、行列の先頭がすぐそこに迫っていたが、まったく一生のうちに見たこともない妙な兵隊だった。長いゲートルと革の半ズボン、銀のレースに飾られた三角帽子、それに緋色の縁取りと裏地のついた紺の長い上衣をまとっていた。上衣の左右の裾をうしろで一緒に留めてあり、そこに裏地が見えているのだった。正面はというと、同じように一点で服の左右の胸部が結ばれ、そこから下はうしろに流れて、長く

9　アイルランドをグレートブリテン王国に併合した一八〇一年の連合法（Act of Union）を撤廃しようとする運動。

垂れ下がった雪白のチョッキが露《あら》われていた。兵士たちは大きな長い十字肩帯を締め、白い革製の巨大な弾薬入れを異常に低くぶら下げていて、弾薬入れにはそれぞれに小さな銀の星がきらめいていた。だが、その服装で一番奇怪にも風変わりにも思われたのは、前面のシャツの襞《ひだ》飾りと手首のまわりの襞縁を法外に見せびらかしていること、それに帽子の下の髪の毛が細く縮れていて、髪粉をかけ、うしろで大きな球に巻いていることだった。しかし、一行のうちの一人は馬に乗っていた。動きが激しく、頸を弓形《ゆみなり》に曲げる背の高い白馬に乗ったこの男は、三角帽子に雪白の羽根飾りをつけており、上衣は銀色のレースをふんだんに使って、全体がチカチカと光っていた。だからピーターはこの隊の指揮官にちがいないと思い、通り過ぎる姿を注意して見た。男は痩せて背が高く、脚の太さは革の半ズボンの半分もなく、年齢《とし》は六十を越しているようだった。しぼんで日焼けした桑の実色の顔をして、片方の眼に大きな黒い眼帯をつけ、右も左もふり向かず、部下たちの先頭に立って、厳しく、軍人らしい剛直な様子で馬を進めていた。

兵士たちの顔つきは、将校も兵卒も苦悩に満ち、いわば怯えて気が立っているように見えた。満足げな顔や心を引く顔は一つも見あたらなかった。誰も彼も悲しげな、しょんぼりした表情をしており、かれらが通り過ぎると、空気がヒヤッと冷たくなったようにピーターは思った。

彼は石のベンチに腰かけ、目を皿のようにして、音も立てずに進んで行く異様な行列をじっと凝視《みつめ》ていた。音一つ立てなかったのだ。装具が鳴る音も、足が地面を踏む音も、車輪のガタガタいう音も聞こえなかった。やがて年老《としと》った隊長が馬首を少しめぐらせて、命令を出すような様子をし、傍らを歩いている喇叭手《らっぱしゅ》が——ふくれた青い鼻をし、帽子のまわりに白い羽根の房縁《ふさべり》がついている——ふり返って喇叭を唇にあてたが、それでもピーターには何も聞こえなかった。しかし、喇叭の音が兵士たちの耳に届いたのは明らかだった。かれらはただちに三列になって向きを変えたからである。

「忌々しい！」ピーターはつぶやいた。「耳が遠くなって来たのかな？」

だが、そんなはずはなかった。微風《そよかぜ》のため息と近くのリフィー平原の藺草《いぐさ》がそよぐ音ははっきり聞こえていたのだから。

「うむ」彼は同じ用心深い調子で言った。「まったく、こいつは魂消《たまげ》た！　フランス軍がチャペリゾッドの町を奪《と》ろうと不意打ちをかけて、町の連中を起こすといけねえから音を立てないようにしてるのか——さもなきゃ——あれは——あれは——何かべつのもんだ。だが、一体全体、道の向こうのフィッツパトリックの店はどうなっちまったんだろう?」

街路の反対側にある茶色く薄汚れた石の建物は、見慣れた姿よりも新しく綺麗に見えた。正面の扉が開いており、同じ異様な制服を着てマスケット銃を担いだ番兵が、その前を音もなく行ったり来たりしていた。この建物の隅に広い門(ピーターには全然見憶えがなかった)が開いていて、同じような番兵がその前を滑るように歩いており、縦隊全体がこの門の中にゆっくりと入って行って、やがて見えなくなった。

「俺は眠っちゃいない。夢まぼろしを見てるんじゃない」ピーターは目をこすって、醒めていることをたしかめるため、歩道を軽く踏み鳴らした。「何にしても妙なこった。それに、町中何もかも見慣れない様子をしてるぞ。トレシャムの家はペンキを塗り直してあるし、何とまア、窓に花が飾ってある! ドレイニーの家もそうだ。今朝は割れてない窓ガラスもなければ、屋根瓦もろくになかったのに! 俺が酔っ払ってるはずはねえ。あすこの大きな木は、俺が前を通った時から葉っぱ一枚変わっちゃいないし、お空の星も大丈夫だ。眼がどうかしたわけじゃなさそうだぞ」

そう思って周囲を見まわすと、驚きの種が次々と見つかるか、見つかったと思うかして、ピーターは早いところ家へ帰ろうと歩道を歩いた。

だが、この夜の冒険はまだ終わらなかった。教会へ抜けられる空地《あきち》の角にさしかかった時、一人の将校がさいぜん見たあの制服を着て、前を——自分よりほんの二、三ヤード先を歩いているのにふと気づいたのだ。

将校はゆっくりと大股に歩き、わきの下に剣を抱え、沈思に耽るような様子で歩道を見下ろしていた。

彼がピーターのいることに気づかず、独り考え込んでいるらしいという事実には、何か安心させるものがあった。それに読者には思い出していただきたいが、我らが主人公は冒険が始まる前に美味しいポンチをしこたま飲んでいたから、まっとうな精神状態なら襲われたかもしれない不安と恐怖を寄せつけなかった。

肩で風を切って悠然と歩く将校のあとを追って行くうちに、ピーターの酩酊した頭の中で、フランスの侵攻という考えが力を持って蘇った。

「モル・ケリーの力にかけて、[10]あいつにどういう事なのか訊いてみよう」ピーターは

10 アイルランドの呪い oath の言葉。モル・ケリーは架空の人物。

突然向こう見ずな気持ちにかられて言った。「教えてくれるかくれないかは奴《やっこ》さん次第だが、ともかく腹を立てはしないだろう」

そう思って勢いづいたピーターは、えへんと咳払いをして、声をかけた――「隊長殿！　おそれ入りますが、隊長殿、よろしければ無知なてまえに教えて下さいませんでしょうか。お訊ねしますが、閣下はフランスのお方ではありませんか？」もしそうなら、相手はこの質問を一言も理解できなかっただろうに、そんなことは考えずに訊いたのだ。しかし、相手は彼の言葉を理解した。将校は英語で返事をしたのである。と同時に歩調を緩め、質問した男をそばへ招くように、少し道のわきへ寄った。

「いや、私はアイルランド人だよ」と将校は答えた。

「つつしんで閣下にお礼を申し上げます」ピーターは近くへ寄って、言った――将校の気さくさとアイルランド人であることに勇気づけられたからだ――「ですが、もしや閣下はフランス国王に仕えておられるのではございませんか？」

「おまえと同じ王にお仕えしているんだ」将校は悲しい意味をこめて答えたが、その時ピーターにはそれがわからなかった。今度は将校が聞き返した。「しかし、おまえは昼のこんな時間にどうして出て来たのだ?」

「昼のですって、閣下——夜のという意味でしょう?」

「我々は昔から夜を昼にする習慣で、それを今でも通しているのさ」と軍人は言った。

「だが、まあいい。ここにある私の家に来てくれ。やってもらいたい仕事があるのだ。おまえが楽をして金を稼ぎたいならな。私はここに住んでおる」

こう言うと、威厳を持ってピーターを手招きした。ピーターはほとんど機械的に跟《つ》いて行き、二人は古いローマ・カトリック教の礼拝堂のそばの細道を通った。その道の行きどまりには、ピーターの時代には、高い石造りの建物の廃墟があった。

町のあらゆる物と同様、そこも変わっていた。汚れた凸凹《でこぼこ》の壁が今はまっすぐで傷一つなく、小石が打ち込んであった。すべての窓に窓ガラスが冷たく光り、緑色をした玄関の扉には輝く真鍮のノッカーがついていた。ピーターは以前の印象と今の印象のどちらを信じたら良いかわからなかったが、見ることは信じることであり、その場面が現実であることを否定はできなかった。記憶にあることはみんな、ほろ酔い機嫌の夢の心象としか思えなかった。それで、驚きと当惑にぼんやりしながら、冒険の成行きにまかせた。

扉が開き、将校は威厳のある悲しげな様子でピーターを差し招いて、中へ入った。我らが主人公もそのあとから一種の玄関広間に入った。そこはひどく暗かったが、軍人の歩みに導かれ、無言で階段を上った。月光が広廊下に射し込み、古い黒ずんだ羽目板と重厚な樫の手摺が見えた。二人はいくつかの踊り場で閉まった扉の前を通り過ぎたが、どこも暗くひっそりしており、夜更けのこの時刻にふさわしかった。

今、二人は最上階へ上がった。隊長は手前の扉の前にいっとき立ちどまると、重苦しい呻き声を上げて扉を押し開け、中に入った。ピーターは敷居際に残っていた。ほっそりした姿の女が床の真ん中に立ち、こちらに背を向けていた。女はゆったりした白い服を着て、豊かな黒髪を縛《しば》らず肩のまわりに垂らしていた。

軍人は女のところへ行こうとして急に立ちどまり、苦しげな声で言った。「やはり同じだよ、可愛い人――可愛い人！　やはり同じだよ」すると女は急にふり返って愛しさと絶望をあらわす仕草をし、将校の頸に両腕をまわしたが、むせび泣くように全身を顫《ふる》わせた。男は黙って女を胸に抱きしめた。正直者のピーターは、この謎めいた悲しみと愛情を示す振舞いを見ているうちに、奇妙な恐ろしさが惻々《そくそく》と身に迫って来るのを感じた。

「今夜、今夜――そしてまた十年――十年の長い年月だ――またも十年」

将校と婦人はこうした言葉を一緒に言っているようだった。二人の声は入り混じって、寝静まった夜更けに廃墟をさまよう遠い夏の風にも似た、音楽のようだが恐ろしい泣き声となった。それから将校一人が苦しげな声で言うのが聞こえた――

「一切は私にふりかかるがいい、可愛い人よ、永遠に私に」

そしてまた二人は、遥か遠くから聞こえる嘆きの声のような、弱々しくうら悲しい泣き声を上げて一緒に悲しむようだった。

ピーターは怖くなってゾッと身震いしたが、不思議な魅惑にかかってもいて、強い恐ろしい好奇心が彼をしっかりとらえていた。

月光が室内に斜めに射し、ピーターは窓ごしに、フェニックス・パークの見慣れた斜面がチカチカする光の下に朦朧と眠っているのを見た。部屋の家具も、かなりはっきりと見えて来た――背凭れの膨らんだ古めかしい椅子、引っ込んだところにある四柱式寝台、壁際に洋服掛けがあって、軍服と装具が掛かっている。こういうありふれた物を見ると彼はいくらか安心し、女の顔が見たいという言いようのない好奇心をおぼえた。女の長い髪の毛は将校の肩章の上に流れていた。

そこでピーターは咳払いをした――最初は小さく、そのあとはもっと大きく――女を悲嘆の夢から呼び戻そうとしたのだが、それは上手く行ったようだった。彼女も連れもこちらをふり向き、手をつないだまま二人でピーターをじっと見つめたからだ。彼は今までそんなに大きい不思議な眼を見たことがないと思った。二人の眼差しはまわりの空気さえも冷たくし、彼の心臓の鼓動を止めるようだった。彼を見ている暗い顔には永遠の悲嘆と悔恨があった。

ピーターの飲んだウイスキーがほんの一杯でも少なかったら、きっとこの二人の前で怖気《おじけ》づいただろう。二人の姿は刻一刻と、普通の人間の姿形とは異なる、恐ろしい、しかし説明のできない様相を帯びて来るようだった。

「俺に何をお望みなんです？」とピーターは口ごもりながら言った。

「わたしの失くした宝物を墓地へ運んでもらいたいの」貴婦人はこの世ならぬやるせなさのこもった、鈴を振るような声で言った。

「宝物」と聞いて、ピーターは固い意志を取り戻した。全身に冷汗を掻き、恐怖に髪の毛が逆立っていたけれども、もう一息で財産が手に入るのだ――度胸を据えて、この場を最後まで持ちこたえれば、と思った。

「それで」彼は喘ぎながら言った。「そいつはどこに隠してあるんです――どこへ行けば見つかるんです？」

二人は窓の下枠を指差した。その窓から射す月光が部屋の向こう端で輝いていた。

軍人は言った――

「あの石の下だ」

ピーターは深く息を吸って、顔から冷たい汗を拭った。窓辺へ行く前に心構えをしたのだ。あそこへ行けば、今までずっと恐ろしさに耐えて来た報いが手に入ると思った。しかし、窓をじっと見ていると、生まれたばかりの赤ん坊が、月光の中で窓の下枠に坐っている姿がうっすらと見えた。赤ん坊は小さい腕を彼に向かって伸ばし、見たこともないような清らかな笑顔をしていた。

奇妙なことに、それを見ると、ピーターはすっかり勇気が挫《くじ》けてしまった。そばに立っている二人をふり返ると、うしろめたそうな歪んだ微笑を浮かべて、幼な子をじっと見つめている。ピーターはまるで生きながら地獄の一場面へ入ろうとしているような気がして、ゾッと身震いし、抑えがたい恐怖の苦しみを感じて叫んだ――

「おまえたちに何も言うことはないし、何の関わりもない。おまえたちが何者なのかも、俺に何をさせたいのかも知らないが、二人共、神の名に於いて、今すぐ俺を自由にしてくれ」

そう言うと、ピーターの耳元でどよめくような、ため息をつくような奇妙な音がした。何も見えなくなり、眠っている間に時折起こるあの感じ——静かに下へ落ちて行って最後は鈍いショックで終わる、あの独特の、不愉快でもない感じがした。そのあとは夢も見ず、意識もなく、やがて目が醒めた時は、身体が冷えて硬《こわ》ばり、真っ黒く屋根もない廃屋の壁の間で、二つの古い瓦礫《がれき》の山の間に大の字になっていた。

言うまでもないが、村はいつもの荒れさびて老朽した様子に戻っていたし、ピーターはあたりを見まわしたが、前の晩彼をあれほど困惑させ、悩ました新奇な様子は跡をとどめていなかった。

「そうさ、そうさ」ピーターが橋から見た景色を詳しく語り終えると、お祖母《ばあ》さんはパイプを口から離して言った。「たしかに、あたしも憶えてるよ。まだ娘っ子だった頃、川のほとりの庭にそういう小さな白い家があったわなあ。砲兵連隊の兵隊が結婚するか兵舎に部屋がないかすると、あすこに住んでいたもんだが、ずっと昔のことだよ。

主のお慈悲がありますように！」彼女はピーターが軍隊の行進の様子を語ると、言った。「あたしゃ、その連隊が町へ入って来るのを、よく見たものさ。ああ、でも、あの頃のことを思うと切なくなるねえ。たしかに楽しい時代だったが、おまえが見たのはあの連隊の幽霊だと思うと、おっかないじゃないか？　主が禍《わざわい》からお守り下さいますように。それが幽霊以外の何物でもないことは、あたしがここにこうして坐っているのと同じくらいたしかだからね」

連隊の先頭で馬に乗っていた老将校の人相と身体つきに触れると――

「そいつは」と老婆は決めつけるように言った。「グリムショー連隊長だ。主がお守り下さいますように！　あの人はチャペリゾッドの墓地に葬られているが、あたしが若かった頃のあの人を良く憶えてるよ。男どもには、怒りっぽくて、たいそう厳しい年寄りだったが、娘っ子の間じゃあ女たらしだった――あの人の魂に安息あれ！」

「アーメン！」とピーターは言った。「俺もよくその人の墓石の字を読んだよ。でも、ずっと昔に死んだんだろう？」

「そうさ、あたしがまだほんの娘っ子の時に死んだんだ――主が禍《わざわい》からお守り下さいますように！」

「そんなものを見ちまったら、俺ももうあんまりこの世にいられないんじゃないかな」ピーターは恐ろしげに言った。

「馬鹿おっしゃい」祖母は自分でもそのことを心配していたが、腹を立てて言い返した。「そら、渡し守のフィル・ドゥランがおるだろう。あいつは黒衣のアン・スキャンランを舟の上で見たが、何も祟りはなかったじゃないか?」

ピーターは話の先をつづけたが、冒険がいとも不気味な結末を迎えた家の様子を語ると、老婆は呆れ果てた。

「あたしゃア、その家も古い壁も良く知ってるし、壁に屋根がついていて、扉や窓があった時のことも思い出せるよ。でも、あそこは幽霊が出るっていう評判だった。誰が何のために出るかはもうすっかり忘れてしまったがね」

「あすこに金か銀があるって話を聞いたことがあるかい?」

「いやいや、おまえ、そんなことを考えちゃいかん。悪いことは言わんから、あの汚ない黒い壁にはもうけっして近づいちゃならんぞ、長生きがしたければな。誓ってもいいが、司祭様に伺ってみたら、きっと同じことをおっしゃるはずだよ。おまえがあすこで見たのはけして良いものじゃないし、そんなものには幸運も、神様のお恵みもないことは明らかじゃからな」

読者は御想像になれるだろうが、ピーターの冒険は近所で大分評判になった。数日後の晩に、ピーターが年老ったヴァンドラー陸軍少佐のところへ用足しに行った時も——この人は川のすぐ近くに、古木が並ぶ見事な木蔭の小綺麗で古風な家に住んでいたが——客間で例の話をするように言われた。

少佐は今も言ったように年老っていた。小柄で、痩せていて、背筋がピンと通り、マホガニーのような顔色で、顔は木のように硬ばっていた。おまけに口数の少ない人で、この人が年寄りだとすると、その母親は輪をかけた大年寄りだったことになる。幾歳《いくつ》なのか誰も知らなかったし、見当もつかなかったが、同世代の人間はとうの昔に死に絶え、一人の競争相手も残っていないことは周知の事実だった。彼女は血管にフランス人の血が流れており、ニノン・ド・ランクロ[11]のように色香を保ってはいなかったが、頭はまだ十分しっかりしていて、少佐の分までたっぷりとしゃべった。

11 一六二〇—一七〇五。十七世紀フランスの高級娼婦にして文化人。長く美貌を保ったと言われる。

「そんなら、ピーター」と彼女は言った。「あんたはチャペリゾッドの街路《とおり》で、なつかしい砲兵連隊を見たんだよ。フランクや、ポンチを大コップに一杯作っておやり。さあ、ピーター、お坐んなさい。飲みながらその話をしてもらおうじゃないか」

そこでピーターは扉のそばに坐り、無上の美酒の大コップが湯気を立てているのをそばに置いて、頼りない暖炉の光のほかには何の明かりもないことを考えると驚くべき勇気を持って、恐ろしい冒険をつぶさに語りはじめた。老婦人は初めのうち、悪いが信じられない、といった微笑を浮かべて聴いていた。パーマストンでの酒盛についていろいろ聞きただすのはうるさかったが、物語が進むにつれて注意深く耳を傾け、しまいにはすっかり夢中になって、一度か二度、同情か畏怖の叫び声を上げた。話が終わると、老婦人は何か悲しげな厳しい顔で物思いに耽りながらテーブルを見て、たえず猫を撫でていたが、そのうち突然、息子の少佐を見て言った──

「フランクや、この子は悪党のデヴロウ大尉を見たにちがいないよ」

少佐は言葉にならぬ言葉を口にして驚きを表わした。

「あの家はまさにこの子が言った通りだったんだよ。あの話は、あんたのお祖母さんから聞いた通りに、何度も聞かせただろう。あいつが破滅させた可哀想な若い娘のこと、赤ん坊について恐ろしい疑いがかかったことを。可哀想に、娘さんは傷心のあまりあの家で死んだのさ。そしておまえも知ってる通り、あいつはそのあとすぐ決闘で撃たれたんだ」

ピーターが彼の冒険に関して得た解明の光はこれだけだった。しかし、彼はあの古い家に宝物が隠されているという希望にしがみついていたらしい。あそこの壁のまわりをよくコソコソ動きまわっていたが、ついには運命が彼を追いかけてつかまえた。ある日、壁の上の方を攀《よ》じ登っていると手がすべって、凸凹の地面に堕《お》ち、片脚と肋骨《あばらぼね》を折って、それからまもなく死んだのである。そしてこうした実話のほかの主人公たちと同様、チャペリゾッドの小さな墓地に葬られている。

緑茶

前書き

ドイツ人医師マルティン・ヘッセリウスのこと

私は内科と外科両方の医学を入念に修めたけれども、どちらも開業したことはない。それでも、両者の研究には依然深い関心を抱いている。医師という名誉ある職業についてから、すぐに身を引いたのは、怠惰のためでも気まぐれのためでもない。原因は解剖刀でつけたごく小さなかすり傷だった。この些細《ささい》な傷のため二本の指を即刻切断する羽目になり、健康を害してそれ以上の苦しみを味わった。というのも、以来身体が本調子になったことはなく、同じ場所に十二カ月といられることは稀《まれ》なのである。

放浪生活を送るうちに、私はマルティン・ヘッセリウス博士の知遇を得た。博士も私同様の放浪者で医師であり、私同様、この職業に情熱を燃やしていた。ただ私と違い、博士の放浪は自発的なもので、彼は英国で財産家というほど裕福ではないにしても、我々の先祖が「楽な身分」と呼んだ境遇にある人だった。初めて会った時すでに老人で、私より三十五歳近く年上だった。

私はマルティン・ヘッセリウス博士を師と仰いだ。彼の知識は該博で、病症の把握力はまるで天性の直感だった。まさにこの人こそは、私のような若い情熱家に畏敬と喜びを吹き込む人物だった。私の尊崇の念は時の試煉に耐え、死による別れを経ても変わらない。それには然《しか》るべき理由があると確信する。

二十年近くにわたって、私は医事に関する博士の秘書を務めた。彼は厖大《ぼうだい》な文書の管理を私に任せ、整理して索引をつけ、製本することを求めた。そこに記されている病症のいくつかに対する彼の治療法は興味深い。彼は二つの相異なる性格で物を書く。自分が見聞きしたことを、医学には素人だが知的な人間の書きそうなやり方で記述し、そういう語り口で患者を彼の家の玄関口から陽光の中へ——あるいは暗闇の門から死者の洞窟へ見送ってしまうと、また話に戻って、今度は医学用語を使い、天才の説得力と独創を以《もっ》て分析、診断、例証の作業に取りかかるのだ。

彼の記録には、専門家が感ずる興味とは全然異なる興味を持って、一般読者が面白がったりぞっとしたりするような症例がここかしこに見受けられる。私は主として言葉遣いに少々の変更を加え、もちろん人名は変えて、以下の文章を書き写すことにする。語り手はマルティン・ヘッセリウス博士である。これは六十四年程前、博士が英国を周遊した際に記したおびただしい症例の覚え書きの中に見つけたのだ。

物語は博士の友人であるライデンのファン・ロー教授に宛てた一連の手紙の中に語られている。教授は医師ではなく化学者で、歴史や形而上学や医学の書物を読み、若い頃は劇を書いたこともあった。

従って、この文章は医学的記録としての価値は幾分低いかもしれないが、必要上、門外漢の読者の興味を惹きそうなやり方で書かれている。

付せられた覚え書きによると、これらの手紙は一八一九年に教授が死去した際、ヘッセリウス博士に送り返されたらしい。英語やフランス語で書かれたものもあるが、大部分はドイツ語で書かれている。私は忠実な——けして達者でないことは自覚しているが——翻訳者であり、ここかしこで一節を省略したり、縮めたり、名前を仮名《かめい》に変えたりはしているが、原文にないことは一切書き加えていない。

第一章　ヘッセリウス博士がジェニングズ師と出会ったいきさつを語る

ジェニングズ師は背が高くて痩せている。中年で、高教会派の牧師らしい古風で小綺麗な身形《みなり》をしている。自《おの》ずからいささかの威厳がそなわっているが、少しも堅苦しい人ではない。顔立ちは整っているが美男子というわけでもなく、表情はごく優しいが、内気そうでもある。

私はある晩メアリー・ヘイデューク夫人の家で彼に出会った。彼のつつましく情け深い顔つきはこの上ない好感を与えた。

集まりは小人数で、彼は十分会話に溶け込んでいた。会話に加わるよりも人の話を聴く方がずっと楽しそうだったが、言うことはつねに正鵠《せいこう》を射て、言い方も巧みだった。メアリー夫人の大のお気に入りで、夫人は何かにつけて彼に相談し、彼をこの世で一番幸福な恵まれた人間と思っているらしい。夫人は彼のことをほとんど知らないのだ。

ジェニングズ師は独身者《ひとりもの》で、噂によると、公債で六万ポンド持っているそうだ。慈善家である。聖職に励むことを心から望んでいるが、他所《よそ》ではいつもそこそこ元気だけれども、ウォーリックシャーの牧師館へ行って、実際に聖務《しごと》をすると、たちまち、何とも妙な具合に体調を崩す。メアリー夫人はそう言っている。

これは間違いのない事実であるが、ジェニングズ氏は、たいてい急に、謎めいた形で体調を崩し、時にはケンリスの古い綺麗な教会でおつとめをしている際中にそれが起こるのだった。心臓のせいかもしれないし、脳かもしれないが、次のようなことが三度か四度、あるいはもっと頻繁に起こったのだ——礼拝がある程度進んでから、彼はいきなり口を閉ざし、しばらく黙り込んだあと、もう先を続けることができない様子で、両手を上げ、天井を見上げて、ただ独り聞き取れない小声で祈り始める。やがて死人のように蒼ざめ、奇妙な羞恥と恐怖に興奮して、ぶるぶる震えながら壇を下りて来ると、何の説明もなく会衆を置き去りにして祭具室へ入ってしまうのである。このことがあったのは牧師補が不在の時だった。今ではケンリスへ行く時は、いつも誰か聖職者につとめを手伝ってもらうことにしている。こんな風に突然何もできなくなったら、すぐに代理をしてもらうためだ。

ジェニングズ氏は具合が悪くなって牧師館から引き揚げ、ロンドンへ戻って来ると――こちらではピカデリーの裏の暗い街路《とおり》にあるひどく手狭な家に住んでいるが――いつもすっかり元気になるのだとメアリー夫人は言う。それについては私なりの考えがある。むろん、程度の差があるのだ。まあ、どういうことかいずれわかるだろう。

ジェニングズ氏はどこを取っても非の打ちどころのない紳士だ。しかし、人々は妙なことに気づいている。少し曖昧な印象があるのだ。間違いなくその一因となっていることを、人々は記憶に留めないようだ。あるいははっきり気づかないのかもしれない。しかし、私は会ってからすぐに気づいた。ジェニングズ氏は絨毯の上を横目に見る癖があるのだ――まるで、そこにいる何物かの動きを目で追うかのように。むろん、いつもというわけではない。時折そうするのだが、先に言った通り、彼の態度が少し妙だと思わせるほど頻繁であり、床の上を伝うこの視線には何か臆病で不安げなものがある。

君は忝《かたじけな》くも私を医の哲人と呼んでくれるが、症例を自ら探し出して見守り、一般の開業医にできる以上の時間をかけて、それ故にずっと精細《くわし》く吟味する――そうやって理論を構築する人間は、知らずしらずのうちに観察の習慣がついてしまうものだ。その習慣はどこへ行っても抜けず、目の前に現われるすべての対象に向かって、お節介——という人もあるだろう——にそれを行う。報いられるあてもないというのに。

この楽しいささやかな夜会で初めて会った、痩せ型の、臆病な、優しいが引っ込み思案の紳士にはこういう兆《きざ》しがあった。もちろん、私はここに書き留める以上のことに気づいたが、専門知識にわたる内容はすべて厳密に科学的な論文に譲るとしよう。お断わりしておいても良いだろうが、医学というと一般に唯物的なとらえ方をするけれども、私はここでこの言葉をもっと広い意味で使っている。それがいつかもっと広く理解されることを願っているのだ。私は信ずる——自然界全体が霊的世界の窮極の表現にほかならず、霊的世界から生命を得、またその世界に於いてのみ生きていることを。私は信ずる——人間の本質は霊であって、霊は有機的な実体であるが、材質という点に於いて、ちょうど光や電気のように、我々がふだん物質という言葉で理解するものとは異なっていると。物質的な肉体は文字通りの意味で衣服であり、従って、死とは生きる人間の存在の中断ではなく、生まれ持った身体からの離脱にすぎない——その過程は我々が死と称するものの起こった瞬間に始まり、その完了はせいぜい数日後のことだが、「力による」[1]復活である、と。

こうした見解の帰結を考察する人物は、おそらくそれが医学に如何なる実際の関係を持つかを悟るであろう。しかし、ここは一般に認められていないこの現実の証拠を示したり、その帰結を論じたりするにふさわしい場所ではない。

私は自分の習慣に従って、ジェニングズ氏を密《ひそ》かに注意深く観察しており――氏はそれを感じていたと思う――氏も同じくらい注意深く私を観察しているのをはっきりと見て取った。メアリー夫人がたまたま「ヘッセリウス博士」と私を名前で呼んだ時、彼はそれまでよりも鋭い目つきでこちらをチラと見やり、それから数分間考え込んでいた。

そのあと、私が部屋の向こうでさる紳士と話している間、彼はいっそうしげしげとこちらを見ていたが、どういう関心を持っているのかはわかっているつもりだった。やがて彼は機会をとらえてメアリー夫人とおしゃべりを始めたが、私は自分がいつも

1　参照、新約聖書「ピリピ人《びと》への手紙」第三章第十節「キリストとその復活の力とを知り」云々。

のように、遠くで噂の種になっていることを意識していた。

背の高い聖職者はやがてこちらに近づいて来て、まもなく私たちは会話を始めた。読書好きで、いろいろな書物や場所を知っており、旅行もしたことのある二人の人間が談話をしようと思った時、話題が見つからないとすれば、じつに奇妙なことだ。彼が私に近づいて会話を始めたのは偶然ではなかった。彼はドイツ語ができ、私の『形而上学的医学試論』――これははっきり言う以上のことを暗示する書物だが――を読んでいたのだ。

この礼儀正しい人物、穏やかで、内気で、明らかに思索と読書の人である紳士は我々の間を動きまわったり話したりしているが、完全に我々の世界の人間ではなく、その活動や不安を、向こうの見えない牆《かき》をつくって、世間だけでなく最愛の友人たちからもひた隠しにしながら生活している――私はすでにそう察していたが、彼は私に関して何かをしようかすまいかと慎重に思案していたのだった。

私は彼の考えを、相手からは気取《けど》られずに見透《みすか》し、彼の置かれている立場についての疑念や、私に関する思惑についての臆測を、敏感な相手に悟られるようなことは何一つ言わなかった。

二人はしばらく当り障《さわ》りのないおしゃべりをしていたが、しまいに彼がこう言った。

「ヘッセリウス博士、あなたが〝形而上学的医学〟とお呼びになるものについての御論文にすこぶる興味をおぼえました――十年か十二年前にドイツ語で読んだのです――あれは翻訳されておりますか？」

「いいえ。訳されていないはずです――翻訳されれば耳に入ったでしょうから。私の許可を求めたと思いますからね」

「二、三カ月前、当地の出版社にドイツ語の原書を取り寄せてくれと言ったのですがね。絶版だと言われました」

「さようです。もう数年間そのままになっておりましてな。しかし、私の小さな本を忘れないでいて下さるとは、著者として嬉しい限りです。もっとも」と私は笑いながら言い足した。「十年か十二年も、なしで済ませておられたとは、良く我慢なさいましたな。しかし、あなたはあの本のことを繰り返しお考えになったようですな。あるいは、最近あの本への御関心を蘇らせるような事が何かおありだったのでしょう」

問いかけるような眼差しでこう言うと、ジェニングズ氏は突然、若い婦人が赤くなって、きまりの悪い顔をする時のような当惑に襲われたらしい。視線を落とし、不安げに両手を重ねて、一瞬妙な、うしろめたそうな顔をした。

私は気づかぬふりをするという最善の方法で彼を気まずさから救い、話を先へ進めた。「ある問題への関心が蘇ることは、私にもよくあります。一冊の本からべつの本を思い出して、しばしば二十年もの間隔を越えて、雲をつかむような追求をするのです。ですが、もし今でも一冊お持ちになりたければ、喜んで差し上げますよ。手元にまだ二、三冊持っております――ですから、一冊進呈させていただけるなら光栄の至りです」

「まことに御親切に」彼はたちまち、また気を楽にして言った。「もう諦めかけていたのです――何とお礼を申し上げたら良いかわかりません」

「どういたしまして。本当につまらぬ物ですから、差し上げるなどと言ったことが恥ずかしいくらいです。この上礼などおっしゃられては、恐縮のあまり本を火の中に投げてしまいますよ」

ジェニングズ氏は笑った。彼は私がロンドンのどこに滞在しているかを訊ね、ひとしきり四方山話《よもやまばなし》をしたあとに辞去した。

第二章　博士はメアリー夫人に質問し、夫人は答える

「あの牧師さんがすっかり好きになりましたよ、メアリー夫人」ジェニングズ氏がいなくなるや否や、私は言った。「あの人は読書家で、旅行をし、物を考えておられる。それに苦労もなさっているから、申し分のない話相手でしょうな」

「そうですのよ。それに、もっと良いことには、本当に善い方なんです」と夫人は言った。「私の学校や、ドールブリッジでしているささやかな事業のことで、貴重な助言をいただいておりますの。それに骨惜しみをしない方で、どこでも自分が役に立つとお思いになった場所では、随分面倒なことも引き受けて下さるんです——ちょっと御想像になれないほどですわ。本当に人の好い、物のわかった方なんです」

「隣人として御立派だというお話をうかがって嬉しいですな。私には愉快で紳士的な話相手であるとしか保証できませんが、あなたがおっしゃったことに加えて、あの人について二、三お教えできることがあると思います」と私は言った。

「本当ですか?」

「ええ。まず初めに、あの人は独身ですな」

「ええ、そうです──それから?」

「物を書いておられる──いや、書いておられたが、たぶんここ二、三年、執筆が捗《はかど》っておりません。その本は少々抽象的な主題に関するものだ──たぶん、神学でしょう」

「ええ、おっしゃる通り、本を書いていらっしゃいましたわ。何についての本なのかは存じませんけれど、私に興味のあることじゃなかったのはたしかです。きっと、おっしゃる通りなんでしょう。そしてたしかに書くのをやめてしまわれました──ほんとに」

「それに、今夜こちらではコーヒーを少し召し上がっただけでしたが、お茶がお好きなのでしょう。少なくとも、以前は滅法《めっぽう》好きだったのでしょう?」

「ええ、その通りですわ」

「緑茶をたくさんお飲みになったのではありませんか?」私は念を押した。

「まあ、不思議! 緑茶のことが話題になると、私たち、ほとんど喧嘩になりましたのよ」

「しかし、すっかり飲むのをやめてしまわれましたね」

「そうです」

「それでは、もう一つの事実を申しましょう。あなたは彼の御母堂か御尊父を知っていらっしゃいましたか？」

「はい。お二方とも。お父様は亡くなってからまだ十年ほどで、お住居はドールブリッジのそばにございます。私たちはお二人共、良く存じ上げておりました」

「ふむ、御母堂か御尊父のどちらか──たぶん、御尊父の方ではないかと思いますが、幽霊を見たことがおありでしたね」

「まあ、あなたは本当に魔術師ですのね、ヘッセリウス博士」

「魔術師であってもなくても、私の言ったことは正しいんじゃありませんか？」私は明るく答えた。

「たしかに、そうです。幽霊を見たのはお父様でした。無口で気まぐれな方で、よく夢の話をして私の父を退屈させていましたが、しまいに、幽霊を見て話しかけたというお話をなすったんですの。じつに変な話でした。それをとくに憶えておりますのは、あの方《かた》がひどく怖かったからです。この話はあの方がお亡くなりになるずっと前の——私がまだ子供だった頃のことです——あの方はひどく無口で、鬱《ふさ》ぎ込んでいらして、夕暮れに私が独りで客間にいると、時々お立ち寄りになりましたが、私、あの方のまわりには幽霊がいると思っておりました」

私は微笑んで、うなずいた。

「さて、魔術師というお墨つきをいただいたところで、お暇《いとま》しなければなりません」

「でも、どうしておわかりになりましたの？」

「もちろん、星を見てですよ。ジプシーがするようにね」私はそう答え、朗らかに別れを告げた。

翌朝、ジェニングズ氏に彼が探していた小さな本と短信を送り、その晩遅く帰って来ると、氏が私の宿を訪ねて、名刺を置いて行ったことを知った。彼は私が在宅か、何時頃なら家にいそうかと訊ねた。

氏は自分の病状を打ち明け、いわゆる「専門家として」私に診《み》てもらうつもりなのだろうか？　そうだと良いが。私はすでに彼について一つの説を立てている。別れ際の質問に対するメアリー夫人の答が、その説を裏づけている。本人の口からぜひたしかめたいものだ。だが、礼を失しないで話を聞き出すためには、どうしたら良かろう？　何もできそうにない。むしろ、彼の方から打ち明け話をするつもりではないかと思う。ともあれ、親愛なるファン・ロー、私は近づきにくい態度を取るまい。明日、こちらから訪問しよう。会いに行くのは、返礼として妥当だろう。ことによると、何か成果があるかもしれない。その成果が大きいか小さいか、まるきりないか、親愛なるファン・ロー、それはのちほど聞かせるとしよう。

第三章　ヘッセリウス博士、ラテン語の書物を拾い読みする

さて、私はブランク街を訪れた。

玄関で案内を乞うと、召使いが言うには、ジェニングズ氏はさる紳士と特別な用件で面談中だという。相手は田舎の教区ケンリスから来た聖職者だった。私は氏に会う権利を保《と》っておいて出直すつもりで、また来るとだけ仄《ほの》めかし、帰ろうとした。すると召使いは失礼ですが、と言って、上品な使用人なら普通しないほどまじまじと私を見ながら、あなたさまはヘッセリウス博士でいらっしゃいますかと訊ねた。そうだと答えると、こう言った。「それならば、お客様、主人にその旨を伝えることをお許し

下さい。きっとお会いになりたがるでしょうから」

召使いはジェニングズ氏からの言伝《ことづて》を言いつかって、すぐに戻って来た。もう数分でお目にかかるから、書斎へ――これは事実上、裏手の客間だった――お通り下さいという。

その部屋は本当に書斎――というよりも、ほとんど書庫だった。天井が高く、背の高い細窓が二つあって、黒ずんだ贅沢なカーテンが掛かっていた。思ったよりもずっと広く、どちらを向いても、床から天井まで本がぎっしり詰め込まれていた。上の絨毯は――というのは、絨毯が二、三枚重ねてあるような踏み心地だったからだ――トルコの絨毯だった。歩いても足音は立たなかった。書棚が出張っているため、窓は、とくに幅の狭い窓は大分奥に引っ込んでいた。部屋の印象はしごく快適で贅沢でさえあるが、いかにも陰気で、静まり返っているせいもあり、重苦しいほどだった。しかし、たぶん、連想というものを幾分斟酌《しんしゃく》すべきだったのだろう。私の心はすでにジェニングズ氏を特異な考えに結びつけていた。私は奇妙な虫の知らせを感じながら、静まり返った家の、物音一つしないこの部屋へ足を踏み入れたのだし、部屋の暗さと書物という荘厳な被いが――というのも、壁に二枚の狭い姿見が嵌まっているところを除けば、到る処に本があったからだ――この陰鬱な気分を強めたのだ。

ジェニングズ氏が来るのを待つ間に、書棚にある本を覗いて無聊《ぶりょう》を慰めていると、書棚ではなく、そのすぐ下の床に、スウェーデンボリの『天道密意』[2]の完全な揃《そろ》いが、背表紙を上にして置いてあるのを見つけた。ラテン語の原典で、立派な二折り判であり、神学の書物によくある小綺麗な装丁を施されていた――すなわち本物の子牛皮紙、金文字、洋紅色の小口である。それらの本の数冊には栞《しおり》が挟んであり、私は本を取り上げて一冊ずつテーブルの上に置くと、紙が挟んであった箇所を開き、余白に鉛筆で傍線を引いてある一連の文章、ラテン語の荘重な文体で書いてあるものを読んだ。そのうちいくつかを英語に訳してここに書き写しておく。

「人間の内なる眼――それは霊の眼である――が開かれると、その時、もう一つの世の物どもが現われるが、肉眼で見えるようにすることは到底出来ない……」

「余は内なる眼によって、向こうの世にある物どもを、この世界にあるものよりも

2　エマヌエル・スウェーデンボリ（一六八八―一七七二）の著書。原題は『Arcana Caelestia』。『天界と地獄』を訳した鈴木大拙の訳語に従った。

はっきりと見られるようになった。こうしたことを考えるに、外的な視覚は内的な視覚から生まれ、後者はよりいっそう内的な視覚より生まれることは明白である云々」……

「すべての人間に少なくとも二つの悪霊が憑《つ》いている」……

「悪しき神霊たちのうちには、流暢だが、耳障りで苛立たしい言葉を語る者がある。またかれらの中には、流暢でなく、考えの不一致がその中をひそかに這い進むように感じられる言葉を語る者もある」

「人間と交わる悪霊はまさしく地獄から来るのだが、人間と共にいる時は地獄におらず、そこから連れ出される。その際にいる場所は天国と地獄の中間にあり、精霊界と呼ばれる――人間と共にある悪霊がその世界にいる時は、地獄の責苦の中ではなく、人間のあらゆる思考や感情のうちにおり、従って人間自らが享受するすべてのものの中にいる。だが、地獄に戻されると、以前の状態に逆戻りする」……

「もし悪霊が、自分は人間と交わっているが、その人間とは別個の霊であると悟ったなら、そしてもし人間の肉体のうちに流入できるなら、あの手この手を使って人間を滅ぼそうと試みるだろう。激烈な憎悪をもって人間を憎んでいるからである」……

「故に、かれらは私が肉体をまとった人間であることを知って、私を滅ぼそうとたえず試みていた——肉体だけでなく、とくに魂に関しても。なぜなら、人間や霊魂を滅ぼすことは、地獄にいる者すべてにとって生の喜びだからである。だが、私はずっと主《しゅ》に護られて来た。されば、人間が信仰の力に守られずに、生きながら霊と接することは如何に危険であるかがわかる」……

「交わっている霊たちに、かれらが人間と結びついていることをけして知られぬよう重々気をつけなければならない。かれらがもしそれを知れば、人間を滅ぼす意図を持って話しかけて来るであろうから」……

「地獄の快楽とは、人間に害をなし、永遠の破滅に急がせることである」

ジェニングズ氏の端正な筆跡で、非常に鋭く細い鉛筆を使って書いた長い覚え書きが、ページの下にあるのが目に留まった。本文に対する彼の批評を期待して一言二言読んだが、途中でやめた。それは全然違うもので、次の言葉で始まっていたからだ。Deus misereatur mei——「神が私を憐れみ給わんことを」。どうやら私的な内容であるらしいから、私は目を外《そ》らして本を閉じ、もとの場所に戻したが、興味をそそった一巻だけは別にした。そしてその一巻を、勤勉で孤独な生活の習慣がついている人間がするように、夢中になって読み耽り、外の世界に注意を払わず、自分がどこにいるかも忘れていた。

私はスウェーデンボリの用語で言うところの「表象者」と「相応者」に言及するページを読んでいて、ある箇所に差しかかった。その部分の要旨はこうだった――悪霊が地獄の仲間以外の目に見られる時は、「相応」によって、かれらの特定の欲望や生活を表徴する、見るも恐ろしく凶暴な獣（fera）[3]の形で現われる。これは長い文章で、いくつもの獣の姿形を詳細に述べている。

第四章　四つの眼がその箇所を読んでいた

私は読みながら鉛筆入れの先を行《ぎょう》に沿って走らせていたが、ふと何かが気になって視線を上げた。

私の真正面には先に言った鏡の一つがあり、それに我が友ジェニングズ氏の背の高い姿が映っていたのである。氏は私の肩ごしに身をのり出して、私が読み耽っているページを読んでいたが、たいそう暗く激した顔をしているので、別人かと思うほどだった。

私はふり向いて、立ち上がった。ジェニングズ氏も背筋を伸ばし、少し作り笑いをしながら言った。

「こちらへ入って来て御機嫌ようと声をかけたのですが、あなたは本に夢中で気がつきませんでした。それで好奇心を抑えられず、無躾《ぶしつけ》ながら肩ごしに覗き見しておったのです。その本を御覧になるのは、これが初めてではありますまい。スウェーデンボリは昔から読んでおられたのでしょうな？」

「ええ、おっしゃる通りですよ！　私はスウェーデンボリに多くのことを学んでおります。あなたが憶えていて下さった『形而上学的医学』に関する小さな本にも、影響の跡が見られるでしょう」

我が友は快活な態度を装っていたが、顔が少し紅潮し、内心ひどく動揺していることが見て取れた。

「私にはまだそんなことを云々する資格はありませんよ。スウェーデンボリのことは

3　「野獣」を意味するラテン語。

ほとんど知らないのです。その本を買って、まだ二週間ほどしか経ちません。それに、こういう本は孤独な人間を神経質にしそうですな――私が読んだごくわずかな部分から判断すると、ですがね――私がそうなったというわけではありませんよ」と言って笑った。「それから例の御本を本当にありがとうございました。手紙は届きましたでしょうか？」

手紙ならいただきました、本のことは礼には及びませんと私は言った。

「一冊の本を、あの御本のように隅々まで読んだことはありません」と彼は話し続けた。「あれには明らかに述べられている以上の内容があることをすぐに悟りました。ハーリー博士を御存知ですか？」とやや唐突にたずねた。

編者曰く、ちなみに、ここに名前の出た医師は、英国で開業したもっとも著名な医者の一人である。

私はハーリー博士を知っていた。彼への手紙を持って来たので、英国滞在中は懇《ねんご》ろなもてなしを受け、相当の手助けをしてもらったのだ。

「あの男は、私が会った人間のうちでも、とびきりの愚か者だと思います」とジェニングズ氏は言った。

彼が人について辛辣なことを言うのをそれまで聞いたことがなかったし、かくも令名の高い人物に向けられたこのような言葉は、私をいささか驚かせた。

「さようですか？　しかし、どういう点で？」と私はたずねた。

「彼の職業に於いてです」と彼は答えた。

私は微笑《わら》った。

「つまり、こういうことです」と彼は言った。「あの男は、私には半分盲目に思えるんです——つまり、彼が見るものの半分は暗いということです——それ以外は不思議に明るく鮮やかなのですがね。何よりもいけないのは、わざとそうしているように思えることです。あの男は理解できません——いや、彼がそうさせないのです——医師としてあの人に診てもらいましたが、その意味では麻痺した精神、半分死んだ知性としか思えません。その話は——いずれ、きっと——申し上げますよ」彼は少し興奮気味に言った。「あなた、英国にはもう何カ月かいらっしゃるのでしょう。御滞在中に、私がしばらくロンドンから出て行ったら、手紙を差し上げてもよろしいでしょうか？」

「喜んで」と私は請け合った。

「有難うございます。ハーリーにはまったく失望いたしましたから」

「彼は少し唯物論の傾きがありますね」と私は言った。

「まったくの唯物論者ですよ」彼は私の言葉を訂正した。「ああいう手合いが物を弁《わきま》えた人間をいかに悩ませるか、お考えになることもできますまい。私が鬱《ふさ》いでいるなどと誰にも――いいですか、私の友達の誰にも――おっしゃらないで下さい。私がハーリー博士に、いいえ、ほかのどんな医師にしろ、かかったことは誰も――メアリー夫人でさえ――知らないのです。ですから、口外なさらないで下さい。そしてもし私が発作に襲われそうだと思ったら、あなたに手紙を書くことを――あるいは、もしロンドンにおりましたら、お目にかかって少しお話しすることをお許し下さい」

私の心は種々の臆測で一杯になり、知らずしらずのうちに難しい顔で彼をじっと見つめていたらしい。彼が一瞬視線を落として、こう言ったからである。

「今すぐお話しした方が良いとお考えなのでしょう――さもないと余計な臆測をしてしまう、と。ですが、それはおやめになった方がよろしい。たとえ、これから一生あれこれお考えになっても、けして的中しないでしょうから」

彼は微笑って首を振ったが、冬の陽射しの上に突然黒雲が下りて来たかのようだった。彼は苦痛を感じている人のように、歯の間から息を吸った。

「医者にかかる必要があると案じておられるのは、もちろん残念ですが、いつどのようになりとも、私にお命じになって下さい。念を押すまでもありませんが、秘密は厳守いたします」

彼はそれからまったくべつの事を割合に明るい調子で話し、やがて私は暇《いとま》を告げた。

第五章　ヘッセリウス博士、リッチモンドへ呼ばれる

私たちは明るく別れたが、じつのところ、彼も私も胸のうちは明るくなかった。人間の顔という、精神の強力な器官が浮かべる表情のうちには、医師の図太い神経を持って何度も見て来たが、それでも私の心を深く掻き乱すものがある。ジェニングズ氏のある表情が私の脳裡を離れなかった。それはいとも暗い力で私の想像力をとらえたので、私は晩の予定を変更し、歌劇を観に行った――気分転換をする必要があると思ったからだ。

それから二、三日は氏の噂も聞かず便りもなかったが、そのあと彼の手跡で書かれた短信が届いた。それは明るく希望に満ちていた。このところ大分具合が良くなった――実際、すっかり治った――ので、ささやかな実験をしてみる。一月《ひとつき》ばかり自分の教区へ行って少し仕事をすれば、本調子に戻るかもしれないから、ひとつ試してみるというのだった。文面には、病が快癒した――今はそう呼んでも良いと思っていたのだ――ことへの感謝の気持ちが、熱烈な宗教的表現でつづられていた。

一日二日経ってメアリー夫人に会ったところ、夫人は彼の短信に書いてあったのと同じことを繰り返し、あの人は今ウォーリックシャーにいて、ケンリスで聖務に復していると言い、さらにこう言い足した。「もう完全に良くなられたし、神経と思いすごしだったのではないかという気がして来ましたわ。私たちはみんな神経質になっておりますけれど、その種の病気には少しばかりきつい仕事をするのが一番の良薬なので、それを試すことにしたんだと思います。たとい一年間帰って来なかったとしても、驚きませんわ」

これほど信頼されていたのに、そのわずか二日後、次のような短信を受け取った。ピカデリーの彼の家からだった。

　拝啓。私は落胆して帰って来ました。お会いできるほど気分が良くなりましたら、御訪問をお願いする手紙を書きます。現在は気が落ち込んで、申し上げたいことをすべて言うこともできません。どうか友人達には内密にして下さい。誰にも会うことはできませんから。いずれ神様の思《おぼ》し召しがあれば手紙を差し上げるでしょう。親類のいるシュロップシャーへ行ってみるつもりです。あなたに神様の祝福がありますように！　私が帰って来た時、今よりも楽しくお目にかかることができますように。

　それから一週間程して、私はメアリー夫人に彼女の自宅で会った。自分は街に残っている最後の人間で、これからブライトンへ出かけるところだ――ロンドンの社交季節《シーズン》は終わったから、と夫人は言った。シュロップシャーにいるジェニングズ氏の姪マーサから便りがあったという。姪の手紙からは、氏の気分が落ち込んで神経質になっているという以上のことはわからなかった。健康な人々が軽く考えるそうした言葉に、時として何という苦しみの世界が隠されていることだろう！

ジェニングズ氏からの音沙汰はないまま、五週間近くが過ぎた。そのあと、短い手紙が来た。文面はこうだった——

「私は田舎におります。空気も、風景も、人の顔ぶれも、何もかも変わりました——何もかも——この私以外は。私はひどく優柔不断な人間ですが、それなりに決心を固め、あなたに自分の症状をすべてお話しすることにしました。御都合が許すようでしたら、どうか今日でも、明日でも、明後日でもよろしいですから、おいで下さい。しかし、どうぞなるべく遅くならないようにして下さい。私がどんなに助けを必要としているか、おわかりになりますまい。リッチモンドに静かな家がありまして、私はただ今そこにおります。晩餐に、あるいは軽い昼食かお茶にでもおこしいただければと思います。私を見つけるのに苦労はなさいますまい。この手紙を持参するブランク街の召使いが、お好きな時刻にお宅の前まで馬車でお迎えに上がりますし、私はいつでもつかまります。独りでいてはいけないとあなたはきっとおっしゃるでしょう。私はもう万策尽きました。おいで下さればわかります」

私は召使いを呼んで、その晩さっそく出かけることに決め、実行した。

ジェニングズ氏は下宿かホテルにいた方がずっと良かっただろうに——私はそんな

ことを考えながら、暗い楡《にれ》の木が左右に立ち並ぶ短い並木道を通り抜けて、たいそう古風な煉瓦造りの家に着いた。楡の木々は家よりも高く、まわりを取り囲んで、家は葉叢《はむら》の蔭になっていた。こんなところに引きこもるのは天邪鬼《あまのじゃく》な選択だった。これほど寂しく静かな場所はほかに想像もできなかったからである。あとで知ったが、そこはジェニングズ氏の持家だった。氏はロンドンに一日二日滞在したが、何らかの理由で耐えられなくなったため、ここまで出て来たのだ。おそらく、この家は家具も備えつけてあるし、自分のものだから、ここへ来れば、宿を選んだりする煩《わずら》わしさから解放されるというわけだろう。

日はすでに沈んでいて、西空に反射した赤い光が風景を照らし、誰にもお馴染みのあの効果を与えていた。玄関の広間は非常に暗かったが、窓から西空が見渡せる裏手の客間へ行くと、ふたたび同じ夕暮の光に包まれた。

私は腰を下ろし、刻々と薄れてゆく壮麗で物悲しい光の中に輝いている、豊かな木々に覆われた風景を眺めていた。部屋の隅々はもう暗かった。あらゆるものが朦朧《もうろう》として、薄暗闇が知らずしらずのうちに、とうから不吉なものを覚悟していた私の心をある調子に染めていた。私が独りで待っていると、やがて氏が現われた。表の部屋に通じる扉が開き、ジェニングズ氏の背の高い姿が赤い夕光の中にかすかに見えて、そっと忍びやかな足取りで部屋へ入って来た。

私たちは握手を交わし、椅子を一脚窓際に寄せると──そこにはまだお互いの顔が見えるほどの光が残っていた──ジェニングズ氏は私の傍らに腰掛けて、私の腕に手をあて、ほとんど前置もなしに語り始めた。

第六章　ジェニングズ氏、道連れと会う

西空のほのかな光、当時はまだ寂しかったリッチモンドの森の壮観が目の前にあり、背後と周囲には暗くなりまさる部屋があり、苦しむ人の石のような顔には──その顔は相変わらず穏やかで優しかったものの、性格が一変していた──天から下りて来て、触れたところにかすかだが突然の光、ほとんど濃淡の変化もなく暗闇に消える光を生じさせるような、あの奇妙な微光があった。静寂も全きもので、外からは遠い車輪の音も、犬の吠え声も、口笛も聞こえず、屋内には、病める独身者《ひとりもの》の家の気が滅入るような静けさがあった。

これからどんなことを聞かされるのか、細かい点についてはぼんやりとすらわからなかったが、まるでシャルケンの描く肖像画のように奇妙に紅潮して、暗い背景から浮かび上がっている、凝り固まった苦しみの顔から、話の性質はおよそ察しがついた。

「始まりは」とジェニングズ氏は言った。「三年と十一週と二日前の十月十五日のことでした――日にちは正確に数えております。毎日が拷問だからです。もし私の話にどこか切れ目でもありましたら、おっしゃって下さい。

四年程前、私はある著作を書き始めましたが、そのためには大いに物を考え、本を読まねばなりませんでした。古代人の宗教的形而上学に関する著作でした」

「わかります」と私は言った。「象徴的な崇拝とはまったく別個の、教育があり物を考える異教徒の実際の宗教でしょう？　幅広くてじつに興味深い分野ですな」

「ええ。ですが、精神にとっては良くありません――キリスト教徒の精神にとってという意味ですが。異教は根本的なところでみな一つにつながっておりまして、邪悪なる共感によって、かれらの宗教は芸術と習俗とを包含しておりますから、この主題は人を堕落させる魅惑であり、応報があることは確実なのです。神よ、私を許したまえ！

私はたくさん原稿を書きました。夜遅くまで書きました。そこらを歩きまわっていても、どこにいても、あらゆる場所でこの問題をつねに考えていました。すっかりそれにかぶれてしまったのです。御記憶でしょうが、この問題に関係のある具体的な考えは多かれ少なかれ美しいものについての考えであり、主題自体が面白くて楽しく、その頃の私には何の悩みもありませんでした」

彼は重々しくため息をついた。

「思うに、真剣に執筆に取りかかる人間はみな、私の友人の言いまわしを借りると、何か――お茶やコーヒーや煙草など――を頼って仕事をします。そういう仕事をしていると物質的な消耗があって、それをのべつ補給しなければならない――あるいは、我々は没頭しすぎ、いわば心が肉体の外に出て行ってしまうため、実際の感覚によって肉体とのつながりを時々思い出させてやらなければいけないのでしょう。いずれにしても、私はその必要を感じて補給しました。お茶が私の友でした――初めのうちは普通に淹《い》れた紅茶で、あまり濃すぎないものでしたが、たくさん飲み、だんだん濃くしていきました。そのために不快な症状を経験したことはまったくありませんでした。私は緑茶を少し飲むようになりました。その方が心地良い効果があり、思考力を明晰にし、強めてくれましたので、頻繁に飲むようになりましたが、楽しみのために飲む場合よりも濃くはしませんでした。私はここで——静かでしたから——この部屋で、たくさん原稿を書きました。夜更かしをするのが常で、仕事が進むにつれて時々お茶を——緑茶を——啜《すす》るのが習慣になってしまいました。小さな湯沸かしをランプの上に吊ってテーブルに置き、十時から就寝する午前二時三時までの間に二、三回お茶を淹れました。街には毎日行きました。私は修道士ではなく、図書館で一、二時間過ごして権威ある書籍を探したり、自分の主題に光を照《あ》ててくれそうなものを物色したりいたしましたが、私自身の判断では、けっして病的な状態に陥ってはいませんでした。友人たちとはいつものようによく会って、つきあいを楽しみ、全体として、生活はいまだかつてなかったほど愉快だったと思います。

私は変わった古書、中世ラテン語で書かれたドイツの書物を持っている人物と知り合い、それを読ませてもらえることになったので、嬉しくてなりませんでした。この親切な人の蔵書はシティのごく奥まった場所にありました。そこに予定よりも長居をして、外へ出ますと、近くに辻馬車が見あたらないので、いつもその家の前を通る乗合馬車に乗ってみようかと思いました。玄関の両側に四本のポプラの木が生えている、あの古い家にはあなたもお気づきになったかもしれませんが、あそこへ乗合馬車が来た頃には、今よりももっと暗くなっていて、ただ一人乗っていた客はそこで下りました。馬車はふだんより少し速く走って行きました。もう黄昏時でした。私は扉の近くの隅に坐り、背をうしろに凭《もた》せて、愉快に思いをめぐらしておりました。

馬車の中はほとんど真っ暗でした。向かい側の隅、馬に近い端に二つの小さな円い反射光があるのに気づきましたが、それは赤みをおびた光のようでした。二インチほど離れていて、以前ヨットに乗る人間がジャケットに付けていた小さい真鍮ボタンほどの大きさでした。私は退屈した人間がよくやるように、この些細《ちいさ》なこと——とその時は思われたのです——について考え始めました。弱いけれども深みのある、あの赤い光は一体いかなる中心から来て、いかなる物——ガラス玉か、ボタンか、玩具の装飾品か——から反射しているのだろう？　馬車は静かにガタゴトと走りつづけ、行先まであと一マイルほどの場所へ来ました。謎はまだ解けておらず、一分もすると、いっそう奇妙な謎になりました。二つの光る点がいきなり動き出して、どんどん床の方へ下りて行き、それでも互いの距離と水平に並んだ位置は保ちながら、やはり唐突に、私が坐っている座席の高さに上がったと思うと、それっきり見えなくなったのです。

私はすっかり好奇心を掻き立てられましたが、考える暇《ひま》もないうちに、あの二つの鈍いランプがまた二つとも床のそばに見えました。と思うとまた消えて、最初に見えた隅にまたあらわれました。

それで、私は目を離さずに、こちらの座席の上でそっと身体をずらし、小さな赤い円盤がまだ見える端の方へ、にじり寄りました。

馬車の中に明かりはほとんどありませんでした。真っ暗に近かったのです。私は小さな円い物が何なのかたしかめようとして、前かがみになりました。そうするうちに、円い物は少し位置を変えました。今は何か黒い物の輪郭がわかって来て、やがてかなりはっきりと、小さな黒い猿の輪郭が見えました。そいつは私の真似をして、顔をこちらへ突き出していました。例の光はそいつの眼で、私に向かってニヤッと歯を剝《む》き出しているのが、かすかに見えました。

とびかかって来るかもしれないので、私はうしろへ身を引きました。乗客の誰かがこの醜いペットを忘れて行ったのだと思い、猿の気性をたしかめたかったので、指をそいつに預けるのは厭《いや》でしたが、蝙蝠《こうもり》傘をそっとそちらに突き出してみました。猿は身動きもせず――傘が近づいても――突き抜けても、じっとしていました。というのも、傘はそいつの身体を突き抜け、向こうへ出してもこちらへ引いても、まったく抵抗がなかったのです。

私がどれほど恐ろしかったかお伝えすることは、到底できません。奴が幻覚である――あの時はそう考えたのです――ことを確かめると、自分自身についての不安と一種の恐怖に襲われ、その恐怖は私を魅縛《みばく》して、しばらくの間、あの獣の眼から視線を外《そ》らすことができませんでした。見ていると、猿はうしろへヒョイと下がって、すっかり隅に隠れ、私は恐慌にかられて思わず扉に寄り、首を外に出して外気を深く吸い込み、通り過ぎる街灯や樹々を見つめて、これが現実であることを喜んでたしかめました。

私は馬車を停めて、下りました。金を払う時、御者がおかしな顔をしてこちらを見たのに気づきました。たぶん私の顔つきや態度に尋常《ただ》ならぬものがあったのでしょう。それまで、あんなに奇妙な気持ちになったことはありませんでしたから」

第七章　旅路、第一段階

「乗合馬車が走り出し、路上に独り残された時、私は猿がついて来たかどうかをたしかめるため、注意深くあたりを見まわしました。猿はどこにも見えなかったので、何とも言い表わしようがないほどホッとしました。私がどんな衝撃を受けたかは、そしてあいつがいなくなった――と思った――時の心からの感謝の念は、容易に説明することができません。

馬車を下りたのはこの家に着く少し手前で、そこからは二、三百歩も歩かねばなりませんでした。小道に沿って煉瓦塀が続いていて、塀の内側には水松《いちい》か何かその種の黒ずんだ常緑樹の生垣があり、さらにその内側には、あなたもここへいらっしゃる時御覧になったでしょうが、あの立派な樹々が並んでおります。

この煉瓦塀はおおよそ私の肩ほどの高さがあり、ふと目を上げた時、例の猿があの前かがみの姿勢で四つん這いになって、すぐそばの塀の上を歩くか這うかしているのが見えました。私は立ちどまり、嫌悪と恐怖の入り混じった思いで、そいつを見ました。私が立ちどまると猿も立ちどまりました。長い両手を膝において塀の上に坐り、こちらを見ているのです。光が十分になかったので輪郭くらいしかわからず、また十分暗くなかったので、そいつの眼の独特な光も強く浮き上がっていませんでした。それでも、あの赤いぼんやりした光は十分はっきりと見えました。猿は歯を見せず、苛立っている様子はありませんでしたが、うんざりして機嫌が悪いように見え、私をじっと観察していました。

私は道の真ん中へ退《さが》りました。無意識にあとずさってそこに立ち、なおもあいつを見ておりました。あいつは身動きしませんでした。

何かしよう、何でも良いから——とっさにそう決意した私はふり返って、街の方へ足早に歩きながら、獣の動きをずっと横目に見ておりました。やつは私の歩調にぴったり合わせて、塀の上を素早く這い進みました。

道の曲がり角の近くで塀が切れると、猿は下りて来て、一つ二つ敏捷に跳ねて私の足元に寄り、私は足取りを速めましたが、それでもついて来ました。私の左側に、脚のすぐそばにいたので、今にも踏みつけてしまいそうでした。

道はまったく人気《ひとけ》がなく静かで、刻々と暗くなってゆきました。私は狼狽し、途方に暮れて立ちどまると、逆の方へ――つまり遠ざかって来たこの家の方へふり向いたのです。私がピタリと足をとめると、猿は、そう、五、六ヤード程離れたところに引き退り、じっとして私を見守っていました。

私は今まで申し上げた以上に興奮していました。もちろん、私も人並に、お医者様方がこういう現象を称して言うところの「妖怪的錯視」[4]について多少物の本で読んでいました。私は状況を良く考え、自分の不幸を正面から見据えました。

こうした疾患は一時的なこともあるし、しつこいこともあると本に書いてありました。初めのうちは無害だった幻がだんだん恐ろしく耐え難いものに悪化して、しまいには患者を疲弊させてしまう症例のことも読みました。私はなおもそこに、獣の道連れがいる以外には独りきりで立ちながら、何度も自分に言い聞かせて気を休めようとしました――「これは純然たる病にすぎない。疱瘡《ほうそう》や神経痛のように良く知られた肉

---

4 J・H・ブラウンの著書『スペクトロピア、或いは至る所にあらゆる色の幽霊を見せる驚くべき妖怪的錯視 Spectropia,or surprising spectral illusions showing ghosts everywhere and of any colour』に詳説された症状。

体的疾患にすぎない。医者はみんなその点で意見が一致しているし、哲学もそれを論証している。愚かに取り乱してはいけない。近頃夜更かしをし過ぎたし、たぶん、消化の具合が悪いんだろう。だから、神の御加護があれば治るだろう。これは神経性消化不良の徴候にすぎないのだ」私はこれを信じたでしょうか？　一言だって信じやしません。この悪魔的な隷属状態に一度《ひとたび》とらわれ、縛りつけられた他の哀れな人間と同様でした。自分の確信——認識と言っても良いでしょうが——とは裏腹に、空元気《から》をつけようとしていただけなのです。

私は家へ向かって歩きはじめました。ほんの二、三百ヤード行くだけでした。自分に一種の諦めを強いていたのですが、胸の悪くなるような衝撃と、わが身の不幸を初めて確信した故の動揺を乗り越えてはいませんでした。

その夜は家で過ごすことに決めました。獣は私のすぐそばを動きまわっていましたが、疲れた馬や犬が家へ帰る時に時折見せる、塒《ねぐら》へ帰りたくてならぬ様子がうかがわれるような気がしました。

私は街へ行くのが怖く、誰かに見られ、気づかれることをおそれていました。自分の態度に抑え難い動揺が現われているのを感じました。その一方で、娯楽の場所へ行くとか、クタクタになるまで家から歩いて行くといった習慣が激しく変わることもおそれていました。猿は私が石段を上がるまで玄関の戸口に待っていて、扉が開くと一緒に中へ入りました。

その夜はお茶を飲みませんでした。葉巻を吸い、ブランデーの水割りを少し飲みました。私が考えていたのは、自分の肉体組織に働きかけ、しばらく思索を離れて感覚のうちに暮らすことによって、自分を無理矢理、いわば新しい型に押し込むことでした。私はここに、この客間に来ました。まさにここで椅子に腰掛けました。すると、猿はその時そこに置いてあった小卓に上がりました。茫然として倦怠《けだる》げな顔をしていました。あいつが何をするかと思うと不安でならなかったため、私はずっとあいつに目を向けていました。猿は半分目をつぶっていましたが、両目が光っているのがわかりました。たえず私を見ていました。どんな状況でも、四六時中目醒めて私を見ているのです。その点はけっして変わりません。

あの晩のことを詳しく話しつづけるのはよしましょう。それよりも、根本的には少しも変わらなかった最初の年の現象を御説明いたしましょう。あの猿が日中どんな風に見えたかをお話ししましょう。暗闇では、じきに申し上げますが、いろいろ妙なところがあるのです。あいつは小猿で、真っ黒です。変わったところは一つだけで、それは悪意を——底知れぬ悪意を持つ性格でした。最初の一年間、あいつは気難しく、うんざりしているように見えました。しかし、その不機嫌な倦怠《けだる》さの底に、強烈な悪意と監視という性格がずっと隠れていたのです。あの時期、やつは私を見張るのに支障がない限り、なるべく私を悩ませないという方針に基いて行動しているようでした。けして私から目を離しませんでした。あいつがここへ来て以来、眠っている時はべつとして、明るくても暗くても、昼も夜も、あいつを見失うことはありませんでした。ただ理由はわかりませんが、一度に数週間姿を消すことがあるのです。

あいつの姿は真っ暗闇でも、昼の光の中と同じように見えます。目だけではありません。赤い熾《おき》の光に似た光輪が、あいつがどこで何をしようとずっとまといついて、その中に全身がはっきり見えるのです。

あいつがいっとき私のそばから離れるのは、いつも夜のことです。暗闇の中で、いつも同じようにしていなくなるのです。初めはソワソワと落ち着かなくなり、それから怒り狂って、それから歯をニッと剝き出し、震えながら、手を握りしめて、こちらへ向かって来ます。それと同時に、暖炉の火床に火が現われるのです。私はけして暖炉に火をつけません。火のある部屋では眠れませんから。猿は怒りに震える様子で、次第に暖炉へ近づき、激怒が頂点に達すると火床の中へ飛び込んで、煙突を上って行って、見えなくなります。

最初にこのことがあった時、私は解放されたのだと思いました。自分はもう生まれ変わったのだと。一日経ち――一夜経って――それでも奴は帰って来ません。そして幸福な一週間が過ぎ――一週間――また一週間が過ぎました。ヘッセリウス博士、私はいつも跪《ひざまず》いておりましたよ。いつもです。神に感謝し、祈っていたのです。丸一カ月自由の時が過ぎましたが、突然、やつは私のもとへ戻って来ました」

第八章　第二段階

「あいつは私のもとへ戻り、以前は気難しげな外見に隠されて鈍かった悪意が、今は熾烈《しれつ》になって来ました。それ以外は何一つ変わりませんでした。この新しい活力は振舞いや顔つきにあらわれていましたが、やがてほかの形でもあらわれました。

おわかりいただけましょうが、しばらくの間、それはただ活発さが増したことと、いつも凶悪なたくらみを心に抱いているかのような、脅《おど》かす態度に示されているだけでした。あいつは以前と同様、けして私から目を離しませんでした」

「今ここにおりますか?」と私は尋ねた。

「いいえ」と彼はこたえた。「姿を見せなくなってから、ちょうど二週間と一日——十五日になります。時によると、三度に一度くらいですが、二カ月近くいなかったこともあります。あいつの不在はいつも二週間を越えるのです——二週間よりほんの一日長いだけかもしれませんが。最後にあいつを見てから十五日経ちましたから、もういつ戻って来ても不思議はありません」

「戻って来る時、何か特別な前兆はありますか?」

「いいえ——何も。ただ私のそばへ戻って来るだけです。本から目を上げたり、首をふり向けたりすると、奴がいつものように私を見張っています。それからは前のように一定の期間とどまるのです。こんなにたくさん詳しい話を人にしたことはありませんよ」

彼は興奮し、死人のような顔をして、ハンカチを何度も額にあてた。お疲れでしょうから明朝また参上します、と私は言ったが、彼は引きとめた。

「いや。よろしければ、今すっかりお聞きいただきたいのです。やっとここまで話しましたから、もう一頑張りしたいのです。ハーリー博士と話した時は、こんなにいろいろなことを話す気になれませんでした。あなたは哲学の素養を持ったお医者様です。霊魂に然るべき地位をお認めになる。もしこれが現実だとすると――」

彼は言葉を切り、興奮して物問いたげに私の顔を見た。

「それについては追々に十分話し合いましょう。私の考えをすっかり申し上げますよ」私は少し間《ま》をおいてこたえた。

「はい――わかりました。もしもあいつが現実のものだとしたら、少しずつ優勢になって、私を地獄の奥底へ引き込んでゆくのです。ハーリー博士は視神経の話をしました。ああ！　でも――伝達する神経はほかにもあります。全能の神よ、助けたまえ！　どういうことかお聞かせしましょう。

じつは、あいつの行動力が増しているのです。奴の悪意はある意味で攻撃的になりました。二年程前、私と主教との間で懸案になっていた問題が片づいたので、私はウォーリックシャーの教区へ赴きました――牧師としての仕事があると思って。ところが、予期せぬことが起こりました。もっとも、ああいう事は予想できたのだとあれ以来そう考えておりますが。こう申し上げる理由は――」

彼は次第に語りづらそうになって、しきりにため息をつき、時には参ってしまいそうに見えた。だが、この時の態度に動揺した様子はなかった。むしろ衰弱して、自分はもう駄目だと諦めてしまった病人に似ていた。

「さよう。ですが、まず初めに私の教区ケンリスについてお話ししなければなりません。

あいつは、私がこの家を去ってドールブリッジへ向かった時も、ついて来ました。物言わぬ旅の道連れで、私と牧師館にとどまりました。そして私が聖務《つとめ》をはじめると、べつの変化が起こったのです。あいつは邪魔をしようという凶悪な決意を示したのです。教会でも私のそばにいて――聖書台に――説教壇に――聖餐台のすぐ前にいました。ついにはこんな極端な真似に及びました。私が会衆に向かって聖書を読んでいると、聖書の上に跳びのり、そこにうずくまっているので、ページが見えなくなってしまったのです。こんなことが一再ならず起こりました。

私はしばらくの間ドールブリッジを離れ、ハーリー博士の手に身を委ねました。博士がしろと言ったことは何でもしました。博士は私の病状について随分と考えてくれました。興味をおぼえたんだと思います。治療は成功したように見えました。三月近《みつき》くの間、あいつは全然戻って来なかったからです。自分はもう大丈夫だと思い始めました。博士の完全な了承を得て、私はドールブリッジへ戻りました。

私は二輪軽装馬車《シェイ》で旅をしました。元気一杯——いや、それ以上でした。幸福で、感謝の念に満ちていたのです。自分は恐ろしい幻覚から解放されて、やりたくてならなかった職務を行う場所へこれから戻るのだと思いました。美しい夏の夕暮れで、あらゆるものが静穏に、そして陽気に見え、私も喜んでいました。窓の外を覗いて、樹立の中にあるケンリスの教会の尖塔をながめたことを憶えています——塔が最初に目に入る場所で見たのです。そこはちょうど教区の界《さかい》をなす小川が暗渠《あんきょ》になって道の下を潜るところで、小川がまた現われるところに、古い碑文を刻んだ石が置いてあります。この場所を通った時、私は首を引っ込め、腰を下ろしました。すると馬車の隅にあの猿がいたのです。

私は一瞬気が遠くなり、それから、絶望と恐怖にすっかり取り乱しました。御者に呼びかけて外へ出ると、路傍《みちばた》に坐り込み、無言で神の赦しを乞うて祈りました。やがて絶望的な諦めにかられました。牧師館にふたたび入った時、道連れは私と共にいたのです。同じ迫害が始まりました。短い葛藤のあとに私は屈服し、すぐにこの地を去りました。

これより前に、獣はある点で攻撃的になったと申し上げましたね。少し御説明いたしましょう。あいつは私が祈禱の文句を唱えたり、黙禱《もくとう》しただけでも、いや増す怒りに駆られるようだったのです。しまいに、恐ろしい妨害をはじめました。物言わぬ非物質的な幻影にどうしてそんなことができるかとおっしゃるでしょうね。私が黙禱をすると、いつもこうだったのです。あいつはいつも目の前にいて、だんだん近づいて来るのでした。

奴はテーブルに、椅子の背に、マントルピースにとび乗り、身体をゆっくり左右に揺すって、ずっと私を見ているのです。あいつの動作には人の気を散らし、単調な動きに注意を引きつける、何とも言いようのない力があるのです。そのうちに考えがいわば一点に縮まって、ついには無になってしまいます――ハッと我に返って強硬状態を払い除《の》けなかったら、正気を失ってしまったような気がいたします。また、このほかにもやり方があるのです」彼は深いため息をついた。「たとえば、目をつぶって祈っている間にどんどんそばへ寄って来て、あいつの姿が見えるのです。物理的に説明がつかないことは承知しておりますが、目蓋を閉じているのに、たしかに見えるのです。そうして奴は私の精神を揺さぶり、私を圧服し、私は仕方なく跪いた姿勢から立ち上がります。あなたももしこんな目にお遭いになったら、絶望というものをお知りになることでしょう」

第九章　第三段階

「ヘッセリウス博士、あなたは私の話を一言も洩らさずに聞いておられますね。ですから、これからお話しすることを、とくに良くお聴き下さいと申し上げる必要はないでしょう。お医者さま方は視覚神経とか、妖怪的錯視とかいうことをおっしゃいます。まるで私をとらえた影響力《ちから》が攻撃し得る点は視覚器官だけであるかのように――私はそうでないことを知っております。私の恐ろしい病症でも、最初の二年間はその限界が守られておりました。けれども、食べ物がまず唇に優しく取り込まれ、それから歯の下へ持って来られるように、製粉機のクランクに挟まれた小指の先が、手を、腕を、そして全身を引き摺《ず》り込むように、神経のもっとも細い繊維の端を一度しっかりとらえられた哀れな人間は、地獄の巨大な機械仕掛にどんどん引き込まれ、最後には私のようになってしまうのです。そうです、博士、私のようになるのです。というのも、こうしてあなたとお話しして救いを求めている間にも、私の祈りは不可能を求めるものであり、私の哀訴は冷酷無情な相手に向かってしているのだと感ずるからです」

彼の興奮が目に見えてつのって来たので、私は宥《なだ》めようとし、絶望なさってはいけませんと言った。

話し込んでいるうちに、いつしか夜になっていた。おぼろな月光が窓外の景色一面に広がっていて、私は言った。

「蠟燭をお使いになった方が良いでしょう。光の加減が妙ですからな。あなたにはなるべく普段通りの状態でいて欲しいのです。私が診断をする間はね。さもなければ、どうでも構わないのですが」

「私には、どんな光でも同じことです」と彼は言った。「本を読んだり物を書いたりする時はべつですが、さもなければ夜が永遠に続いてもかまいません。一年程前に起こった出来事をお話ししようと思います。あの化物が話しかけて来たのです」

「話しかける！　どういう意味です——人間が話すようにということですか？」

「そうです。言葉をちゃんと並べて話すのです。筋が通っていて発音も完全なのですが、一つ奇異なところがあります。人間の声の調子ではないのです。耳から伝わって来るのではなく――私の頭の中で歌うように聞こえるのです。

この能力、私に話しかける力は私を破滅させるでしょう。あいつは私に祈らせまいとして、恐るべき冒瀆の言を吐いて邪魔をします。私は祈る気が失《う》せてしまい、とても先を続けられません。おお！　博士、人間の技も、思想も、祈りも、私には何の役にも立たないのです！」

「いいですか、あなた、むやみに刺激的な考えで御自分を苦しめないとどうか約束して下さい。事実を語ることだけに専念なすって下さい。そして何よりも、忘れないで下さい――たとえあなたを悩ますものが独立した生命と意志を有する現実だとしても――あなたはそうお考えのようですが――そいつに危害を加える力があるはずはありません――そんな力を天から与えられたなら、べつですが。そいつがあなたの五感に接することができるかどうかは、主としてあなたの肉体の状態にかかっています――これはともかく、あなたの救いであり、拠《よ》り所です。我々はみな同じようなものに取り囲まれている。あなたの場合は『体壁』が、肉の帷《とばり》、遮壁《しゃへき》が少しばかり傷《いた》んでいて、光景や音が伝わって来るだけなのです。新しい治療過程に入らなければなりませんな——元気をお出しなさい。今晩一晩かけて病状を良く考察してみましょう」

「有難うございます。そうする価値があるとお考えなのですね。私をまったくお見捨てにはならない。ですが、先生は御存知ないのです。あいつは私への影響力をたいそう強めていて、あれこれと命令します。ひどい暴君なのです。そして私はだんだん無力になってゆきます。神が私をお救い下さるように！」

「あれこれ命じるとは——もちろん、言葉によってという意味でしょうな？」

「はい、さようです。いつも罪を犯せとそそのかすのです。他人や私自身を傷つけることを。先生、事態は本当に差し迫っているのです。二、三週間前シュロップシャーにおりました時」（ジェニングズ氏は今や震えながら早口にしゃべり、片手で私の腕をつかみ、私の顔を覗き込んでいた）、「ある日友人たちと散歩に出ました。その時、私の迫害者もついて来ました。私はほかのみんなのうしろを歩いていました。御存知のように、ディー川の近くの田舎は美しいところです。私たちの行った道はたまたま炭鉱のそばを通っていて、森の外れに垂直な竪穴《たてあな》があり、人の話では百五十メートルの深さがあるということでした。私の姪は私と一緒にうしろの方に残っていました。姪はもちろん、私の苦しみの性質について何も知りませんが、病気で気落ちしていることは知っており、一人きりにさせまいとしてうしろに残っていたのです。二人でぶらぶら歩いて行くうちに、私について来た獣が、竪穴に身を投げろとそそのかしました。今だから申しますが——ああ、考えてもみて下さい——私を忌まわしい死から救った唯一の気がかりは、姪がそんな光景を見たら、ショックが大きすぎるだろうということでした。私はこれ以上先へ行けないから、友達と一緒に歩きなさい、と姪に言いました。姪はあれこれ理由をつけて、促せば促すほど頑なに断わりました。疑い、怖がっているような顔をしていました。たぶん私の表情か態度に警戒心を引き起こすものがあったのでしょうが、姪はどうしても先へ行こうとせず、それが文字通り私を救ったのです。生きた人間があのように卑劣なサタンの奴隷になり得るとは、先生、お考えになったこともないでしょう」ジェニングズ氏はそう言ってぞっとするような呻《うめ》き声を上げ、ブルッと身震いした。

ここで少しの間《ま》があり、私は言った。「それでも、あなたは守られたのです。それは神の御業《みわざ》でした。あなたは神の御手《みて》のうちにあるので、他のいかなる存在の支配下にもありません。ですから、先のことは御心配なさいますな」

第十章　終着点

私は彼に蠟燭を点《つ》けさせ、部屋が明るく、人間の住むところらしくなったのを見ると、暇《いとま》を告げた。私は言った——御病気はあくまで肉体的な、但し微妙に心霊的な原因によるものだとお考えにならなければいけません。先程お話し下さった命拾いの件も、神があなたのことを気づかい、愛しておられる証拠です。あなたはこの病の奇妙な症状を見て、御自分が霊的な永罰を受けることになったと考えておられる。私はそれをお気の毒に思いましたが、さような結論はまるで根拠がないだけでなく、シュロップシャーで遠足した際、殺人的な影響力から不思議と救われた一件に見られる事実に反しています。第一に、姪御さんは、あなたが引き留めようとしなかったのに、あなたのそばに残っていたのですし、第二に、姪御さんのいる前で恐ろしいそのかしを実行することへの抗し難い嫌悪感があなたの心に吹き込まれていたのですから、と。

道理を尽くしてこの点を説いていると、ジェニングズ氏は泣き出した。慰められたようだった。私は一つだけ約束させた。いつ何時《なんどき》でも猿が戻って来たら、すぐに私を呼ぶということだった。そして彼の症状をとことん調べ終えるまで、ほかの患者のためには時間を割《さ》かないし、頭も使わない。明日にも結果をお知らせする、とあらためて約束して別れた。

馬車に乗る前に、私は召使いに向かって、旦那様は具合が悪いから、たびたび部屋を覗いて見るようにと言った。

私自身も、邪魔されないでこの件に打ち込めるように準備した。

私は自分の下宿へ寄るだけ寄って、旅行用の机と絨毯地で作った旅行鞄を持ち、貸馬車に乗って、ロンドンの街から二マイル程離れた宿屋へ向かった。そこは「角亭《つの》」といい、壁が厚く頑丈で、ごく静かな居心地の良い家《うち》だった。そこならば人が押しかけて来たり気が散ったりする心配もないから、居心地の良い居間でその夜の何時間かを費やし、必要ならば翌《あく》る朝も時間を傾注して、ジェニングズ氏の症例を考えることに決めた。

(ここに、この症例に関するヘッセリウス博士の見解を記した入念な覚え書きがあり、彼が処方した生活習慣や、食事や、薬について細々《こまごま》と記されている。それは風変わりなもので――神秘的と言う者もいるだろう。だが、全体として、ここに再録しなければならないほど読者の関心を惹くか否かは疑わしい。手紙は全文、彼がこの時籠もっていた宿屋で書かれたことが明らかだった。その次の手紙は、ロンドンの下宿から出したものである)。

私は九時半に街を出て昨夜泊まった宿屋へ行き、ロンドンの私の部屋に着いたのは今日の午後一時であった。テーブルにジェニングズ氏の筆跡で書かれた手紙が置いてあった。郵便で来たものではなく、訊いてみると、ジェニングズ氏の召使いが持って来たという。私は今日まで戻らないし誰も居所を知らないと聞かされると、召使いは困りきった様子で、必ず返事をもらって帰るように主人から命じられているのだと言ったそうだ。

私は手紙を開封して読んだ。

親愛なるヘッセリウス博士。――あいつがここにいます。あなたがお帰りになって一時間もしないうちに戻って来ました。奴はしゃべっています。これまでにあった事をみな知っております。あいつは何でも知っているのです――あなたのことも知っていて、怒り狂い、凶暴です。口汚く罵《ののし》ります。この手紙をお送りしますが、あいつは私の書く言葉を一字一句知っております。お約束いたしましたから手紙を書くのですが、ひどく混乱して取りとめのない内容かと存じます。私はそれほど邪魔され、悩まされているのです。

敬具

ロバート・リンダー・ジェニングズ

「この手紙はいつ来たのかね？」と私はたずねた。

「昨晩十一時頃です。使いの方はまたここに来て、今日のうちに三度もおいでになりました。最後に来たのは一時間程前です」

私はそれを聞くと、彼の病症について記した覚え書きをポケットに突っ込み、数分後にはジェニングズ氏に会うため馬車でリッチモンドへ向かっていた。

君もおわかりだろうが、私はけしてジェニングズ氏の病状に絶望してはいなかった。彼自身、私が『形而上学的医学』の中で主張した原理、こうした症状すべてを支配する原理を憶えていて、やり方は間違っていたが、それを応用したのだ。私は真剣にその原理を応用しようとしていた。私は深い興味をおぼえ、〝敵〟がその場にいる間に氏と会い、診察したくてならなかった。

あの陰気な家に着くと、入口の段を駆け上がり、扉を叩いた。ほどなく黒い絹の服を着た背の高い婦人が扉を開けた。婦人は顔色が悪く、今まで泣いていたようだった。お辞儀をして私の質問を聞いたが、答えなかった。顔をそむけて、階段を下りて来る二人の男の方に片手を伸ばした。そうやって、いわば無言のうちに私を二人にまかせると、急いで脇扉から出て行き、その扉を閉めた。

私は玄関に近いところにいる男にすぐさま声をかけたが、男のそばへ寄ると、その両手が血まみれなのを見て愕然《がくぜん》とした。

私は少し後退《あとずさ》り、男は階段を下りて来ると、低声《ここえ》でポツリと言った。「あちらに召使いがおります」

召使いは階段の上で立ちどまり、動揺し、押し黙って、私を見ていた。ハンカチで両手を拭いていたが、そのハンカチは血に染まっていた。

「ジョーンズ、どうしたんだ？　一体、何が起こったんだね？」私はそうたずねたが、厭な予感に圧倒されていた。

召使いは上の広廊下へ来て下さいと言った。私はすぐ彼のそばへ行った。彼は眉をひそめ、青ざめて、眼を細め、私がすでに想像していた惨劇を語った。

彼の主人は自決したのだ。

私は彼と二階へ上がった——そこで何を見たかは言うまい。ジェニングズ氏は剃刀《かみそり》で喉を切った。凄まじい切傷だった。例の二人の男が彼をベッドに安置していた。床の巨《おお》きな血溜《ちだま》りが示す通り、事が起こったのは、ベッドと窓の間でだった。ベッドのまわりには絨毯が敷いてあり、鏡台の下にも敷いてあったが、床のほかの部分にはなかった。召使いによると、ジェニングズ氏は寝室に絨毯を敷くのを好まなかったという。薄暗く、今は恐ろしいこの部屋の中で、家を暗くしている楡の大木の一つが、凄惨な床に大枝の影をゆっくりと揺らしていた。

私は召使いに手招きして、一緒に階下《した》へ下りた。広間から古風な羽目板張りの部屋へ入ると、召使いが知っていることを立ち話ですべて聞いた。大して多くのことではなかった。

「私は昨夜、先生がお帰りになった時のお言葉と御様子から、主人が重病だとお考えになっていることを悟りました。発作か何かが起こることを心配していらっしゃるのかもしれないと思いました。それでくれぐれも注意して御指示を守っておりました。主人は夜中の三時過ぎまで起きておりました。書き物も読書もせず、しきりに独り言を言っておりましたが、それはべつに普段と変わったことではありませんでした。三時頃、私は着替えをお手伝いして、上履きと化粧着という格好の主人を残して部屋を出ました。三十分程後にそっと戻って来ますと、主人は寝間着を着てベッドに入り、傍のテーブルに蠟燭が二本点いていました。私が部屋へ入った時、主人は片肘を突いて、ベッドの向こう側を見ておりました。何か御用はございませんかと訊きましたが、主人はないとこたえました。

先生がおっしゃったことのせいか、それとも主人に少し普通でないところがあったためなのかわかりませんが、昨夜は主人のことが非常に気にかかってなりませんでした。

それから三十分後、あるいはもう少ししてからだったかもしれません。私はまた二階に上がりました。主人がしゃべる声はもう聞こえませんでした。扉を少し開けてみました。蠟燭は二本共消えておりましたが、それは常にないことでした。私は寝室用の蠟燭を持っておりましたので、その光をほんの少し部屋に差し入れて、あたりをそっと見まわしました。主人はまた服を着て、鏡台のわきの椅子に坐っていました。ふり返って、私を見ました。起きて服を着ながら蠟燭を消して、そんな風に暗闇に坐っているのは変だと思いましたが、御用はありませんかともう一度訊いただけでした。主人は『ない』とこたえましたが、少し厳しい口調だと思いました。蠟燭を点けても良うございますかと訊くと、『好きにしたまえ、ジョーンズ』と言いました。それで蠟燭を点け、まだ部屋に残っていると、主人は言いました。『本当のことを言ってくれ、ジョーンズ。なぜまた来たんだね？──誰かが悪態をつくのを聞いたのではないだろうね？』私はどういう意味だろうと思いながら、『いいえ』とこたえました。『そうか。もちろん、そうだな』と主人は言いました。私は主人に言いました。『旦那様、お休みになった方がよろしいのではありませんか？　もう五時ちょうどになります』主人はこう言っただけでした。『さもあろう。おやすみ、ジョーンズ』それで私は退りましたが、一時間もしないうちにまた戻って来ました。扉にはしっかり鍵がかかっていて、主人は私の足音を聞きつけ、ベッドからだと思いますが、何の用だと呼びかけ、もう邪魔をしないでくれとおっしゃいました。私は横になって、しばらく眠りました。次に二階へ上がったのは六時と七時の間だったはずです。扉にはまだ鍵がかかっており、お返事がありませんでしたので、お邪魔をするのはよそう、眠っていらっしゃるのだと思い、九時までそのままにしておきました。主人は私を呼びたい時は呼鈴を鳴らす習慣で、何時にお部屋へうかがうと決めているわけではありませんでした。私はそっと扉を叩きましたが、返事がないので、まだ眠っていらっしゃるのだと思い、しばらく近づきませんでした。十一時になると、本当に心配になって来ました――思い出せる限り、主人はどんなに遅くとも十時半より遅くお起きになったことはなかったからです。返事はありませんでした。扉を叩いて呼びかけましたが、やはり返事はありませんでした。それで、私には扉を押し破ることができないので、厩《うまや》にいるトマスを呼び、二人して押し破ると、御覧の通りの凄まじいありさまだったのです」

ジョーンズにはそれ以上言うべきことがなかった。気の毒なジェニングズ氏はたいそう優しくて、親切だった。使用人はみんな彼を慕っていた。この召使いがひどく悲しんでいることは私にもわかった。

そんなわけで、私は落胆し動揺して、あの恐ろしい家と楡の木の暗い天蓋から抜け出したが、おそらくもう二度とあそこを見ることはあるまい。こうして手紙を書いていても、恐怖に満ちた単調な夢からまだ醒めきっていないような心地がする。私の記憶は信じ難いおぞましいものとして、あの光景をしりぞける。だが、私は現実であることを知っている。それは毒物の作用の物語なのだ。その毒は精神と神経の相互作用を刺激し、外的な感覚と内的な感覚の同種の機能を分離する組織を麻痺させるのだ。かくして我々は奇妙な仲間と会うことになり、死すべきものと不死なるものとが時機尚早に知り合うのだ。

結び　苦しむ人々への言葉

親愛なるファン・ロー、君は私が今まで話して来たものに似た病を患《わずら》ったことがあるね。それがぶり返したと二度訴えた。

一体誰が君を治したのか？　君の賤しい僕《しもべ》マルティン・ヘッセリウスだ。いや、むしろ三百年前の善良なフランスの外科医の、もっと敬虔な言葉を借りるとしよう。「私が君を治療し、神が癒したもうた」

させたことにいささかの疑いも持たない。症状によって、ごく速やかに治るものもあ

だ。十八カ月もあれば、いや、ことによると二年かかったかもしれないが、彼を完治

忘れないでもらいたいが、私はジェニングズ氏の治療をまだ始めてもいなかったの

確実だと思っている。

ど容易かつ確実に治せる疾患はない。この二つの単純な条件が揃っていれば、治療は

少しばかりの忍耐と医師への理性的な信頼があれば、人間の病のうちでも、これほ

症例に於いて失敗したか? そんな例は一つもないのだ。

の——それ以上でも以下でもない——そのような症例に出遇った。そのうちいくつの

我々の思考の即応力を試すのは、第一の範疇《はんちゅう》に属する病気なのだ。私は五十七

軽い消化不良と同様、容易に治せるものと考えている。

るものと混同されているが——もう一種類の疾患が存在する。私は後者を、鼻風邪や

この世には、真に妖怪的錯視と呼び得る——もっとも、たいていは私がここに述べ

した。私はその幻覚を大別して「昇華性」、「早熟性」、「内向性」と呼んでいる。

私は、本に記したように、この種の幻覚症状を呈する患者五十七人と出会い、治療

さて、友よ、鬱ぎ込むことはない。一つの事実を述べさせてくれ。

れば、非常に長びくものもある。頭を使って熱心に仕事をする知的な医師なら、誰でもきっと治せるだろう。

「脳の基本的機能」に関する私の小論文は知っているね。あの中で私は無数の事実を挙げて証明したつもりだが、我々の肉体には、動脈と静脈の血液循環の如きものが神経を通じて行われている蓋然性が高いのだ。そう考えると、この系統では脳が心臓に相当する。一種の神経を通じて脳から伝播《でんぱ》される流動体が、べつの神経を通じて、変化した状態で戻って来る。その流動体の性質は心霊的なものである——もっとも、前に言った通り、光や電気がそうである以上に非物質的というわけではないが。

さまざまな不節制——緑茶のような作用物の常飲もその一つである——によって、この流動体は質に関しても影響を受け得るが、それよりも平衡を乱されることの方が多い。この流動体は我々が霊たちと共通に持っているので、内なる感覚と結びついた脳や神経の密集箇所に見られる鬱血が過度に露出した表面となり、肉体を持たぬ霊がそれに働きかけることができる。かくて連絡が多少なりとも効果的に確立される。この脳の循環と心臓の循環との間には密接な共感が働く。外的な視覚の座ないし器官は眼だ。内的な視覚の座は、眉のすぐ上のあたりにある神経組織と脳だ。私が君の見た幻覚を、氷で冷やしたオーデコロンを用いるだけでうまく消散させたのを憶えているだろう。しかし、同じような治療をして迅速な成功が見られる症例はほとんどない。冷たさは神経流動体の散らし薬として強力に作用する。十分長く続ければ、我々が麻痺と呼ぶ恒久的な無感覚を来《きた》すことさえあるし、もう少し長く続ければ、感覚のみならず筋肉の麻痺も起こし得る。

繰り返すが、私が治療すれば、ジェニングズ氏が不注意に開いてしまった内なる眼を最初は霞《かす》ませ、最終的には閉ざしていたことをいささかも疑わない。アルコール中毒による譫妄《せんもう》症の場合にも同じ感覚が開くが、脳という心臓の過度の活動とそれに伴う甚だしい神経の鬱血が、身体の状態の決定的な変化によって終止すると、完全に閉じてしまうのだ。単純な方法によって身体に一定の働きかけをすれば、この結果がもたらされる——必然的にもたらされるのだ——私はまだ一度も失敗したことがない。

気の毒なジェニングズ氏は自決した。だが、悲劇はいわば慢性化したこの病に重なった全然異なる病の結果なのだ。氏の症状は明らかに併発症で、氏が真に屈服した病患は遺伝性の自殺狂であった。気の毒なジェニングズ氏を私の患者と呼ぶことはできない。私は治療を始めてさえいないし、彼はまだ——と確信するが——私に全幅かつ無条件の信頼を寄せていなかったからだ。患者自身が病気の味方をしなければ、この病は確実に治療できるのである。

クロウル奥方の幽霊

ジョリフ夫人のすらりと背の高い姿を最後に見てから、かれこれ二十年は経っているでしょう。夫人はもう七十歳《しちじゅう》の坂を越えていて、永《なが》の住処《すみか》へ行き着くまでに、さほど多くの里程標を数えることはないはずです。髪の毛は雪のように真っ白く、帽子の下で分けてあり、賢そうな、けれども優しい顔の上にかかっています。それでも背筋は今もシャンとしていて、足取りは軽く活発です。

夫人は近年大人の病人の世話をするようになり、揺籠《ゆりかご》に住んで四つん這《ば》いで歩く小さい子供を、若い者の手に委ねました。無存在の暗闇から最初に現われる顔のうちに、あの気立ての良さそうな顔を思い出す人々、そして歩くという技芸《わざ》を最初に教えてもらった人々や、最初に口にした片言のおしゃべりや初めて生えた歯を喜んでもらった人々は、もう背の高い少年少女に「伸び上がって」います。中には、鳶色《とびいろ》の巻毛や「綺麗な金色の」髪に白いものがまじっている人もいます。夫人はその髪の毛を誇らしげに梳《す》いて、歎賞する母親たちに見せたものでしたが、その親たちももうゴールデン・フライヤーズの草原に姿を見せることはなく、教会墓地の平たい灰色の石に名前を刻まれています。

こうして時はある者を成熟させ、ある者を枯らしているのです。そして物悲しく優しい日没の時刻《とき》が来ました。可愛らしいローラ・ミルドメイの子守をした親切な北国出身の老婦人にも、今は夕暮です。そのローラが今部屋へ入って来て、たいそう嬉しげに微笑み、老婦人の首元に両腕をまわして、二度接吻をします。

「まあ、良いところへ来たわね」とジェナー夫人が言いました。「ちょうど今から物語を聞くところなのよ」

「ほんとう？　嬉しいわ」

「いえ、いえ、とんでもない！　物語じゃありません。本当の話ですよ。あたしがこの目で見たんですからね。でも、この子はもうすぐ寝る時間だっていうのに、妖怪やお化けのことなんか聞きたくないでしょう」

「幽霊なの？　わたし、ほかのどんな話よりか、それを聞きたいわ」

「それじゃあ」とジェナー夫人が言いました。「もし怖くなかったら、ここに坐って一緒にお聞きなさい」

「今ちょうど、初めてのお仕事で死にかけたお婆さんのお世話をした話をしようとしていたのよ」とジェナー夫人《さん》が言い足しました。「それに、そこで見た幽霊の話をね。さあ、ジョリフ夫人、まずあなたのお茶をいれて、それからお話を始めてちょうだい」

善良な婦人は言われた通りに、あの美味しい飲み物を一杯こしらえると、少し啜《すす》って、考えをまとめるために眉根を寄せました。それからたいそう厳《おごそ》かな顔を上げると、話し始めました。

ジェナー夫人と可愛らしい少女は、どちらも厳粛な期待の眼差しで老女の顔をじっと見つめました。老女は呼び返そうとしている思い出に畏怖の念を感じているようでした。

古い部屋はそんな物語にうってつけの場所でした。樫の羽目板が張りまわされ、古風でいかつい家具があり、太い梁《はり》が天井を横切り、四柱式寝台には黒いカーテンが掛かっていて、その中にいればいくらでも怪しい影を想像できそうでした。

ジョリフ夫人は咳払いをすると、ゆっくりとあたりを見まわして、こんな風に話を始めました――

クロウル奥方の幽霊

わたしはもうこんな年寄りですが、アップルウェイル邸へ来た晩には、まだやっと十三歳の誕生日を迎えたところでした。伯母があのお屋敷で女中頭をしておりまして、一種の一頭立ての馬車が、わたしとわたしの荷物をアップルウェイルへ運ぶためにレックスホウで待っていました。

わたしはレックスホウへ着く頃には少し怖気《おじけ》づいていまして、馬車と馬を見た時は、もう母と一緒にヘイゼルデンへ帰りたくて仕方がありませんでした。「軽装馬車《シェイ》[1]」——わたしどもはあの乗物をそう呼んでいたのです——に乗り込んだ時は泣いていたものですから、気立ての良い人だった御者のジョン・マルベリー爺《じい》さんが、わたしを少し元気づけようとして、「金獅子亭」で林檎を一抱え買ってくれました。お屋敷の伯母の部屋に行けば、干葡萄のケーキとお茶と豚の厚切り肉が待ってい

1 原語は shay。一頭立てで幌《ほろ》つきの二輪軽装馬車。chaise に同じ。

るよ、と爺さんは言うのです。月影のさやかな夜で、わたしは林檎を食べながら馬車の窓の外をながめておりました。

紳士方がわたしのように貧しくて愚かな子供を脅《おど》かすのは、大人気《おとなげ》ないことですから、あれは冗談だったのかと思うこともあります。馬車の屋根の席には、わたしと並んで二人の殿方が乗っていました。夜になって月が昇ると、この二人はわたしに行先を訊きはじめました。それでわたしは言ったんです——レックスホウの近くにあるアップルウェイル邸のアラベラ・クロウル奥方様にお仕《つか》えしに行くんですと。

「ほお、そんなら」と一人の紳士が言いました。「長いことはそこにおらんだろうな！」

わたしは「なぜです？」と言うようにその人を見ました。というのも、行先を教えた時、わたしはまるで何か気の利いたことでも言うように、得意になってしゃべったからです。

「なぜかというとな」と紳士はこたえました。「こいつはけっして誰にも言っちゃならんが、とにかく奥方の様子を気をつけて見ているんだぞ——あの奥方は悪魔に取り憑《つ》かれていて、半分幽霊みたいなものなんだ。おまえ、聖書は持っておるかね？」

「はい」とわたしは言いました。母が鞄にわたしの小さな聖書を入れてくれたのを知っていたからです。その聖書なら、年老《としと》ったわたしの目には、もう字が小さすぎますけれど、今でも戸棚に入れて持っております。

相手の紳士を見上げて「はい」と言った時、紳士は連れに目配せしたようでしたが、たしかではございません。

「よしよし」と紳士は言いました。「毎晩、それを必ず長枕の下に入れておくんだぞ。そうすれば、あの婆さんの手から守ってくれるだろう」

それを聞くと、わたしはすっかり怖くなってしまいました。どんなに怖かったか、みなさんには御想像もできないでしょう！　奥方様のことをいろいろ訊いてみたかったのですが、内気なのでそうもゆかず、紳士とその友達は自分たちに関心のある事を話しはじめました。それでわたしは先程お話ししたようにしょげかえって、レックスホウに着いたのです。馬車が暗い並木道に入って行くと、わたしの心は沈みました。樹々はこんもりと繁って、大きく、あの古い家と同じくらい年輪を重ねていました。中には、人間四人が両腕を伸ばし、指先を触れて、やっと囲めるような大木もありました。

　わたしは初めてのお屋敷を見ようと窓から首を出していました。すると、いきなり馬車がお屋敷の前に停まりました。

　それは大きな白と黒の建物で、大きな黒い角材が縦横に通っており、シーツのように真っ白い切妻壁が月に向かって、前面のここかしこに二、三、樹の影がさしていて、葉っぱの数がかぞえられそうでした。小さい菱形の窓ガラスがいくつも大きな玄関の窓にきらめき、古風な大きい鎧戸が外の壁に蝶番《ちょうつがい》で留めてあって、正面のほかの窓を全部覆っていました。というのも、この家には三、四人の召使いと奥方様がいるきりで、部屋は大部分閉めきってあったのです。

　旅が終わり、お屋敷を目の前に見た時、わたしは気が動顛《どうてん》しました。すぐそばに今まで一度も会ったことのない伯母の姿が見えて、自分はクロウル奥方様にお仕えするのだと思うと、今から恐ろしくてなりませんでした。

　伯母は玄関の広間でわたしに接吻すると、自分の部屋へ連れて行きました。彼女は背が高く、痩せっぽちで、顔は青白く、眼は黒く、長く細い両手に黒の手套《ておおい》[2]を嵌めていました。歳《とし》は五十を過ぎていて、物言いはそっけないのですが、伯母の言葉は法律でした。この伯母には何の不平不満もありませんが、情《じょう》のこわい人で、わたしがもし弟の子供ではなく妹の子供だったら、もっと優しくしてくれたろうと思います。それも、今はどうでも良いことですが。

大地主さん――この方はシェヴェニクス・クロウル氏といって、クロウル奥方の孫でした――は、老婦人がちゃんとした扱いを受けているのをたしかめるため、年に二、三回お屋敷へやって来ました。わたしはアップルウェイル邸にいる間に、二回だけお目にかかっています。

それでも、大奥様は手厚く世話をされていたとしか申せません。けれども、それは伯母と奥様付きの女中メグ・ワイヴァーンが良心を持って義務《つとめ》を果たしていたからでした。

ワイヴァーン夫人《さん》――伯母は自分ではメグ・ワイヴァーンと呼び、わたしに向かってはワイヴァーン夫人と呼んでいました――は五十歳の肥《ふと》った陽気な女《ひと》で、上背もあるし、肩幅も広く、いつも上機嫌でゆっくりと歩きました。高いお給金をもらってい

2 原文には mittins とあるが、アイルランド訛りで mittens のこと。親指だけが離れ、他の指は一つになっている手袋。

ましたが、少しけちん坊で、良い着物はみんなしまい込み、ふだんはチョコレート色の木綿の服を着ていました。その服は綾織《あやお》りで、赤と黄色と緑の小枝模様や水玉模様がついており、素晴らしく良く保《も》ちました。

わたしがあのお屋敷にいる間、彼女はなんにも、真鍮《しんちゅう》の指貫《ゆびぬき》一つくれませんでしたが、気さくで、いつも笑っていて、お茶を飲みながら際限もなく話をしてくれました。わたしがしょげているのを見ると、笑ったり物語をしたりして励ましてくれました。ですから、わたしは伯母よりもワイヴァーン夫人の方が好きだったと思います――子供というものはちょっとしたおふざけや物語が大好きですから――伯母も良くしてくれましたが、何かにつけてやかましく、いつもむっつり黙りこくっておりました。

伯母はわたしを自分の寝室へ連れて行きましたが、それは部屋でお茶の用意をする間、わたしが少し眠れるようにと思ってのことでした。でも最初にわたしの肩をポンと叩くと、年齢《とし》の割には背が高いわね、良く伸び上がってると言い、平縫いと縫い飾りはできるかと訊きました。そしてわたしを真っ向から見ると、死んだわたしの父、すなわち彼女の弟に似ていると言い、あんたはもっとまっとうな人間になりなさい、ああいう事をするのではないよと言いました。

初めて伯母の部屋に入ったわたしに、随分きついことを言うなと思いました。

隣の女中頭の部屋に入ると――そこは樫《ヤック》の板を張りめぐらした、じつに居心地の良いところでした――石炭と泥炭と薪《たきぎ》がみんな一緒に火をつけられて、さかんに燃えており、テーブルにはお茶と焼きたてのケーキと湯気の立つ肉がのっていました。ここには肥った陽気なワイヴァーン夫人がいて、伯母が一年にしゃべるよりもたくさんのことを一時間のうちにしゃべりました。

わたしがまだお茶を飲んでいるうちに、伯母はクロウル奥方の様子を見て来るといって二階へ上がりました。

「ジューディス・スクワールズが起きているかどうか見に行ったのよ」とワイヴァーン夫人が言いました。「あたしとシャッターズ夫人《さん》――それが伯母の名前でした――がいない時は、ジューディスがクロウル奥様のそばについているの。あの奥様は厄介なお婆さんでね。気をつけていないと、暖炉の中へ飛び込んだり、窓の外へとび出したりするのさ。年寄りだけど、無鉄砲なことをするんだよ」

「奥様はおいくつなんですか？」とわたしは言いました。

「この前の誕生日で九十三におなりだ。それも八カ月前のことさ」夫人はそう言って笑いました。「でも、伯母さんの前で奥様のことをあれこれ訊くんじゃないよ――いいこと、あの人は見た通りの方だと思いなさい。それだけでいいんだよ」

「それで、奥方様のお世話はどんな仕事をすればいいんです?」とわたしは言いました。

「大奥様のことかい? そうね」と夫人は言いました。「あんたの伯母さん、シャッターズ夫人《さん》が教えてくれるだろうよ。でも、きっと、あんたは部屋に坐って針仕事をして、奥様に間違いがないように見張って、テーブルの上の物で気晴らしをしていただいて、奥様がお求めになったら食べ物や飲み物を出して、何も差し障りがないようにしておけば良いのさ。それで、もし困ったことがあったら呼鈴《よびりん》を強く鳴らすんだよ」

「奥様は耳が遠いんですか?」

「いいえ。それに目が見えないわけでもない。針みたいに鋭いけれども、すっかり耄《もう》碌《ろく》してしまわれて、物事をちゃんと思い出せないのさ。〝巨人殺しのジャック〟や〝靴二つ《トゥー・シューズ》3〟の話をしたって、国王様の宮廷や国事の話と同じくらいお喜びなさるんだからね」

「それで、マダム、先週の金曜日にいなくなった女の子は、何でやめてしまったの？伯母さんがそのことを母様への手紙に書いたんだけど」

「ああ、あの子は行っちまった」

「どうして？」わたしは重ねて訊ねました。

「シャッターズ夫人《さん》と反《そ》りが合わなかったんだろう」と彼女は言いました。「あたしゃ知らない。余計なことをおしゃべりするんじゃないよ。あんたの伯母さんはおしゃべりな子供に我慢できないからね」

「でも、どうか教えて下さい。大奥様、お身体の具合はいいんですか？」

3　出版者ジョン・ニューベリーが一七六五年に出した作者不詳の童話「グッディー・トゥー・シューズの物語 The History of Little Goody Two-Shoes」。マージェリー・ミーンウェルという貧しい孤児の少女は、いつも靴を片方しか履いていなかった。ある時、金持ちの紳士が靴を一足くれたので、喜んで「靴を二つ」持っているとみんなに言って歩いた。彼女は良い子で、のちに金持ちの鰥《やもめ》男と結婚する。これより「Goody Two-Shoes」という言葉は「良い子ぶる人間」の意味で使われるようになった。

「それは訊いてもかまわないよ。近頃少し弱って来られたけれども、先週は良くなれて、たぶん百《ひゃく》歳まで長生きなさるだろう。しっ！　伯母さんが廊下を歩いて来たよ！」

伯母が部屋に入って来て、ワイヴァーン夫人と話を始めました。わたしはだんだん居心地良くくつろいだ気分になって来て、部屋を歩きまわりながら、あれこれの物を見ました。食器棚には綺麗な陶器《やきもの》があり、壁にも絵が掛かっていました。腰羽目に扉が一つ開いていて、変わった古い革の上着が見えました――それには帯と留め金が付いていて、寝台の柱と同じくらい袖が長く、扉の内側に掛かっていました。「何をしてるの、あなた？」伯母は気にしないだろうと思っていたのですが、こちらをふり返ると、鋭い声で言いました。「あなた、何を手に持っているの？」

「これですか？」わたしは革の上着を持ったままふり返って、言いました。「何だかわかりません、マダム」

伯母はふだん青白い顔をしているのですが、その頰に赤みがさして、眼が怒りに閃《ひらめ》き、伯母とわたしの間には六歩ほどの距離しかありませんでしたから、ことによったら、わたしをひっぱたいていたでしょう。でも、伯母はわたしの肩を強く揺さぶって、その物をわたしの手からひったくりました。「ここにいる間は、余計なことに首を突っ込むんじゃありません」そう言って上着をそこにあった釘に掛けると、バタンと扉を閉め、しっかり錠を差しました。

ワイヴァーン夫人はこの間ずっと椅子に坐り、諸手《もろて》を上げて笑いながら、椅子の上で静かに身体を揺すっていました。この人は笑う時、そうする癖があったのです。わたしの目には涙が浮かび、夫人は伯母に目配せして、笑って涙に濡れた自分の目を拭《ふ》きながら言いました。「まあまあ、この子に悪気《わるぎ》はなかったのよ――こっちへ来なさい、あんた。あれは転ばぬ先の杖なんだから、あれこれ訊いちゃ駄目よ、いいかい。わたしたちも嘘はつかないからね。ここへ来て、お坐んなさい。それで寝る前にビールを一杯お飲みなさい」

わたしの部屋は二階で奥方様の部屋の隣にあり、ワイヴァーン夫人のベッドは奥様の部屋、奥様のベッドのそばにありました。ですから、わたしは必要とあって呼ばれれば、すぐに駆けつけることができるのでした。

奥様はその夜も、前の日も、いつもの癇癪《かんしゃく》を起こしていました。時々不機嫌になるのでした。服を着せるのを厭《いや》がることもあれば、脱がせようとしないこともありました。この方は若い頃たいそうな美人だったそうです。でも、盛りの時を憶えている者は、アップルウェイル邸のまわりに一人もいませんでした。彼女はものすごく服が好きで、厚手の絹や、硬い繻子《しゅす》や、天鵞絨《びろうど》や、レースや何かの衣装を、店を七軒も開けるくらい持っていました。服はみんな古めかしくて風変わりでしたが、それでも一財産でした。

さて、わたしは寝床に就いて、しばらくの間目を醒ましていました。何もかもが目新しかったからです。それに、お茶も神経に障《さわ》ったのでしょう。休日や何かに時たま飲む以外は、お茶に慣れていなかったからです。ワイヴァーン夫人がしゃべる声が聞こえ、わたしは耳の後ろに手をあてて聴いていました。けれども、クロウル奥方の声は聞こえず、あの方が一言でも口を利いたとは思いません。

奥様の世話はたいそう行きとどいていました。アップルウェイル邸の人々は、彼女が亡くなれば自分たちは全員お払い箱になると知っておりましたから。ここはお給金も良いし、仕事も楽だったのです。

お医者様が週に二回奥様を診《み》にいらして、みんなは万事お医者様のお言いつけ通りにしました。毎度言われることが一つありました。どんな形でも奥様に逆らったり、小馬鹿にしたりしてはいけなくて、何事に於いても御機嫌をとり、喜ばせなければならないのです。

それで奥様はその晩服を着たままでおやすみになり、翌《あく》る日も一言も口を利きませんでした。わたしはお午餐《ひる》に下りて行く時以外は、一日中自分の部屋で針仕事をしておりました。

わたしは奥方様に会ってみたかったし、お声も聞いてみたかったのです。けれども、わたしにとって彼女はロンドンにいるも同然でした。

お午餐を食べ終えると、伯母は一時間ほど散歩に行けといってわたしを外に出しました。でも、戻って来ると、ホッとしました。樹々がたいそう大きくて、お屋敷のまわりは暗いし寂しいし、おまけに曇りの日でしたから、わたしはそこいらを独りで歩きながら、家のことを考えてさんざん泣きました。その晩、わたしは蠟燭をつけて自分の部屋に坐り、クロウル奥方の部屋へ通ずる扉が開いていて、そちらの部屋に伯母がおりました。やがて、わたしは老婦人が話しているらしい声を初めて聞いたのです。

それは奇妙な声で、鳥か獣のどちらの声に似ているとも言えませんでしたが、羊がめえめえ鳴くような音が混じった、ごくかぼそい声でした。

わたしは何も聞き洩らすまいと耳をそばだてていました。けれども、奥様の言うことは一言もわかりませんでした。そのうち伯母が答えました。「邪《よこしま》な者は誰も傷つけられませんわ、マダム。主《しゅ》がお許しにならない限り」すると、同じ奇妙な声がベッドからまた何か言いましたが、わたしにはさっぱり理解できませんでした。

伯母がまた答えました。「あの人たちには顰《しか》め面《つら》でも何でもさせておけばいいんです。好きなことを言わせておやりなさい。主が味方をして下さるなら、誰がわたしたちに仇《あだ》をなすことができるでしょう？」

わたしは耳を扉の方に向け、息をひそめて聴いていましたが、部屋からはもう一言も、何の音も聞こえて来ませんでした。二十分ほど経って、テーブルの前に坐り、古い『イソップ物語』の絵を見ておりますと、何か戸口で動いているのに気がつきました。面を上げると、伯母の顔が戸口から覗き込んで、片手を上げているのが見えました。

「しっ！」伯母は小さな声で言い、爪歩《つまある》きでわたしの方へ来ると、こうささやきました。「やっとおやすみになったわ。だから、わたしが戻って来るまで音を立てるんじゃありませんよ。わたしは階下《した》へ下りて、お茶碗を取って、すぐ戻って来ますからね──わたしとワイヴァーンさんでね。あの人が部屋で寝るから、あなたはわたしたちが上がって来たら、階下へ下りても良いわ。ジューディスがわたしの部屋で夜食をくれるでしょう」

そう言って、伯母は立ち去りました。

わたしは前のように絵本を見ながら時折聴耳《ききみみ》を立てましたが、何の音も、息づかいも聞こえませんでした。それで勇気を奮い立てるために、絵に向かってささやいたり、独り言を言ったりしました。あの広い部屋にいると、だんだん怖くなって来たからです。

しまいにわたしは立ち上がって部屋の中を歩きはじめ、ここを見たり、あすこを覗いたりしました。おわかりでしょうが、気をまぎらすためです。しまいには、クロウル奥方様の寝室を覗き込まずにいられなくなりました。

そこは豪壮な部屋で、大きな四柱式寝台があり、天井と同じくらい高い花紋様の絹のカーテンが床まで垂れ下がって、ベッドのまわりにぴっしりと引きこめてありました。見たこともないほど大きな姿見があり、部屋は眩《まぶ》しいほど明るく照らされていました。数えてみると二十二本もの蠟燭が点《つ》いていたのです。そういうのが奥様のお好みで、誰もいけないとは言えないのでした。

わたしは戸口で耳を澄まし、口をぽかんと開《あ》いたまま不思議がってあたりをながめていました。息づかいの音一つせず、カーテンが動くのも見えないとわかると、心強くなって、爪先立ちで部屋の中程へ歩いて行き、また周囲を見まわしました。それから大鏡に映った自分の姿を見ましたが、しまいに、こんな考えが頭に浮かびました。

「ベッドに寝ている奥様を一目見ちゃいけないだろうか？」

クロウル奥方様の姿を見たいというあの時の気持ちが半分でもおわかりになったら、みなさんはわたしを馬鹿だとお思いになるでしょう。わたしはこう考えたのです――今覗いて見なかったら、こんなに良い機会は当分めぐって来ないと。

それでベッドのそばへ行きましたが、カーテンがぴったりと引いてあるので、気が挫《くじ》けそうになりました。けれども思いきって厚いカーテンの間に指を、それから手を滑り込ませました。そうして少し待ちましたが、部屋は死んだように静まり返っていました。それでそうっとカーテンを引き開けると、まさしくそこに、目の前に、アップルウェイル邸の名高いクロウル奥方様が、レックスホウ教会の墓石に描かれた貴婦人のように身を横たえていたのです。奥方様は盛装していました。今時《いまどき》、あんな格好の人をごらんになったことはないでしょう。繻子と絹、緋《ひ》と緑、金糸のレースと手編みのレース。まったく、あれは見物《みもの》でございましたよ！　背丈の半分もありそうな、髪粉をふりかけた大きな鬘《かつら》が頭にのっていて、まあ！――あんな皺がかつてあったでしょうか？――年老ってたるんだ喉には白いおしろいが塗ってあり、頬には紅《べに》がさしてあって、鼠の皮でこしらえた付け眉毛をしています。ワイヴァーン夫人がそれを貼りつけるのでした。奥方様は縫取り飾りのある絹の長靴下と、九柱戯の木柱《はしら》のように踵《かかと》の高い靴を履いて、そこに、誇らしげに、強張って横たわっていました。まあ、ごらんなさい！　けれども、鼻は曲がっていて細く、白眼を半分見せていました。彼女はよくこんな衣装を着て、手に扇を持ち、胴衣《どうぎ》に大きな花束をさして、姿見の前でニヤニヤ、クスクス笑っていたのです。皺だらけの小さな両手は身体のわきに伸ばし、見たこともないほど長い爪は先が細く尖るように切ってありました。爪をあんな風にすることが、昔はお偉い方々の間で流行《はや》っていたのでしょうか？

まあ、あの姿をごらんになったら、みなさんだって肝を潰《つぶ》したでしょう。わたしはカーテンを手から離すこともできず、一インチと身動きすることも、奥様から目をそらすこともできませんでした。心臓が停まってしまったんです。すると、いきなり奥様は目を開いてむっくと起き上がりました。クルリと回って、踵の高い二つの靴で床をカタカタ踏み鳴らして、ベッドから下りると、わたしに面と向かって、二つの大きいガラス玉のような眼でわたしの顔をジロリと睨《にら》み、皺だらけの唇の間に長い入歯を見せて、いやらしくニヤッと笑いました。

死体ならば自然なものですけれども、これは今まで見たことのないおぞましいものでした。奥様は指をまっすぐ伸ばしてわたしを指《さ》し、背中は高齢のために曲がって、丸くなっていました。そしてこう言いました。

「この餓鬼め！　あたしが坊やを殺したなんて、どうしてそんなことを言うんじゃ？　くたばってコチコチになるまでくすぐってやろう！」

もし一瞬でも考えていたら、ふり向いて逃げ出したでしょう。けれども、わたしは奥様から目を離すことができず、身体が動くようになると、すぐ後ろへ退《さが》りました。奥様は操り人形のように、カタカタ音を立ててついて来ました――指先はわたしの喉を指し、舌をチッ、チッ、チッと鳴らしていました。

わたしは精一杯素早くうしろへ退りましたが、奥様の指が喉からほんの二、三インチのところへ迫って、もし触られたら、頭が変になってしまうと思いました。わたしはこうして後退《あとずさ》って部屋の隅へ追い詰められ、悲鳴を上げました。それこそ玉の緒も絶えんばかりの悲鳴でした。と、その時、伯母が戸口から大声を張り上げたので、奥様はそちらをふり向き、わたしもふり返って逃げ出すと、自分の部屋を駆け抜け、階段を下りました――無我夢中で走ったのです。

本当に、下の女中頭の部屋へ着いた時は、思いきり泣きました。事の次第を話すと、ワイヴァーン夫人は大笑いしましたが、奥方様の言った言葉を聞くと、声色が変わりました。

「もう一度言っておくれ」と夫人は言いました。

それで、わたしは言いました。

「この餓鬼め！　あたしが坊やを殺したなんて、どうしてそんなことを言うんじゃ？　くたばってコチコチになるまでくすぐってやろう」

「あんた、奥様が坊やを殺したなんて言ったのかい？」

「いいえ、マダム」とわたしは言いました。

それ以来、年嵩《としかさ》の女性二人が奥様のそばにいない時は、ジューディスが必ずわたしについていました。わたしはあの奥様と同じ部屋に二人きりでいるくらいなら、窓から跳び出してしまったでしょう。

思い出せる限りでは、それから一週間ほど経ったある日、ワイヴァーン夫人がわたしと二人きりの時に、クロウル奥方についてそれまで知らなかったことを教えてくれました。

たっぷり七十年は前のこと、若くて大変な美人だった奥様は、アップルウェイル邸のクロウル大地主さんと結婚しました。けれども、相手は鰥《やもめ》で、九歳《ここのつ》ばかりの息子がいました。

この男の子はある日の朝から、ふっつりと消息を絶ってしまいました。どこへ行ったのか誰にもわかりませんでした。彼は好き勝手を許されていて、朝のうちに森番の小屋へ行って一緒に朝食をとり、兎穴のところへ行って晩まで家に帰らないこともあれば、べつの時には湖へ行って水浴びをして、一日中釣りをしたり、ボートを漕いだりすることもありました。ともかくこの子がどうなったかは誰にもわかりませんでした。わかっていたのは、少年の帽子が湖のほとりに今も生えている山査子《さんざし》の木の下に見つかったことだけで、少年は泳いでいて溺れたのだとみんなは考えました。それで大地主さんの息子――二度目の妻でこんなに恐ろしく長生きしたクロウル奥方との間に出来た子供が、地所を相続しました。わたしがアップルウェイルに来た時、地所の持主はその人の息子で老婦人の孫にあたるシェヴェニクス・クロウル様でした。

この事件については、伯母の時代よりもずっと前からあれこれ取り沙汰されていて、少年の継母である大奥様は何か人に言えないことを知っているのだという噂でした。彼女は夫である先々代の大地主さんを、きれいな顔とおべっかで上手に操りました。少年はそれっきり姿を見せなかったので、この一件も次第に人々の心から消えてゆきました。

それでは、わたしがこの目で見たことをお話ししましょう。

奥方様のお具合が最後に悪くなったのは、わたしがあのお屋敷へ行って、まだ半年にもならない冬のことでした。

お医者様は彼女が狂気の発作を起こしはしないかと心配していました。十五年前にもそういうことがあって、何度も拘束衣を着せられたのです。伯母の部屋についている物置で見た革の上着がまさにそれだったのです。

でも、発作は起こりませんでした。奥様は痩せ細って、窶《やつ》れて、気を失ったりして、静かに弱っていかれ、亡くなる二日か三日前までそんな風でした。それから早口にぺちゃくちゃしゃべるようになり、時にはベッドで金切り声を上げました。あれを聞いたら、強盗が喉にナイフを突きつけたとでも思うでしょう。そしてベッドから這い出すと、もう歩いたり立ったりする力がないので、床に倒れ、顔の前に皺だらけの両手を広げて、慈悲を乞うて叫びつづけるのでした。

お察しの通り、わたしは部屋に入らず、奥様が床の上で叫んだり這ったりして、聞いたら血の気が引くような言葉を大声でわめいている間、自分のベッドで恐ろしさに震えていました。

伯母とワイヴァーン夫人とジューディス・スクワールズと、レックスホウから来たもう一人の女の人がいつも奥様のおそばについていました。しまいに奥様は発作を起こして、そのために疲れきってしまわれました。

牧師様もおそばにいて奥様のために祈りましたが、奥様はもう一緒にお祈りをするどころではありませんでした。あれは正しいことだったのでしょうが、大して効き目があるとは誰にも思えず、しまいに奥様ははかなくおなりになり、クロウル老奥方様は経帷子《きょうかたびら》を着せられて棺に納められ、シェヴェニクス様を呼ぶ手紙が書かれました。

けれども、旦那様は遠いフランスにいて中々お戻りになりませんので、牧師様とお医者様は亡骸《なきがら》をこれ以上そのままにしておけないとお考えになり、お二方《ふたかた》のほかにどうこう言う者はありませんでしたので、伯母もほかの召使いも、みんなアップルウェイル邸からお葬《とむら》いに行きました。それで、アップルウェイル邸の奥方様はレックスホウ教会の地下にある納骨所に葬られ、わたしどもは大地主さんが来て、みんなの処遇をお告げになり、解雇する者には給金を払って解雇なさるまで、お屋敷に居続けました。

奥様の死後、わたしはべつの部屋に入れられましたが、そこはクロウル奥方様の寝室から二間置いたところでした。これからお話しすることが起こったのは、シェヴェニクス様がアップルウェイルに来られる前の晩でした。

わたしがその時いたのは広い真四角な部屋で、樫《ヤック》の板を張りめぐらしてありましたが、カーテンの掛かっていないわたしのベッドと、椅子一脚とテーブル一つくらいしか家具はなく、そのような大部屋では何もないも同然でした。それから、あの大きな姿見——奥方様が覗き込んで、頭から踵まで惚《ほ》れぼれとごらんになった姿見——はもう用がないので取り片づけられ、わたしの部屋の壁に立て掛けてありました。御想像になれるでしょうが、奥様が棺桶に入っておしまいになると、彼女の部屋にあった多くの物が動かされたのです。

その日、大地主さんが翌朝アップルウェイルへお越しになるという報せがとどきました。わたしは厭ではありませんでした。きっと母のいる家へ帰されると思ったからです。それですっかり嬉しくなり、わが家のことや、妹のジャネットや子猫や鵲《かささぎ》のこと、犬のトリマーのことや何かを考えておりますと、気もそぞろになって眠れず、時計が十二時を打ってもまだパッチリ目を開いていました。部屋の中は真っ暗でした。わたしは扉に背を向け、目は反対側の壁の方に向けていました。

さて、あの時は十二時を十五分と過ぎていなかったはずですが、目の前の壁が急に明るくなったのです——背後《うしろ》で何かに火がついたようで、ベッドや、椅子や、壁に吊る下がっているわたしの上着の影が、天井の梁《はり》や樫《ヤック》の羽目板にゆらゆらと躍っていました。何か燃えているんだと思って、わたしは肩ごしに素早くふり返りました。ところが、わたしが見たのはほかでもありません、あの老婆の姿だったのです。死んだ身体に繻子や天鵞絨をまとって飾り立て、ニタニタ笑って、両眼を皿のように大きく開け、悪鬼そのものの形相でした。赤い光がまわりをぼんやり包んでいて、まるで服が足元から燃え上がっているようでした。老婆はわたしにつかみかかろうとするように、年老ってしなびた両手を曲げて、こちらへ向かって来ました。わたしは身動きもできませんでしたが、彼女は一陣の冷たい風と共にスッとそばを通り過ぎ、壁の、伯母が引っ込み間《ま》と呼んでいたところへ入って行きました。そこは少し奥まったところで、昔は立派なベッドが置いてあったのですが、扉があって大きく開いており、老婆は両手で何かそこにある物をつかもうと手探りしていました。わたしはそんな扉を前に見たことがありませんでした。やがて老婆は軸の上で回転するように、クルッとこちらをふり返ると、ニヤリと笑いましたが、そのとたん部屋は暗くなり、わたしはベッドの向こう側に立っていました。どうしてそこにいたのかわかりませんでしたが、やっと声が出るようになり、わあっと大声を上げて長廊下を走って行くと、ワイヴァーン夫人の部屋の扉を蝶番《ちょうつがい》から外れるほど引っ張ったので、夫人は肝をつぶしました。

その夜眠れなかったことは御想像になれましょう。そして朝日が射し初《そ》めると、大急ぎで伯母のところへ下りて行きました。

ところが、伯母はわたしを馬鹿にせず、叱りもしないで——てっきりそうすると思ったのですが――わたしの手をつかみ、顔をまじまじと見ていました。そして怖がることはないと言いました。

「その幽霊は手に鍵を持っていたかい？」

「はい」わたしはそのことを思い出して、言いました。「変な真鍮《しんちゅう》の柄《え》がついた大きい鍵でした」

「ちょっと待って」伯母はわたしの手を放し、食器棚の戸を開けました。「こんな物だったかい？」と言って鍵を取り出すと、それを見せながら、暗い目つきでわたしの顔を見ていました。

「それです」わたしはすぐに言いました。

「たしかかい？」伯母は鍵をまわしながら、言いました。

「たしかです」とわたしはこたえましたが、その鍵を見ていると、何だか気が遠くなるようでした。

「よろしい。わかったわ」伯母はそう言うと黙って考え込み、鍵をもとの場所にしまいました。

「旦那様が今日、十二時前にここへいらっしゃるから、今のことをすっかりお話しするんだよ」と伯母は考えながら言いました。「わたしももうじきお暇《ひま》を取るだろうから、さしあたっては、今日の午後にも家へ帰るといい。そのうち、べつの勤め口を探してあげるからね」

わたしがそれを聞いて喜んだことは、お察しになれるでしょう。

伯母はわたしのために荷造りをして、家へ持って帰るんだよといって、三ポンドのお給金をくれました。その日、クロウル大地主さんその人がアップルウェイル邸へお越しになりました。美男子で、年の頃は三十歳くらいでした。この方にお会いしたのはこれで二度目でしたけれども、彼がわたしに話しかけたのは、この時が初めてでした。

伯母は女中頭の部屋で旦那様と話をしましたが、何を話したかは存じません。わたしは旦那様が少し怖くて――この方はレックスホウの立派な紳士でしたから――呼ばれるまで、おそばに行くこともできませんでした。旦那様はにこやかに微笑《わら》って、言いました。

「おまえは一体何を見たんだね？　それは夢に決まってるよ。この世にお化けだとか妖怪だとかいう物はいやしないのだからね。だが、何であったにしても、小さな女中さんや、そこに坐って初めから終わりまですっかり話しておくれ」

わたしが話を終えると、旦那様は少し考えてから伯母に言いました。

「その場所なら良く憶えてるよ。サー・オリヴァー老の時代に片脚の悪いウィンデルが話してくれたが、あの引っ込んだところの左側に扉がついていたそうだ。お祖母様《ばあ》が扉を開けるのを見たとこの娘《こ》がいう場所にな。その話をした時、ウィンデルは八十を過ぎていて、わたしはまだ子供だった。二十年前のことだよ。ずっと昔、アラス織りの間《ま》に鉄の物入れが作られる前は、皿や宝飾品をそこにしまっていたのだ。ウィンデルに聞いたところでは、その鍵には真鍮の柄《え》がついていたそうだが、おまえの話によると、これはお祖母様が古い扇をしまっていた箱の一番下に入っていたそうだな。ふむ、そこに忘れられていた匙かダイヤモンドでも見つかったら、面白いじゃないか？　嬢や、おまえはわたしたちと一緒に来て、その場所を教えるのだ」

わたしは厭で、気が動顚し、伯母の手をしっかりと握りしめて、あの恐ろしい部屋へ足を踏み入れました。奥様がどんな風にあらわれて、わたしのそばを通ったかを二人に示し、彼女が立っていた場所と扉が開くように見えた場所を示しました。

その時は壁際に古い空《から》っぽの衣装箪笥が置いてあったので、それをわきへどけると、果たして腰羽目に扉の痕がついていました。鍵穴は木でふさぎ、鉋《かんな》をかけてまわりと同じように滑らかにしてありましたし、扉の合わせ目は樫《ヤック》の色のパテでふさがれていました。箪笥を横にどけた時、蝶番が少し見えなかったら、そこに扉があるなどとは思いもつかなかったでしょう。

「ふふん！」旦那様は妙な笑みを浮かべて言いました。「これがそうらしいな」

小型の鑿《のみ》と金槌とで鍵穴から木っ端《こぱ》をほじくり出すには、何分かかかりました。鍵はたしかにぴったりと合い、強くひねって、長いキイッという音を立てると、かんぬきが外れ、旦那様は扉を押し開けました。

内側にもう一つ扉があり、最初の扉よりも頑丈でしたが、錠はなくなっていたので簡単に開けられました。中は狭い床と、壁と、煉瓦造りの筒形天井がある小部屋でしたが、そこに何があるかはわかりませんでした。墨を流したように真っ暗だったからです。

伯母が蠟燭を点けると、旦那様はそれを取り上げて中へ踏み込みました。

伯母は爪先立ちになって、旦那様の肩ごしに向こうを覗こうとしましたが、わたしには何も見えませんでした。

「やっ！」旦那様はうしろに退って、言いました。「あれは何だ？　火搔き棒を借してくれ――早く！」それで伯母が暖炉のところへ行った時、旦那様の腕のわきから覗いて見ますと、奥の隅の櫃《ひつ》の上に猿かお化けが――あるいは、見たことがないほどしなびて縮み上がった老婆のようなものがうずくまっているのが見えました。

「何とまあ！」伯母はそう言いながら火搔き棒を旦那様の手に渡しました。彼女は旦那様の肩ごしに覗き見て、その不憫《ふびん》なものを見たのです。「旦那様、御自分のなさっていることにお気をつけください。戻っていらして、扉を閉めて下さい！」

けれども、旦那様はそうせずに、そっと中へ進みました。火搔き棒を剣のように突き出して怪しい物をつついてみると、そいつは頭も何も一緒にドサッと転げ落ちて、帽子一つに入ってしまうくらいの骨と塵埃《ちり》の塊になりました。

それは子供の骨で、ほかはすべて触れたとたん塵になってしまいました。二人はしばらく何も言いませんでしたが、旦那様は床に落ちた頭骸骨を引っくり返しました。

わたしは子供ながらに、二人が何を考えているのか良くわかるように思いました。

「猫の死骸だな！」旦那様はそう言ってあと戻りすると、蠟燭を吹き消して、扉を閉めました。「シャッターズ夫人《さん》、わたしらはあとで戻って来て、追い追いに棚を見よう。その前に話さなければならんことが色々ある。この娘は家に帰ると言ったね。給金をやって、それに一つ贈物をしなければならんな」そう言って、わたしの肩を手でポンと叩きました。

旦那様は一ポンド下さり、わたしは一時間程後にレックスホウへ行って、駅馬車で家へ帰り、わが家へ戻って来たことを喜びました。それ以来、有難いことに、幽霊でも夢でも、アップルウェイルのクロウル奥方様の姿を見たことはありません。けれども、大人になってから、伯母は一両日リトルハムのわたしのうちで過ごして、その時わたしに言いました――間違いなく、あれは長い間行方知れずだった可哀想な少年だったのだと。少年はあの邪《よこしま》な老婆に暗闇の中に閉じ込められて、あそこで死んだのだ。あそこでは悲鳴を上げても、助けてくれと嘆願しても、ドシンドシンと壁を打っても聞こえなかった。帽子が水べりに残されていたのは、誰がやったのか知らないが、溺れ死んだように見せかけるためだったのだと。少年の服は、骨が見つかったあの小部屋で、ちょっと触っただけで塵になってしまいました。けれども、一握りの黒玉《くろだま》のボタンと緑の柄《つか》のついたナイフ、それから、哀れな子供があそこに誘い込まれて光を最後に見た時、ポケットに入れていたとおぼしいペニー硬貨が二、三枚ありました。また旦那様の書類の中から、少年が失踪したあとに印刷された貼紙が一枚出て来ました。先々代の大旦那様は彼が家出したか、ジプシーにつかまったと考えていたのです。貼紙には少年が緑の柄のあるナイフを持っていて、服のボタンは黒玉だと書いてありました。アップルウェイル邸のクロウル奥方様についてわたしに言えることは、これだけでございます。

カーミラ

前書き

このあとの物語に付した紙に、ヘッセリウス博士はやや入念な解説を記しているが、そこで、この手記が明らかにする奇妙な問題を論じた「試論」に言及している。博士はその「試論」に於いて、この不思議な問題を例の博識と炯眼《けいがん》を以て、きわめて簡潔直截に扱っている。これは彼《か》の非凡なる人物の著作集の一巻を成すであろう。

わたしは本巻に於いて、もっぱら「素人連」の興味を惹《ひ》くために事例を発表するのであるから、何事に於いても、語り手である知的な婦人の先まわりをすることは差し控えよう。またそれ故に、然《しか》るべき熟考の末、学殖豊かな博士の推理の大要を呈示したり、彼が「我々の二重の存在とその介在物に関する深遠な秘密の幾分かを含むかもしれない」と述べるところの問題に関する所説から、一部を抜粋することもやめにした。

この文書を発見した時、わたしはヘッセリウス博士が何年も前に、聡明で注意深い人物と思われる報告者と始めた文通を再開したいと思った。しかし、残念なことに、彼女はもう亡くなっていた。

彼女はおそらく、以下のページで伝える〝物語〟にほとんど何も付け加えることはできなかったであろう。その物語は、わたしに言える限り、いとも良心的に委細を尽くして語られているのであるから。

一　幼い時の恐怖

わたしたちはけしてごたいそうな者ではありませんが、スティリア[1]でお城に、こちらの言葉でいうシュロッスに住んでおります。この地方ではささやかな収入でも随分使いでがあるのです。八百ポンドか九百ポンドの年収があれば、それはもう奇蹟のよ

1　スティリアは英語名で、オーストリア南東部のシュタイアーマルク州のこと。もとは公国。

うなことができます。故国《くに》の裕福な人々の間にいたら、わたしたちの収入はわずかなものにすぎないでしょう。父は英国人で、わたしも英国風の名前を持っていますが、英国を見たことはありません。けれども、物が何でも驚くほど安い、この寂しい素朴な土地におりますと、たとえもっとたくさんお金があったとしても、生活の心地良さが、いいえ、贅沢さえも、物質的に増すことがあるとは思えないのです。

わたしの父はオーストリアの軍隊に勤めていて、年金と世襲財産をもらって引退すると、この封建時代の邸宅と、それが建っている小さな地所を格安で買いました。

これよりも絵になる寂しい場所があろうとは、とても思えません。家は森の中の小高い場所に立っています。たいそう古くて狭い道が跳《は》ね橋の前を通っていますが、その橋はわたしの時代にはけっして引き上げられたことがなく、濠《ほり》にはパーチ[2]が放してあって、白鳥が何羽もその上を泳ぎ、水面には睡蓮《すいれん》の白い艦隊が浮かんでいます。

城《シュロッス》はこうしたものの上に、窓がたくさんある正面と、塔とゴシック式の礼拝堂を見せています。

屋敷の門の前では森がひらけて、いびつな形の、絵に描いたような空き地になっており、右手にゴシック式の勾配のある橋が流れの上に道を通していて、その流れは森の深い影の中をうねくねと曲がっています。

ここは非常に寂しい場所だと申しました。それがあたっているかどうかは、御自分で御判断下さい。玄関の戸口から道路の方を見ますと、城を囲んでいる森は右手に十五マイル、左手に十二マイルほどひろがっています。人の住む最寄《もよ》りの村は、英国のマイルで七マイルほど左の方へ行ったところにあります。多少とも由緒があって人が住んでいる一番近い城《シュロッス》は、右手に二十マイル近く行ったところにあるシュピールスドルフ老将軍の城です。

「人の住む最寄りの村」と申しましたのは、ほんの三マイルほど西方に、すなわちシュピールスドルフ将軍の城《シュロッス》の方向に廃村があるからです。そこには古式ゆかしい小さな教会があって、今は屋根もありませんが、側廊には誇り高いカルンシュタイン家の崩れかけた霊廟があります。この一族はもう死に絶えていますが、この森の奥にあって町の静寂な廃墟を見下ろす、同じように寂しい城《シャトー》をかつて所有していました。

2　欧州・北米に産する淡水魚。

この印象的な物憂い場所が無人となった理由については一つの伝説がございますが、それはいずれお話しいたしましょう。

今お話ししなければならないのは、わたしたちの城の住人がいかに少ないかということです。召使いや、城《シュロッス》に付属している建物の部屋に住みついた寄食者《かかりうど》は数に入れません。まったく、その話をお聞きになったら驚かれるでしょう！　父はこの世で一番優しい人ですが、もう年老《としと》っています。わたしは、この物語の出来事があった時はまだ十九歳でした。あれからもう八年も経ちました。城の家族はわたしと父の二人きりでした。母はスティリアの良家の婦人でしたが、わたしがまだ赤ん坊の頃に亡くなりました。けれども、気立ての良い家庭教師がいて、赤ん坊の頃からずっとわたしの面倒を見てくれました。彼女のふくよかな優しい顔が記憶のうちになつかしく浮かび上がって来ない時というのは憶えておりません。この人はマダム・ペロドンといい、ベルンの生まれで、彼女の世話と気立ての良さが母のいないことをいくらか埋め合わせてくれたのです。わたしは母を憶えておりません。それほど早く死に別れたのです。マダムはわたしたちの小さな食事の席にいる三人目の人でした。四人目もいて、それはマドモワゼル・ド・ラフォンテーヌ、たしかあなた方が「仕上げの先生」とお呼びになる婦人でした。彼女はフランス語とドイツ語を話し、マダム・ペロドンはフランス語と下手な英語を話し、それに父とわたしの話す英語が加わりました。一つには英語を忘れてしまうのを防ぐため、一つには愛国心から、わたしたちはそれを毎日話していたのです。その結果、わが家では言葉が滅茶苦茶に入り乱れて、よその人によく笑われたものですが、この物語の中でそれを再現するつもりはありません。ほかに二、三人、わたしとほぼ同《おな》い歳《どし》の若い女性の友達がいました。この人たちは時々訪ねて来て、長逗留することもあれば早々に帰ることもありましたが、わが家に泊まって行くのでした。時には、わたしもお返しに向こうを訪問いたしました。

わたしたちがふだんおつきあいするのはこういう人たちでしたが、もちろん、ほんの五、六リーグ[3]しか離れていない「御近所」から偶然人がやって来ることもありました。それでも、わたしの生活がやや孤独なものだったことは請け合っても良うございます。

わたしは甘やかされた娘で、たった一人の親は、何事につけても大分好き放題をさ

3　一リーグは英米では約三マイル。

せてくれましたから、家庭教師《グヴェルナント》の二人がわたしをどのくらいちゃんと躾《しつ》けられたかは御想像になれるでしょう。

生まれて初めてわたしの心に消えることのない恐ろしい印象を与えたのは、記憶にあるもっとも古い出来事の一つでした。そんな小さなことをここに記すべきではない、とお考えになる人もいらっしゃるでしょう。でも、そのことに触れる理由は追い追いおわかりになります。子供部屋――わたしはそこを一人占めしていたのに、そう呼ばれていました――は城の二階にある広い部屋で、傾いた樫《かし》の天井がついておりました。わたしは六歳よりも上だったはずはありません。ある夜ふと目が醒めて、ベッドから部屋の中を見まわしましたが、子供部屋づきの女中の姿はありませんでした。乳母もいなくて、自分は一人きりなのだと思いました。怖くはありませんでした。わたしは幸せな子供で、幽霊話とか妖精譚とか、そういう言い伝えを一切聞かないように育てられたからです。子供はそういう話を聞くから、扉がいきなりギイッと鳴ったり、消えかかった蠟燭《ろうそく》の揺らめきが顔に近い壁に寝台柱の影を踊らせたりすると、上掛けを頭から引っ被《かぶ》るのです。わたしは自分が放《ほ》ったらかしにされていると思って腹立たしく、侮辱を感じて、思いきり泣きわめく前のしくしく泣きを始めました。と、驚いたことに、物々しい様子だけれどもたいそう綺麗な顔がベッドの横からわたしを見ていました。若い女の人の顔で、その人は上掛けの下に両手を入れて跪《ひざまず》いていました。わたしは一種の快い驚きを感じて彼女を見、泣くのをやめました。彼女は両手でわたしを撫で、ベッドに上がってわたしのそばに横たわると、にっこり微笑《わら》いながらわたしを抱き寄せました。わたしはたちまち良い気持ちになって、また眠りに落ちました。ところが、まるで二本の針が同時に胸を深く刺したような感じがして、目を醒まし、大声で叫びました。あの女の人はハッとうしろへ身を引き、わたしをじっと見ていましたが、やがて床に滑り下りると、ベッドの下に隠れたようでした。わたしはその時初めて恐怖にかられ、思いきり大声を上げました。乳母と、子供部屋づきの女中と、女中頭が駆け込んで来て、わたしの話を聞くと、そんなことは何でもありませんよと言いながら、できるだけのことをしてなだめすかしました。けれども、わたしは子供心に、みんなの顔がいつになく不安そうで青ざめていることに気づきました。みんなはベッドの下や部屋の中を見て、テーブルの下を覗き込んだり、戸棚を引き開けたりしました。女中頭が乳母にささやきました。「あのベッドの窪《くぼ》みに手をあててごらんなさい。誰かがたしかに寝ていたのよ。あなたが寝ていなかったのと同じくらいたしかですよ。あそこ、まだ温かいわ」

今も憶えていますが、子供部屋づきの女中がわたしをあやし、三人してわたしの胸を調べました。わたしが刺されたように感じたところを調べたのですが、そんな跡は何も見あたらないと言いました。

女中頭と子供部屋を預かる二人の召使いは、一晩中起きてわたしのそばにいました。そしてこの時以来、わたしが十四歳くらいになるまで、召使いが一人必ず子供部屋で寝ずの番をしたのです。

わたしはこのあと長い間、ひどく神経質になっていました。お医者様が呼ばれましたが、顔の青白い年輩の方でした。少し疱瘡《ほうそう》の跡がある長い陰気な顔と栗色の鬘《かつら》は忘れもしません。お医者様は随分と長い間、一日置きに来てお薬を下さいましたが、もちろんわたしはその薬が大嫌いでした。

怪しいものを見た翌朝、わたしは怯《おび》えきっていて、お日様は昇っているのに、片時も独りではいられませんでした。

憶えていますが、父が上がって来てベッドの傍らに立ち、陽気におしゃべりをして、乳母にあれこれとたずね、乳母が何か答えると、からからと笑いました。そしてわたしの肩をポンと叩き、接吻して、怖がることはない、ただの夢なんだからおまえを傷つけることはできないよ、と言いました。

けれども、わたしは安心できませんでした。あの不思議な女の人が来たのは夢ではなかったことを知っているので、ひどく怖かったのです。

子供部屋づきの女中がこう言うのを聞いて、わたしは少し気が安まりました――ここへ来てお嬢様を見て、お嬢様に添い寝したのはわたしなんです。わたしの顔がわからなかったなんて、寝惚《ねぼ》けていらっしゃったんですね。乳母もやはり同じことを申しましたけれども、わたしはすっかり納得したわけではありませんでした。

今でも憶えていますが、その日の昼間、黒い法衣《カソック》を着た立派な老人が乳母と女中頭と一緒に部屋へ入って来て、二人と少し話をし、わたしに親切に話しかけました。たいそう物優しい穏やかな顔をして、これからみんなでお祈りをすると言い、わたしの手と手を合わせてくれて、祈っている間、小さな声でこう言いなさいとおっしゃいました。「主よ、我らのため、イエスのために、すべての善き祈りを聞きたまえ。」文句はこの通りだったと思います。わたしはよくそれを独りで唱えましたし、乳母は何年間も、お祈りの時、わたしにそう言わせたからです。

黒い法衣《カソック》を着た白髪の老人のいかにも考え深げな優しい顔を、今でも良く憶えています。老人はあの粗削《あらけず》りな、天井の高い、茶色い部屋に立っていて、まわりには三百年も前の様式のごつい家具があり、小さな格子窓からわずかな光が部屋の薄暗い空気の中へ射し込んでいました。老人は跪き、わたしたち三人も一緒に跪いて、老人は真面目な顫《ふる》える声で長い間——とわたしには思われました——祈りつづけました。この出来事より前のことは何もかも忘れてしまいましたし、それからしばらくの間のことも朦朧《もうろう》としているのですが、ただ今申し上げた場面は、闇の中にポツンと浮かぶ魔術幻燈の画像のように、脳裡《のうり》にまざまざと残っているのです。

二　客人

これから申し上げる話は何とも奇妙不思議なので、わたしが嘘などつかないことを信じきって下さらなければ、とても本当にできないでしょう。けれども、これは真実であるだけでなく、わたしがこの目で見たことなのです。

あれは快い夏の夕《ゆうべ》で、父がちょっと散歩に行こうと言い出しました。城《シュロッス》の前にあると申し上げたあの美しい森を歩こうというのです。父は時々そんな風に散歩に誘うのでした。

「シュピールスドルフ将軍は、思ったほどすぐには来られなくなったよ」父は散歩をしている間に言いました。

将軍は数週間泊まりに来ることになっていて、到着は翌日《あくるひ》だとわたしたちは思っていました。姪で将軍の被後見人であるマドモワゼル・ラインフェルトというお嬢さんを連れて来るはずで、わたしはまだこの人に会っていませんでしたが、たいそう魅力的な娘さんと聞いており、一緒に何日も楽しい日を過ごせると楽しみにしておりました。ですから、わたしの失望は、町や人の雑踏する場所に住む若い女性には想像もできないほど大きかったのです。この訪問と、それが約束する新しいおつきあいとは、もう何週間も前からわたしの白日夢を彩《いろど》っていたのでした。

「それで、いつ頃いらっしゃるの？」とわたしはたずねました。

「秋までは来ないだろう。たぶん、二月《ふたつき》はな」と父は答えました。「それにおまえがマドモワゼル・ラインフェルトを知らなくて良かったと思うよ」

「どうしてですか?」わたしは残念でもあり好奇心もあって、たずねました。

「あの気の毒なお嬢さんは亡くなったからだ」と父は答えました。「おまえに言わなかったのをすっかり忘れていた。だが、今日の夕方将軍の手紙がとどいた時、おまえは部屋にいなかったからな」

わたしはひどい衝撃を受けました。シュピールスドルフ将軍は六、七週間前に来た最初の手紙に、姪御さんの健康がすぐれないと書いていましたが、命の危険があるようなことは少しも匂わせていなかったのです。

「これが将軍の手紙だ」父はそう言って手紙を渡しました。「すっかり悲嘆に暮れているようだな。この手紙はほとんど取り乱して書いたように思われるよ」

わたしたちは大きな科《しな》の木の蔭にある粗末なベンチに腰かけました。太陽は憂愁をおびた輝きを放って森のうしろに沈もうとしており、わたしたちの家のそばで勾配のついた古い橋の下をくぐっている小川は、すぐ足元で、たくさんの立派な木々の間をうねり曲がり、薄れゆく深紅の空の色を水面に映していました。シュピールスドルフ将軍の手紙は何とも異常で、激越で、場所によってはひどく自家撞着《じかどうちゃく》しておりましたから、わたしはそれを二度読み、二度目は声を出して父に読み聞かせました。それでも、悲しみのために将軍の心が動揺しているとでも考えなければ、納得がゆきませんでした。

手紙にはこうありました——「わしは愛《いと》しい娘を失くした。というのも、娘のようにあれを愛しておったのだ。可愛いベルタの病の最後の日々には、貴君に手紙を書くこともできなかった。

その時まで、あの子の命が危ういなどとは思ってもみなかった。あれを失って、今、すべてを知ったが、もう後の祭だ。あれは罪のない安らかな心で、祝福された来世の輝かしい希望を持って死んだ。すべて、たぶらかされたわしらの温かい歓待《もてなし》を裏切った悪魔の仕業《しわざ》なのだ。わしは自分の家に無垢と、華やぎと、死んだベルタにとって魅力的な話し相手を迎え入れたつもりだった。天よ！　わしは何という愚か者だったのだろう！

あの子が苦しみの原因をつゆ知らずに死んだことを神に感謝する。あれは自分の病の性質や、悲惨の張本人の呪われた情欲を想像さえすることなく逝《い》ってしまった。わしは自分に残された日々を、ある怪物を追いつめ、退治することに捧げる。正しく、かつ慈悲深いこの目的を達する望みはあると人から言われている。今のところ、一条《ひとすじ》の光もわしを導いてくれない。わしは自分の思い上がった疑い深さ、唾棄《だき》すべき賢《かしこ》ぶった態度、盲目、頑迷——すべて——を呪うが、もう遅い。今はまとまりのあることを書いたり、話したりできない。心が乱れているのだ。少し元気になったら、しばらく調査に専念するつもりで、ことによるとウィーンまで行かねばならぬかもしれない。秋のいつか、今から二カ月後かもっと早く、生きていたら貴君に会おう——貴君が許してくれればだ。今はとても紙に書けないことをその時に話すとしよう。

さらばだ。友よ、わしのために祈ってくれ」

奇妙な手紙は、こうした言葉で終わっていました。わたしはベルタ・ラインフェルトに一度も会ったことがありませんでしたが、突然の報せを受けて目に涙があふれました。ひどくびっくりすると共に落胆していたのです。

もう日は沈み、将軍の手紙を父に返した時、あたりは夕闇に蔽《おお》われていました。湿気《しっけ》のある空の明るい晩で、わたしたちはぶらぶら歩きながら、さきほど読んだ激越で筋の通らない文章は何を意味するのだろうと考え込んでいました。一マイル近く歩いたあと、城《シュロッス》の前を通る道に出ましたが、もうその頃には月が皎々《こうこう》と輝いていました。跳ね橋のところで、マダム・ペロドンとマドモワゼル・ド・ラフォンテーヌに出会いました。二人はボンネットも被らないで、美しい月の光を楽しみに出て来たのでした。

近づくにつれて、早口におしゃべりしている二人の声が聞こえて来ました。わたしたちは跳ね橋の袂《たもと》でこの二人と一緒になり、ふり返って、美しい景色を賞美しようとしました。

わたしたちがたった今通って来た空き地が、目の前にありました。左手には、細い道が大きな樹々の下を曲がりくねって、こんもりした森の中に消えていました。右手には、同じ道が勾配のついた絵のような橋を渡っています。橋のそばに、かつてこの渡り場を見張っていた荒れ果てた塔があり、橋の向こうは急に小高くなって、樹々に蔽われ、暗蔭《くらかげ》に蔦《つた》の這った灰色の岩がいくつか見えます。

草地と低い地面の上に薄靄《うすもや》が煙のようにひろがって、遠くの景色に透明な帷《とばり》をかけ、月明かりの中で川のここかしこがかすかに燦《きら》めいていました。

これ以上にあえかな美しい光景は想像することもできませんでした。先刻聞いた報せがそれを物悲しいものにしていましたが、深い静寧と、眺めの魅せられたような輝きと朦朧《もうろう》とした感じは何物も乱すことができませんでした。

絵になるものが好きな父とわたしは無言で足元に広がる景色を見渡していました。二人の善良な家庭教師はわたしたちの少しうしろに立って、この風景について語り合い、月のことを雄弁に話していました。

マダム・ペロドンは肥った中年の婦人で、ロマンティックな人でしたから、詩的な言葉を語ったり、ため息をついたりしました。マドモワゼル・ド・ラフォンテーヌは——心理学や形而上学に通じ、神秘家でもあったというドイツ人の父親の娘らしく——月があんなに強い光で輝く時は、霊が特別な活動をしているのだ。このことは良く知られている、と断言しました。こういう明るい満月の影響はさまざまである。夢に作用し、狂気に作用し、神経質な人々に働きかける。生命と結びついた驚くべき物理的影響力を持っている、というのです。マドモワゼルの話によると、商船の航海士だった彼女の従兄弟が、こんな夜、甲板に仰向けになって、月の光を顔にまともに浴びながらうたた寝をしました。老婆に爪で頬を引っ掻かれた夢を見て目が醒めると、目鼻が恐ろしく片方に寄っていて、それっきり顔はもとに戻らなかったそうです。

「今夜の月は」とマドモワゼルは言いました。「牧歌的で磁気を帯びた影響力に満ちています——ほら、うしろをふり返ってお城の正面をごらんなさい。窓という窓があの銀色の輝きをおびてきらめき、チラチラ瞬《またた》いているじゃありませんか――まるで見えない手が、妖精のお客を迎えるために部屋部屋に明かりを点《つ》けたみたいですわ」

自分がしゃべるのは億劫《おっくう》で、他人《ひと》の話が懶《ものう》い耳に快い、そういう怠惰な気分になることがあるものです。わたしは婦人たちの鈴を鳴らすような話し声を喜びながら、あたりを見つめていました。

「今夜は浮かない気分になってしまった」父はしばらく黙っていてから、そう言いました。そして英語を忘れないために、よく声に出して読んでいたシェイクスピアを引用して、言いました。

まこと、何故《なにゆえ》にかくも悲しきかを知らず。
我は鬱《ふさ》ぎ、それがために汝らも心鬱ぐという。
されど、如何にしてこの憂いを得しや――拾いしや。[4]

4 「ヴェニスの商人」第一幕第一場の冒頭、アントーニオーの台詞。

続きは忘れてしまったよ。だが、何か大きな不幸が我々に迫っているような気がするのだ。気の毒な将軍の悲痛な手紙と関係があるのかもしれんな」

この時、ふだんは耳にしない馬車の車輪の音と道を蹴る多くの蹄《ひづめ》の音が、わたしたちの注意を引きつけました。

音は橋を見下ろす高いところから近づいて来るようで、まもなくその方から馬車と供回りの者が現われました。騎馬の人物二人が初めに橋を渡り、それから四頭立ての馬車が来て、うしろから二人の男が馬に乗ってついて来ました。

身分ある人の旅の馬車とおぼしく、わたしたちはたちまちこの珍しい光景に見入りました。数秒経つと、それはさらに注意を引くものになりました。馬車が勾配のついた橋のてっぺんを通り過ぎたと思うと、先駆けの馬の片方が何かに怯えて、恐慌がほかの馬に伝わり、一つか二つ後脚を上げて跳ねたあと、馬たちは一斉《いっせい》に荒々しい疾走をはじめたのです。馬車は先を行く騎者たちの間を突っ切って、暴風《ハリケーン》のような速さで、地響きを立てながらこちらへ道を走って来ました。

馬車の窓から、良く透《とお》る女性の叫び声が長い尾を曳《ひ》いて聞こえて来たため、その場の興奮はいっそう傷《いた》ましいものになりました。

わたしたちは好奇心と恐怖にかられて、進み出ました。父は黙っていましたが、ほかのみんなは口々に恐怖の叫びを上げました。

手に汗握る思いは長続きしませんでした。馬車の行く手には、城の跳ね橋を渡る直前の道端に科の木の大木が立っており、その反対側に古い石の十字架が立っています。馬たちはもう恐ろしいほどの速度で走っていましたが、十字架を見るとわきへ外《そ》れたので、車輪が突き出した木の根に乗り上げました。

どうなるかはわかっていました。わたしは最後まで見ていられなくて目をつぶり、顔をそむけました。と同時に、少し前へ出ていた婦人たちの悲鳴が聞こえました。好奇心のために目を開けると、見えたのはまったく混乱したありさまでした。馬のうち二頭が地面に倒れ、馬車は横倒しになって、二つの車輪が宙に浮いていました。馬供の男たちは引き革を取り外すのに忙しく、態度といい姿形といい威厳のある一人の婦人が外に出て、両手をぐっと握り合わせ、手に持つハンカチーフを時々目にあてていました。馬車の扉口から若い娘さんが抱き上げられましたが、事切れているように見えました。わたしの父はもう年輩の婦人のそばにいて、帽子を手に持ち、助けを申し出、よろしければ城をお使い下さいと言っているようでした。婦人は父の言葉を聞く様子もなく、土手の斜面に寝かされようとしているほっそりした少女以外は、何も目に入らないようでした。

わたしもそばに近寄りました。娘さんは気絶しているようでしたが、たしかに死んではいませんでした。日頃医術の心得があると自慢していた父は、少女の手首に指をあてて、弱く不規則だけれども、たしかにまだ脈があると母親だという婦人に断言しました。婦人は感謝のあまり一瞬我を忘れたように、両手を握り合わせて天を仰ぎました。けれども、すぐに芝居がかった調子で——人によってはそれが自然なのだと思いますが——またしゃべりはじめました。

彼女はいわゆる年齢《とし》の割に綺麗な女性で、若い頃はさぞかし美人だったにちがいありません。上背《うわぜい》はあるけれども痩せてはおらず、黒い天鵞絨《びろうど》の服をまとい、顔は少し青ざめていましたが、誇り高く威厳のある顔つきをしていました。とはいえ、今は心が妙に動揺しているようでした。

「こうも災難にばかり遭うように生まれついた人間がいるでしょうか？」わたしが近づいた時、彼女は両手を握り合わせて、そう言っていました。「わたしは生死のかかった旅をしておりまして、その間は一時間を失うことがすべてを失うことになりかねないのです。娘が回復して旅をつづけられるようになるまでに、どれくらい時間がかかるか知れません。娘は置いて行かなければなりません。遅れるわけにはゆかないのです。最寄りの村までどのくらいあるか教えて下さいませんか？　そこに娘を置いて行かなければなりません。三月《みつき》経って戻るまで、可愛いあの子に会うことも、消息を聞くこともできないでしょう」

わたしは父の上衣《うわぎ》を引っ張り、耳元で熱心にささやきました。「ねえ！　お父様、家《うち》にお泊まりになるようにお願いして下さいな。そうしたら、きっと楽しいわ。ねえ、お願い」

「もしも奥様が御令嬢をわたしの娘と良き家庭教師マダム・ペロドンの世話に委《ゆだ》ね、お戻りになるまでわたしの保護下に客人として留まらせて下さるなら、わたしどもにとっては光栄で有難いことです。わたしどもはそのように神聖な信頼に値するだけの、あらゆる気配りと献身をもって、御令嬢のお世話をいたしましょう」

「そんなわけには参りません。それでは、御親切と義侠心にひどく甘えることになります」婦人はまだ気持ちが落ちつかないように言いました。

「とんでもない。それどころか、ちょうど良い機会に、わたしどもにたいそうな御親切を施して下さることになりましょう。うちの娘は不幸なことがあって気落ちしていたところでしてな――長いこと楽しみにしていたお客様が来なくなったものですから。お嬢さんをわたしどもにお世話させて下されば、娘には何より慰めになるでしょう。あなたの旅の道筋にある最寄りの村は遠いし、お嬢さんを預けられるような宿屋はありません。かといって、長旅を続けさせるのは危険です。おっしゃるように旅を中止できないのでしたら、今夜お嬢さんと別れなければなりませんし、当家ほど気遣いと世話をうけられることを保証されて、御令嬢を置いて行かれる場所はありませんよ」

貴婦人の態度と外見にはたいそう際立った、人を圧すると言っても良いところがあり、物腰には魅力があったので、馬車や従者の立派さはべつとしても、やんごとない人物にちがいないと思われました。

そうこうするうち、横倒しになった馬車が起こされ、馬もおとなしくなって引き革に繫《つな》がれました。

貴婦人は令嬢をチラと見やりましたが、その眼差しは、この場面の始まりから予想されるほど情愛に満ちたものではないような気がいたしました。それから父をちょっと手招きし、一緒に二、三歩うしろへさがって声の聞こえないところへ行くと、それまで物を言った時の顔つきとは全然ちがう、硬ばった厳しい顔つきで話をしました。

わたしは父がその変化に気づかないらしいのを不思議に思い、また婦人がほとんど耳元に口を寄せて、真剣に、また早口にしゃべっているのはどんなことなのか、言いようもなく好奇心をそそられました。

彼女がそうしていたのはせいぜい二、三分だと思います。やがてふり返ると、数歩歩いて、令嬢がマダム・ペロドンに支えられて横たわっているところへ近づきました。いっとき娘の傍らに跪いて、マダムによると、娘の耳にささやかな祝福の言葉をささやいたそうです。それから急いで娘に接吻すると、馬車に乗り込みました。扉が閉まり、立派なお仕着せを着た従僕たちがうしろで馬にとび乗り、先駆けが拍車をかけ、左の馬に乗った騎手が鞭を鳴らしました。馬は後脚を上げて飛び出すと、いきなり猛烈な跑足《だくあし》になり、それがまたすぐに駆足となって、馬車は疾風の如く飛び去り、うしろから二人の騎者が同じ速さでついて行きました。

三　意見の交換

わたしたちは一行を目で追っていましたが、一行は速やかに霧のかかった森に消えて、蹄と車輪の音すらも静かな夜気の中に遠ざかっていきました。

あの騒動がいっときの幻覚でなかったことを保証してくれるものは、ちょうどその時目を開いた令嬢以外に何も残っていませんでした。彼女はわたしから顔をそむけていたので、良くわかりませんでしたが、頭をもたげてまわりを見まわしているらしく、何とも優しい声が不満げに「お母様はどこ？」とたずねるのが聞こえました。

マダム・ペロドンが優しく答え、励ます言葉を何か言い足しました。

やがて令嬢がこう言うのが聞こえました。

「わたしはどこにいるの？　ここはどこなの？」それから、また言いました。「馬車が見えないわ。それにマトスカはどこにいるの？」

マダムは、相手の言うことの意味がわかる限り、質問にすべて答えました。やがて令嬢は不慮の災難が起こったいきさつを思い出し、馬車に乗っていた人もお供の者も誰一人怪我をしなかったと聞いて喜びましたが、母親が三カ月ほどあとに戻って来るまで自分をここに置いて行ったことを知ると、泣き出しました。

マダム・ペロドンの慰めの言葉に加えて、わたしも何か言おうとした時、マドモワゼル・ド・ラフォンテーヌがわたしの腕に手を置いて言いました。

「近づいてはいけません。あの方、今は一人と話をするだけで精一杯なんですわ。今はほんの少し興奮しただけでも、参ってしまうかもしれません」

あの人が気持ちの良い寝床に入ったら、すぐに部屋へ会いに行こうとわたしは思いました。

父はこの間に召使いを馬に乗せて、二リーグほど離れたところに住んでいるお医者様を呼びにやりました。令嬢を迎えるため、寝室の用意もされていました。

令嬢はもう立ち上がり、マダムの腕に寄りかかって、ゆっくりと跳ね橋を渡り、城門の中へ入りました。

玄関の広間には召使いたちが出迎えのために待っていて、令嬢はそこから自分の部屋へ案内されました。わたしたちがふだん居間にしている部屋は細長くて窓が四つあり、その窓からは濠と跳ね橋ごしに先ほど御説明した森の風景が見渡せました。

その部屋は彫刻を施した古い樫の板が張りめぐらされ、彫刻のある大きな箪笥がいくつもあり、椅子には深紅のユトレヒト天鵞絨の小蒲団が敷いてあります。壁は綴織りにおおわれ、大きな金の額縁に入った絵が四面にかかっています。絵に描かれた人物は等身大で、古風な変わった衣装をまとい、描かれている主題は狩りや鷹狩りといった、総じてにぎやかなお祭の様子です。この部屋はあまり厳《いかめ》しくないので、たいそう居心地が良く、わたしたちはここでお茶を飲みました。というのも、父は例の愛国心から、コーヒーやチョコレートだけではなく、英国の飲み物も毎度出すように言いつけていたからです。

わたしたちはその晩ここに坐り、蠟燭を点けて、夕方の椿事《ちんじ》について話していました。

マダム・ペロドンとマドモワゼル・ド・ラフォンテーヌが二人共、その席にいました。あのお嬢さんはベッドに横になったとたんにぐっすりと眠り込み、二人は彼女の世話を召使いにまかせて来たのでした。

「お客様をどう思って？」わたしはマダムが部屋に入って来ると、さっそくたずねました。「彼女のことを何もかも聞かせて下さらない？」

「わたしはあの方が大好きですわ」とマダムは答えました。「今までお会いした中で一番可愛い娘さんだと思うくらいです。お嬢さまとお年齢《とし》も同じくらいで、たいそうおしとやかな良い方です」

「本当にお綺麗ですわ」マドモワゼルが意見を述べました。彼女も令嬢の部屋をちょっと覗いたのです。

「それに、たいそうお優しい声で」マダム・ペロドンが言い足しました。

「馬車に女の人が乗っていたのに気がつきましたか?」とマドモワゼルが言いました。「馬車をまっすぐにしたあと、下りて来ないで、窓から外を見ていた人を?」

わたしたちはその人を見ていませんでした。

するとマドモワゼルは見るも恐ろしい黒人の女の様子を説明しました。色のついたターバンを頭に巻き、終始馬車の窓から見つめていて、婦人たちに向かってうなずいたり、嘲《あざけ》るようにニッと歯を剥《む》き出して笑ったりしていたそうです。瞳は輝き、大きな目は三白眼で、まるで怒り狂っているかのように、固く歯を食いしばっていたそうです。

「あの召使いたち、人相がすごく悪かったのに気がつきましたか?」とマダムがたずねました。

「ああ」たった今入って来た父が言いました。「不細工で下種《げす》な顔つきの連中だったな。あんな奴らを見たのは生まれて初めてだよ。森であの気の毒な御婦人の物を奪《と》らなければいいんだが。しかし、利口な連中だった。何もかも、あっという間に直してしまったからな」

「長旅で疲れきっていたようですわね」とマダムが言いました。「悪相な上に、顔が妙に痩せこけていて、色も黒いし、むっつりしておりましたわ。こんなことを穿鑿《せんさく》するのは、よけいなことですけれど。でも、きっと明日になればあのお嬢さんがすっかり話して下さるでしょう――十分元気になっていればね」

「そうとは思えんな」父は謎めいた笑い方をし、ちょっとうなずいて言いました。まるで事情を知っているけれども、わたしたちには言いたくないかのようでした。

それで、わたしはいっそう知りたくなりました。父と黒い天鵞絨の服を着た婦人は、出発する直前に、短いけれども真剣な話し合いをしています。その時、どんな言葉が交わされたのでしょうか。

わたしは父と二人きりになるとさっそく、教えて下さいとせがみました。けれども、そんなに強くせがむ必要はありませんでした。「べつに、おまえに言ってはならない理由はない。あの御婦人はお嬢さんの世話をさせるのは気が進まないと言ったんだ。娘は病弱で神経質になっているが、発作が起こることはないし――こちらが聞きもしないのに、そう言ったんだよ――幻覚を見たりもしない。まったく正気だとね」

「そんなことを言うなんて、変ね」わたしは口を挟みました。「わざわざ言う必要はないのに」

「ともかく、そう言ったんだ」父は笑いました。「おまえは何を話したか知りたいと言うから、大したことじゃないが、教えてやろう。あの人はそれから、こう言ったんだ。『わたしはごく、ごく、ごく重大な用件で――とこの言葉を強調して言った――長旅をしております。急ぎ旅で、秘密の旅です。三月《みつき》したら娘を引き取りに戻って参りますが、その間、娘はわたしたちの素姓も、どこから来たかも、どこへ向かって旅しているのかも申しませんでしょう』あの人が言ったのはそれだけだ。じつにきれいなフランス語をしゃべった。『秘密』と言う時、少し口ごもって、厳しい顔をしてわたしをじっと見据えた。彼女にはそれが大事なことなんだと思う。あたふたと行ってしまうのをおまえも見ただろう。娘さんを預かったのが愚かな振舞いでなかったならば良いんだがな」

わたしとしては喜んでいました。あのお嬢さんと会って話がしたくてならず、お医者様のお許しが出るのを心待ちにしていました。町にお住まいの方は、わたしたちがいたようなああいう寂しい場所で、新しいお友達の来ることがどれほどの大事件かおわかりにならないでしょう。

お医者様がやっといらしたのは夜中の一時近くになってからでしたが、わたしは床について眠ることなどできませんでした。それができるくらいなら、黒い天鵞絨の服を着た貴婦人が乗って行った馬車に歩いて追いつくことだってできたでしょう。

お医者様は客間へ下りて来ると、患者について非常に好ましい報告をしました。彼女はもう身を起こして坐っており、脈もまったく正常で、見たところどこも悪くなさそうである。怪我もしていないし、神経への小さなショックも無事におさまっている。双方が望むならば、わたしが会っても害はないとのことです。それで、許しを得たわたしはすぐに人をやって、お部屋に行って少しお目にかかりたいけれども、よろしいですかと訊かせました。

召使いはすぐに戻って来て、願ってもないことですという返事を伝えました。

わたしが時を移さず、この許しを利用したことはおわかりでしょう。

わが家のお客様は城《シュロッス》の一番綺麗な部屋の一つに寝ていました。そこは少し物々しいつくりだったかもしれません。ベッドの足元の方に暗い綴れ織りが掛かっていて、それには毒蛇に胸を咬《か》ませるクレオパトラが描いてありました。ほかの壁の綴れ織りにも、少し色褪せていますが、荘厳な古代の情景が描かれていました。けれども、部屋の装飾にはほかに黄金《きん》の彫刻もあれば、鮮やかな種々の色合いのものがあって、古い綴れ織りの陰気さを十分以上に埋め合わせていました。

ベッドの傍らには蠟燭が何本もありました。令嬢は半身を起こしていました。ほっそりした可愛らしい身体を包んでいるのは柔らかな絹の化粧着で、花模様の刺繡があり、刺し縫いにした絹の厚い縁取りがしてありました。これは彼女が地面に寝かされていた時、母親が足元に投げかけてやったものでした。

わたしはベッドのそばに寄ってささやかな挨拶を始めましたが、たちまち黙り込み、二、三歩後ずさりました。なぜなのか？　その理由はただ今申し上げます。

わたしはまさにあの顔を見たのです――子供の頃、夜中にわたしのもとを訪れた顔、わたしの記憶にまざまざと刻み込まれ、何年もの間、人知れず思い出しては怖くなる、そんなことが始終あった顔だったのです。

その顔は可愛らしく、美しくさえありました。初めて見た時と同じ物悲しい表情をしていました。

けれども、その表情はすぐに明るくなり、わたしが誰かわかったように、奇妙な、硬い微笑を浮かべました。

たっぷり一分間は沈黙があり、それからやっと彼女が口を開きました。わたしは何も言えませんでした。

「何て不思議なことでしょう！」と彼女は高い声を上げました。「十二年前、夢の中であなたのお顔を見ました。それから、ずっとそのお顔が心を離れなかったんですのよ」

「本当に不思議ですこと！」わたしはいっとき言葉も出なかったほどの恐怖を懸命に抑えて、言いました。「十二年前、夢か現実《うつつ》かわかりませんが、わたしもたしかにあなたにお会いしました。あなたのお顔を忘れることができませんでした。あれ以来ずっと目の前にちらついているんです」

令嬢の笑顔は和らぎました。先ほど奇妙だと思ったものが何だったにしろ、それは消えて、微笑みとえくぼのできた頰は素敵に可愛らしく、利口そうでした。

わたしもほっと安心して、歓待《もてなし》の礼儀にかなう調子で話をつづけ、ようこそおいで下さいました、あなたが偶然おこしになって、家の者はみんなたいそう喜んでいます、ことにわたしにとってはたいそうな幸せでございますと言いました。

わたしは話しながら令嬢の手を取りました。孤独な人間にありがちなことで、わたしは少し人見知りをいたしましたが、場合が場合なので雄弁になり、大胆にさえなっていました。彼女はわたしの手を握りしめて、その上に自分の手を重ね、眼を輝かせながらわたしの眼を急いで覗き込むと、またニッコリして頰を赤らめました。

彼女は歓迎の挨拶に可愛らしく答えました。わたしがなおも不思議に思いながら横に坐ると、こう言いました。

「あなたが出てきた夢のことをお話ししなければなりませんわね。あなたとわたしがお互いのことをあんなに鮮やかな夢に見るなんて——二人とももちろんまだ子供だった時に、わたしがあなたを、あなたがわたしを、今こうして見ているように見るなんて、本当に不思議です。わたしは六歳《むっつ》くらいの子供で、何かごちゃごちゃごちゃした厭《いや》な夢から醒めたら、子供部屋とはちがう部屋にいました。そこは何か黒ずんだ木のごつい羽目板が張ってあって、戸棚や寝台や、椅子やベンチがありました。ベッドは全部空《から》で、わたしのほかには部屋に誰もいないようでした。わたしはしばらくあたりを見てから、枝が二つついている鉄の燭台をとくに素晴らしいと思って――今見ても、きっとそれと見分けがつくでしょう――そのあとベッドの一つの下を這って行って、窓際へ行きました。けれども、ベッドの下から出ると、誰かの泣き声が聞こえました。それで、床に膝をついたまま見上げると、あなたがいたんです――間違いなくあなたでした――今見ている通りの美しいお嬢さんで、金髪で、大きな青い眼をしていて、唇は――あなたの唇――ここにいらっしゃるあなたそのままでした。

わたしはあなたの顔つきに魅かれて、ベッドの上によじ登ると、あなたの身体に両腕をまわして、二人とも眠ったと思います。ところが、叫び声で目が醒めました。あなたが起き上がって叫んでいたんです。わたしはびっくりして床に滑り下りると、いっとき意識を失っていたようです。気がついた時は自分の家の子供部屋に戻っていました。それ以来、あなたのお顔を忘れたことはありません。ただ似ているというだけで人違いするはずはありませんわ。あなたこそ、その時見たお嬢さんなんです」

今度はわたしが自分の夢を語る番でした。語り終えると、新しい知り合いは驚きを隠しませんでした。

「わたしたちのどちらがいっそう怖がるべきなのかわかりませんわ」彼女はまた微笑みを浮かべて言いました。「あなたがこんなに綺麗でなかったら、わたしはあなたをひどく怖がるでしょう。でも、こんな風でいらっしゃるし、あなたもわたしも若いのですから、こう感じるだけです——わたしはもう十二年前にあなたと知り合っているから、仲良しになる権利をすでに持っているのだと。ともかく、わたしたちは幼い子供の頃からお友達になる運命だったようですわね。あなたはわたしに不思議と魅かれているのではなくて？　わたしもあなたに魅かれているんです。わたしには友達が一人もありませんでした——今はお友達ができたんでしょうか？」彼女はため息をつき、黒い綺麗な眼は情熱をこめてわたしを見つめました。

さて、本当のことを申しますと、わたしはこの美しい人を、なぜか説明はできませんが、好もしく思っていたのです。彼女が言ったように「魅かれて」いたのですが、同時に少し反撥《はんぱつ》も感じました。けれども、このどっちつかずな気持ちの中で、魅かれる感じの方がはるかに勝っていました。彼女はわたしの関心を引き、心をとらえました。それほど美しくて、得も言われぬ魅力があったのです。

わたしは倦怠と疲労の色が彼女に見えて来たのに気づき、急いでおやすみを言いました。

「お医者様のお考えでは」とわたしは言い足しました。「今夜は女中についていてもらわなければいけないそうです。うちの女中が一人支度をして待っていますわ。じつに役に立つ物静かな子です」

「御親切に。でも、わたし、きっと眠れませんわ。部屋に付き添いがいると、けして眠れないんです。手伝っていただくことはないでしょう——それにわたしの癖を一つ申し上げると、強盗が恐ろしくて仕方がないんです。一度家に強盗が入って、召使いが二人も殺されました。だから、いつも扉に鍵をかけておくんです。習慣になってしまいましたの——あなたはたいそうお優しそうに見えますから、きっと許して下さるでしょうね。あの錠には鍵がさしてありますわね」

彼女は一瞬、綺麗な腕にわたしをひしと抱きしめると、耳元でささやきました。

「おやすみなさい、あなた。お別れするのはつらいけれど、おやすみなさい。明日あまり早くない時間に、またお目にかかりましょう」

彼女はため息をついて枕にもたれかかり、美しい眼は愛情のこもった憂わしげな眼差しでわたしを追いました。やがて、またつぶやきました。「おやすみなさい、愛しいお友達」

若いうちは衝動にかられて人を好きになり、愛することもあります。わたしは彼女が明らかな好意を――まだそれにふさわしいことを何もしていないのに――示してくれたので、得意な気持ちになりました。わたしをすぐに信頼してくれたことが好もしく思われました。彼女はわたしたちが親しい友達になると決め込んでいたのです。

翌日《あくるひ》になって、わたしたちはまた顔を合わせました。わたしはこの話し相手がすっかり気に入っていました――それはつまり、多くの点に於いてです。

彼女の美貌は昼の光の中でも少しも見劣りしませんでした――間違いなく、わたしが会ったことのある一番美しい人で、幼い頃の夢にあらわれた顔の不愉快な記憶も、最初にそれと気づいて驚いた時の恐ろしさを失っていました。

彼女もわたしを見て同じようなショックを受け、わたしの讃嘆の念に混じっているかすかな反撥と同じものを感じたと告白しました。わたしたちは今では一緒になって、いっときの恐怖心を笑いました。

四　彼女の習慣――逍遥

わたしはほとんどの点で彼女に魅了されたと申しましたね。けれども、あまり気に入らないこともいくつかあったのです。彼女は女性にしては上背がある方でした。まずその姿形をくわしくお話しすることから始めましょう。

彼女はほっそりしていて、素晴らしく優美でした。動作が倦怠《けだる》げ――ひどく倦怠げ――であることを除けば、その外見に病人らしいところはありませんでした。顔色は冴えていて輝かしく、目鼻立ちは小づくりで、美しく整っていました。眼は大きくて黒く、光沢《つや》がありました。髪の毛はそれは見事なもので、彼女の肩にかかっている時のあの髪の毛のように、素晴らしくふさふさして長い髪は見たことがありませんでした。わたしはよくその下に手をさし入れて、何と重いのだろうと驚いて笑いました。その髪は絶妙にきめ細やかで柔らかく、色は豊かな濃い鳶色《とびいろ》で、少し金色が混じっていました。わたしはそれを手で持ち上げて放し、自分の重みで転がり落ちるようにするのが好きでした——彼女が自室《へや》で椅子に凭《もた》れ、甘やかな低い声でしゃべっている時、わたしはその髪の毛をまとめて編んだり、ひろげたり、玩具《おもちゃ》にしたりしたのです。ああ！　もし何もかも知っていたら！

気に入らないことがあったと申しましたね。初対面の晩、彼女の信頼がわたしの心を魅《ひ》いたと申しましたが、彼女は自分自身や母親のこと、自分の来歴や、人生に関わりのあるあらゆることについて、いつも用心して口を閉ざしているのでした。きっと、わたしの方が理不尽だったのでしょうし、間違っていたのかもしれません。黒い天鵞絨の服を着た婦人が父に課した厳命を尊重するべきだったのでしょう。けれども、好奇心というものは落ち着きのない無節操な情熱で、それを抑えつけられることは、若い娘にはとうてい辛抱できません。わたしがこんなに知りたがっていることを教えたからといって、それが誰の迷惑になるでしょう？　彼女はわたしの分別や名誉心を信用しないのでしょうか？　あなたの言ったことは生きている人間には一言も洩らさないと固く約束したのに、なぜ信じてくれないのでしょう？

彼女は微笑《わら》いながら、悲しげに、頑なに、ほんのわずかの光を与えることも拒むのでしたが、そこには年齢に似つかわしくない冷淡さがあるような気がしました。

このことで喧嘩をしたとは申せません。彼女はどんなことでも口争いをしませんでしたから。もちろん、しつこく迫るのは非常に不当で無作法なことでしたが、そうしないではいられなかったのです。そんなことは放っておいても良かったのかもしれませんが。

彼女が語ったことは、わたしの自分勝手な評価では——無に等しいものでした。

それは三つのごく漠然とした告白に要約されました。

一——彼女の名前はカーミラという。

二——彼女の一族は非常に古い貴族の家系である。

三——彼女の故郷は西の方角にある。

彼女は一族の家名も、紋章も、領地の名前も、自分たちが暮らしている国の名前さえも言おうとしませんでした。

こういうことを年中たずねて彼女を悩ましたとお考えになっては困ります。機会を見て、問いただしたというよりも匂わせたのです。たしかに一度か二度、直接《じか》に攻撃したことがあります。ですが、こちらがどういう戦術を取っても、結果はいつも失敗に終わりました。詰《なじ》っても賺《すか》しても効き目はありませんでした。それでも、このことは言い添えておかなければなりません。彼女は言い逃れる時、悲しげな顔をして、どうか聞かないでと頼むのです。その様子がたいそう可愛らしい上に、わたしを好いていること、わたしの名誉心を信じていることを何度も何度も、情熱的といっても良い口ぶりで明言し、いずれ一切を打ち明けると何度も何度も約束するものですから、いつまでも腹を立てている気になれないのでした。

彼女はわたしの頸《くび》にきれいな腕をまわして抱き寄せ、わたしの頰に頰をあて、唇を耳元に寄せてささやくのでした。「愛《いと》しいあなた、あなたの小さな心臓は傷ついているのね。わたしが自分の力と弱さの逆らえない掟に従うからといって、残酷だと思わないでちょうだい。あなたの愛しい心臓が傷つけば、わたしの荒れ狂う心臓も一緒に血を流すんです。わたしはこの上ない屈従の悦びのうちに、あなたの温かい命の中に生きて、あなたは死ぬでしょう──死んで、快く死んで──わたしの命に溶け込むでしょう。わたしにはそうするしかない。わたしがあなたに近づくように、今度はあなたがほかの人に近づいて、その残酷な悦びを知るでしょう。でも、それは愛なんです。だから、しばらくの間はわたしと家族のことをこれ以上知ろうとしないで、愛情を持ってわたしを信頼してちょうだい」

そして、こういうわけのわからないことを言い終わると、顫える腕にわたしをしっかりと抱きしめ、その唇はわたしの頰に優しい接吻をしながら、ほんのりと温かくなるのでした。

彼女の興奮と言葉は、わたしには理解できませんでした。

こういう愚かしい抱擁から――といっても、始終そんなことをしたわけではありませんが――わたしはいつも身をふりほどきたいと思いながら、身体の力が抜けてしまうようでした。彼女のささやく言葉はわたしの耳に子守歌のように聞こえ、抵抗をなだめ、うっとりとさせて、わたしは彼女が腕を離すと、やっと我に返るのでした。

こういう不思議な気分の時の彼女は嫌いでした。わたしは妙な胸騒ぎをおぼえ、それは時には快いものでしたが、漠然とした恐怖と嫌悪の感覚が混じっていました。このような場面が続いている時、わたしは彼女のことをはっきりどうこうと思いませんでしたが、愛情が次第に崇拝になるのを感じ、また憎しみも感じていました。矛盾であることはわかっていますが、あの気持ちを説明する方法がほかに見あたりません。

今、わたしは十年以上の歳月を経て、顫える手でこれを書いています。知らずしらずに過ごしていた試煉のうちの出来事や状況が、入り乱れて恐ろしく思い出されますが、話の大筋だけは生々しく、鮮やかに憶えています。けれども、どんな人間の生涯にも、ある種の感情的な場面があるのではないでしょうか——情熱がいとも荒々しく、恐ろしく掻き立てられたというのに、それでいて、あらゆる場面のうちでもっとも漠然と、曖昧にしか思い出せないことが。

時によると、一時間くらい何も感じなくなっていたあと、不思議な美しい話し相手はわたしの手を取り、愛しそうに握りしめては、それを何度も何度も繰り返しました。ほんのりと頬を染めて、倦怠《けだる》げな燃える眼でわたしの顔をじっと見つめ、せわしい息遣いをするので、荒い呼吸につれて服が持ち上がったり下がったりするほどでした。まるで恋する殿方の情熱のようで、わたしは困ってしまいました。厭でならないのですが、どうにもなりません。彼女はさも嬉しそうに眼を細めてわたしを抱き寄せると、熱い唇がわたしの頬に沿って接吻を繰り返しました。彼女はすすり泣くようにして、ささやきました。「あなたはわたしのもの。わたしのものにしてみせる。あなたとわたしは永久に一つ。」それから椅子の背に身を投げかけて、小さな両手で眼を蔽い、顫えるわたしを放っておきました。

「わたしたちが親戚だったとしても」わたしはいつもそうたずねるのでした。「あなたの言うことに、どういう意味があるの？　きっと、わたしを見ると誰か好きな人を思い出すんでしょう。でも、いけないわ。わたし、厭だわ。あなたという人がわからない――あなたがそんな顔をしてそんな風に話すと、自分のこともわからなくなってしまう」

彼女はわたしの激しい調子にため息をつき、それから顔をそむけて、わたしの手を離すのでした。

こういう異常な愛情の表現について、わたしは納得のゆく説明を考えようとしましたが、上手くいきませんでした――見せかけや悪ふざけでやっているとは考えられませんでした。あれは疑いなく、抑えつけられた本能と感情の一時的な爆発でした。彼女は――母親はわざわざ否定しましたけれども――時々短い狂気の発作に襲われるのでしょうか？　それとも、ここには何か偽装と伝記物語《ロマンス》めいたことがあるのでしょうか？　古い小説の本でそういう話を読んだことがありました。もしもわたしに恋する少年がこの家に入り込む方法を見つけ、老猾《ろうかい》な女冒険者の助けを借りて、変装して求愛を遂《と》げようとしているのだとしたら、どうでしょう？　けれども、この説とは食い違うことがたくさんありました――わたしの虚栄心を大いにくすぐる考えでしたけれども。

わたしは男性が女性を敬ってするような心づかいを、少なからず受けたと自慢することができました。けれども、こうした情熱的な時々の間に、普通の、陽気な、あるいは憂鬱に沈んでいる長い休止期間があって、その間、物憂い焰が一杯に燃える彼女の眼が時々わたしを追っていることもありましたが、そんな時をべつにすると、わたしは彼女にとって何でもない存在のようでした。謎めいた興奮を見せるああした短い期間を除くと、彼女の振舞いは若い娘らしいものでしたし、それに彼女にはいつも何か倦怠《けだる》げな様子がつきまとっていて、それは健康な男性の身体にはそぐわないものでした。

彼女の習慣はいくつかの点で変わっていました。もしかすると、街に住む御婦人にとっては、わたしたち田舎の人間が思ったほど奇異なことではないのかもしれません。彼女はいつも非常に遅く、たいてい一時を過ぎてから階下《した》へ下りて来て、それからチョコレートを一杯飲みますが、何も食べません。わたしたちはそれから散歩に出ました。といっても、ほんのぶらぶら歩きで、彼女は歩き始めるとすぐに疲れきってしまうらしく、城《シュロッス》へ戻るか、木立のそこかしこに置いてあるベンチに腰かけるのでした。これは身体の疲労であって、精神はそれに同調していませんでした。彼女はいつも生き生きした話し手で、たいそう知的でした。

彼女は時々、ほんの少しの間だけ故郷《ふるさと》のことを口にしたり、ある冒険とか状況とか、あるいは幼い頃の思い出に触れることがありました。そうした話には奇妙な風習を持つ人々が出て来て、わたしたちがまったく知らない習慣を物語ることもありました。わたしはこういう言葉の端々《はしばし》から、彼女の生まれた国は最初に思ったよりもずっと遠いところなのだと推測しました。

ある日の午後、わたしたちがそうやって木蔭に腰かけておりますと、葬いの行列が通りかかりました。ある可愛い少女のお葬式でした。わたしもよく会ったことのある森番の娘です。気の毒な父親は愛し子《いとご》の棺のうしろを歩いていました。一人娘だったので、父親はまったく傷心の体《てい》に見えました。

農民たちが二人ずつ列《なら》んでうしろを歩き、葬いの聖歌《うた》を歌っていました。一行が通りかかると、わたしは敬意を表するために立ち上がり、人々がじつにきれいな声で歌っている聖歌を一緒に歌いました。

すると、わたしの連れが少し乱暴にわたしを揺さぶったので、驚いてふり返りました。

彼女はとげとげしく言いました。「あの声、ひどい調子っ外《ぱず》れね。あなた、わからないの？」

「それどころか、すごくきれいだと思うわ」とわたしは答えました。邪魔されたのが不愉快でしたし、小さな行列をつくっている人々がこちらのやりとりに気づいて腹を立てはしないかと心配だったのです。

それですぐにまた歌をうたい始めると、また邪魔をされました。「耳がつんざかれるわ」カーミラは怒っているようにそう言って、小さな指で両耳をふさぎました。

「それに、あなたのお宗旨とわたしのお宗旨が同じだと、どうしてわかるの？ あなた方のお作法はわたしを傷つけるし、わたしは葬式が大嫌いなの。何ていう馬鹿騒ぎでしょう！ だって、人は死ななければならないのよ——誰でも死ななければならないの——そして死ねば、みんなもっと幸せになるのよ。もう帰りましょう」

「お父様は牧師様と教会墓地へ行かれたわ。あの子が今日葬られるのを、あなたは知ってると思ったけど」

「あの子？ わたしは農民のことなんかで頭を悩ませないようにしているのよ。一体誰なのかも知らない」カーミラは美しい眼を光らせて答えました。

「二週間前に幽霊を見たっていう可哀想な女の子よ。それ以来ずっと具合が悪くて、昨日息を引き取ったの」

「幽霊の話なんかしないで。今夜眠れなくなるから」

「疫病か熱病が流行《はや》り出すのでなければいいけど。そんな気がしてならないわ」とわたしは話をつづけました。「豚飼いの若奥さんがつい一週間前に死んだの。ベッドに寝ている時、何かが喉をつかんで、息が止まるかと思ったんですって。お父様がおっしゃるには、そういう恐ろしい空想はある種の熱病につきものなんだそうよ。若奥さんは前の日には元気だったの。そのあと身体が弱って、一週間もしないうちに死んだの」

「そう。ならばその女の葬いは済んで、その女の聖歌も歌われてしまったのね。そしてわたしたちの耳があの調子っ外れな声とわけのわからない文句に苦しめられることもないのね。あれのせいでわたしは気が立ってしまったわ。ここに、わたしの隣に坐ってちょうだい。そばに坐って。わたしの手を取って。握りしめて。きつく――きつく――もっときつく」

わたしたちは少しうしろへ退《さが》り、べつの腰掛けのところへ来ていました。

彼女は腰を下ろしました。その顔がすっかり変わっていたので、わたしは驚き、一瞬怖くなったほどでした。顔の色がくすんで、恐ろしい土気色《つちけいろ》になり、歯を食いしばり、両手をグッと握りしめて、眉をひそめ、唇を固く結んでいました。その間、足元の地面をじっと見つめていて、瘧《おこり》にかかったように抑えきれない身震いがつづいて、全身がわなないていました。力をふり絞って何かの発作を抑えようとしているらしく、その発作と息もつかずに闘っていました。しまいに低い、痙攣《ひきつけ》るような苦しみの声を洩らすと、次第に興奮はおさまっていきました。「ほら！　聖歌を歌って人を絞め殺す連中のせいよ！」彼女はしまいに言いました。「わたしを抱いて。じっと抱いていて。もうじきおさまるから」

果たして、発作は次第におさまりました。きっと、その光景がわたしに与えた暗い印象を追い払うためでしょう、彼女はいつになく元気におしゃべりをして、わたしたちは家へ帰りました。

母親が言った体質の弱さの明らかな徴候を彼女が示したのは、これが最初でした。それに癇癪《かんしゃく》のようなものを起こすのを見たのも、この時が初めてでした。

どちらも夏の雲のように過ぎ去り、その後彼女が怒った様子を見せたことは、一度しかありません。その時のいきさつをお話ししましょう。

彼女とわたしは客間の細長い窓から外をながめていました。その時、わたしも良く知っている流れ者が跳ね橋を渡り、前庭へ入って来ました。この男はおおむね年に二回、城《シュロッス》を訪れるのでした。

背中に瘤《こぶ》のある男で、こういう者にありがちな、鋭い痩せた顔つきをしていました。先のピンと尖った黒い顎鬚を生やし、大きな口を耳から耳まで開けて笑い、白い歯を見せていました。赤皮色と黒と緋色の服をまとい、数えきれないほどの紐や帯を掛けて、種々《しゅじゅ》さまざまな物を吊っていました。背には幻燈と二つの箱を負っていましたが、わたしはその二つを良く知っておりました。一つには火蜥蜴《サラマンダー》が、もう一つには曼陀羅華《マンドラゴラ》が入っていたのです。父はこの怪物たちを見ると、いつも笑っていました。猿や鸚鵡《おうむ》、栗鼠《りす》、魚、それに針鼠《はりねずみ》の一部を乾かし、驚くほど巧みに縫い合わせてこしらえたものだったのです。男はヴァイオリンと手品の種が入った箱、帯につけた一双の剣術刀と仮面、ほかにもいくつか謎めいた容《い》れ物をぶら下げていて、銅の石突《いしづき》がついた黒い杖を手にしていました。お供は毛むくじゃらの痩せ犬で、こいつはうしろから随いて来ましたが、跳ね橋のところへ来ると訝しげに立ちどまって、やがて陰気に吠えはじめました。

その間に、香具師《やし》は庭の真ん中に立って、奇妙奇天烈《きてれつ》な帽子を取り、わたしたちに向かってたいそう仰々《ぎょうぎょう》しいお辞儀をすると、何ともひどいフランス語と、それと大差のないドイツ語で口達者に挨拶をしました。それからヴァイオリンを取ってにぎやかな曲を掻《か》き鳴らし、それに合わせて陽気な調子っ外《ぱず》れの歌をうたいはじめ、滑稽な身ぶり手ぶりをして元気に踊ったので、わたしは犬が吠えているのも気にせずに笑い出しました。

やがて男は何度も微笑み、会釈をしながら窓のそばへ進み出ると、帽子を片手に持ってヴァイオリンを小脇に抱え、立板に水の流暢さで長々しい宣伝を始めました。自分が如何《いか》なる才芸を持っているか、わたしたちの役に立てる技術《わざ》の数々、御所望とあらばすぐお目にかけられるという珍奇な物や余興について口上を述べたのです。

「お嬢様方はウーピール除《よ》けのお守りをお購《もと》めになりませんか。ウーピールはこのあたりの森に、狼のように出没するそうでございます」そう言いながら、帽子を敷石の上に落としました。「あちらでもこちらでも、そのために人が死んでおりますが、ここにけして失敗《しくじり》のない魔除けがございます。針で枕に留めておくだけで、魔性の者が現われましても、そやつの面前で笑ってやることができるのです」

魔除けというのは長方形の子牛皮紙の切れで、カバラの組み合わせ文字と図形が描いてありました。

カーミラはさっそく一つ買い、わたしもそうしました。

男はこちらを見上げ、わたしたちは面白がって笑いながら見下ろしていました。少なくとも、わたしが面白がっていたことは請け合えます。男の鋭い黒い眼は、わたしたちの顔を見上げている時、ふと一瞬、気になるものをとらえたようでした。

男はすぐに革の容れ物を取り出しました。それには種々の風変わりな、小さい鉄製の道具が入っていました。

「ごらん下さい、お嬢様」男は容れ物を見せながらわたしに向かって言いました。「やつがれはさまざまの技術《わざ》を修めておりますが、中でも一等お役に立ちますのは、歯医者の技でございます。ええ、忌々《いまいま》しい犬だ！」と言葉を挟みました。「黙れ、畜生め！ こやつはお嬢様方に話が聞こえないようにと吠えるんでございます。あなたさまの高貴なお友達、右側にいらっしゃるお嬢様はたいそう鋭い歯をお持ちですな？

長くて、細くて、先の尖《とが》った、錐《きり》のような、針のような。ハ、ハ！　やつがれは遠目がききますので、上を向いた時にはっきり見えたのですよ。さて、もしもその歯がお痛いようでしたら、きっとそうだと思いますが、やつがれにおまかせ下さい。ここに鑢《やすり》も、打錐《うちぎり》も、やっとこもございます。お嬢様さえよろしければ、その歯を丸く削って差し上げましょう。魚の歯ではなく、お美しい御令嬢にふさわしい綺麗な歯になりますぞ。おや？　お嬢様、お気に召しませんか？　よけいなことを申し上げましたか？　御機嫌を損ねましたかな？」

じっさい、お嬢様は非常に怒った顔をして窓から引っ込みました。

「あの香具師、どうして人をあんなに侮辱するんでしょう。あなたのお父様はどこにいらっしゃるの？　あいつを懲《こ》らしめていただくわ。わたしの父ならあの男を井戸に縛りつけて、太い鞭で打って、家畜の焼印を骨まで焼きつけてやったでしょうに！」

彼女は窓から一、二歩退って、そこに腰を下ろしましたが、怒らせた者の姿が見えなくなると、怒りは始まった時と同じように突然おさまりました。次第にいつもの調子に戻って、小柄な香具師とその愚かな振舞いを忘れてしまったようでした。

父はその晩、元気がありませんでした。部屋へ入って来るなり言うことには、最近命とりの病気で人が二人亡くなったけれども、それとそっくりの病人がまた出たというのです。父の領地の、ここからつい一マイルほど先に住む若い農民の妹が重病で、本人の話によると、まったく同じような形で襲われ、今はゆっくりと、けれども確実に衰弱しているのでした。

「こういうことには」と父は言いました。「まったく自然な原因がある。しかし、貧しい人々は互いに迷信をひろめ合って、近所の人間に寇《あだ》した恐ろしいものを自分の心の中に創り上げるのだ」

「でも、そういう状況自体、ゾッとしますわ」とカーミラが言いました。

「どうしてです？」父がたずねました。

「そんなものを見たと思うことが恐ろしいんです。現実の存在と同じくらい怖いでしょう」

「我々は神の御手《みて》のうちにいる。神のお許しがなければ如何なることも起こり得ないし、神を愛する者にとっては、すべてのことがめでたく終わるのです。神は我々の誠実な創造者です。我々みんなを造りたもうたし、みんなの面倒を見て下さる」

「創造者！　自然のことですわね！」若い娘は優しい父に口ごたえしました。「この地方に蔓延《まんえん》する病気だって自然ですわ。自然。あらゆるものが自然から生じるのではありませんこと？　天に、地に、地中にある万物が自然の命ずるままに振舞い、生きるのではありませんこと？　わたしはそう思います」

「医師《せんせい》が今日ここへ来ると言っていました」父は少し黙っていたあとに言いました。「彼がそれについてどう思うか、どうすれば良いと思うかを知りたいものです」

「医者なんて、わたしを治してくれたことはありません」とカーミラは言いました。

「それじゃ、あなたは病気だったの？」とわたしがたずねました。

「あなたはなったことがないほど具合が悪かったのよ」彼女は答えました。

「ずっと前に？」

「ええ、大分前に。ほかでもないこの病気にかかったの。でも、苦しみと身体の弱さ以外のことはすっかり忘れてしまったわ。あれはほかの病気で苦しむほどつらくはなかったわ」

「その時、うんと小さかったの？」

「そうね。もうその話はよしましょう。あなたは友達を傷つけたくないでしょう？」

彼女は懶《ものう》げにわたしの眼を見て、わたしの腰に優しく腕をまわし、部屋から連れ出しました。父は窓辺で何かの書類を忙しげに見ていました。

「あなたのお父様はどうして人を怖がらせるのが好きなのかしら？」綺麗な娘はため息をつき、ちょっと身震いして言いました。

「そんなことないわ、カーミラ。父はそんなこと、ちっとも考えていなくてよ」

「あなたは怖い？」

「あの可哀想な人たちみたいに襲われる危険が本当にあると思ったら、すごく怖いでしょうね」

「死ぬのが怖い？」

「ええ。誰だってそうでしょう」

「でも、恋人同士のように死ぬのは――二人一緒に生きられるように、一緒に死ぬのは？　若い娘はこの世に生きている間は芋虫で、夏が来ると、やっと蝶々になれる。でも、それまでは地虫《じむし》や幼虫なのよ――わからない？――それぞれに特有の性質や、必要物や、構造があるの。隣の部屋にある本の中で、ビュフォン氏[5]がそう言っているわ」

その日遅くお医者様がおいでになり、しばらくお父様と話をしていました。腕の良いお医者様で、年齢《とし》は六十を越しており、頭に髪粉をふって、青白い顔を南瓜《かぼちゃ》のようにつるつるに剃《そ》っていました。お父様と一緒に部屋から出て来ましたが、その時、お父様が笑って、こう言うのが聞こえました。

「いや、あなたのように賢いお方がおられるとは驚きですな。鷲頭馬《ヒッポグリフ》や竜《ドラゴン》については何とおっしゃいます？」

医師は微笑《わら》って首を振りながら、答えました――

「それでも生と死は謎めいた状態です。我々はどちらのことも、ろくすっぽ知らんのですよ」

そうやって二人は歩きつづけ、声はもう聞こえなくなりました。わたしはあの時、お医者様が何の話を持ち出したのか知りませんでしたが、今なら察しがつくように思います。

5　ビュフォン伯ジョルジュ＝ルイ・ルクレール。一七〇七―八八。フランスの博物学者。

五　瓜二つ

この晩、グラーツから真面目くさった浅黒い顔をした絵の掃除人の息子が、馬と荷車でやって来ました。荷車には二つの大きな荷箱が積み込まれ、どちらにもたくさんの絵が入っていました。十リーグほどの旅で、このあたりの小都会グラーツから城《シュロッス》へ使いの者が来ると、わたしたちはいつも玄関広間で取り囲んで報せを聞くのでした。

この男の到着は、人里離れたわたしたちの屋敷に大騒ぎを引き起こしました。箱は広間に残され、召使いたちが男の世話をして夕食を食べさせました。やがて彼は手助けの者を連れ、槌《つち》と鑿《のみ》と螺子《ねじ》まわしを持って、広間でわたしたちと会いました。わたしたちは箱を開けるのを見ようと、そこに集まっていたのです。

カーミラは坐って大儀《たいぎ》そうにながめており、その間に修復を終えた古い絵が、ほとんど肖像画でしたが、一枚また一枚と明るいところに取り出されました。わたしの母はハンガリー人の旧家の出で、今もとの場所に戻されようとしている絵の大半は母が持って来たものでした。

父が目録を手に持って読み上げると、職人は該当する番号の絵を捜し出しました。わたしにはそれらが優れた絵だったかどうかわかりませんが、なにしろ古くて、中には随分珍しいものもありました。わたしにとって、大部分の絵は今初めて見るという長所があったと言って良いでしょう。それまでは長い年月の煤と埃《ほこり》のために、何が描いてあるのかほとんどわからなくなっていましたから。

「わたしもまだ見ていない絵が一枚あるんだ」と父は言いました。「上の方の隅に名前が書いてある。わたしには『マルシア・カルンシュタイン』と読めたんだが。それに『一六九八』という年号も記してあった。あの絵がどんな風になったか、見るのが楽しみだよ」

その絵ならわたしも憶えていました。高さ一フィート半ほどの小さい絵で、真四角というに近く、額縁はついていませんでした。けれども、長い年月を経て真っ黒になっていたため、どんな絵なのかはわかりませんでした。

職人はいかにも得意そうに、それを出して来ました。本当に美しい、目のさめるような絵で、まるで生きているようでした。それはカーミラの肖像だったのです！

「カーミラ、ねえ、これこそまさに奇蹟よ。この絵の中にはあなたがいて、生きて、微笑んで、今にも口を利きそうだわ。ねえ、美しいでしょう、お父様？　それに、ほら見て、喉の小さな黒子《ほくろ》まであるわ」

父は笑って、「たしかに驚くほど良く似ているな」と言いましたが、よそを向いてしまいました。驚いたことに、その絵にほとんど感動していない様子で、絵の掃除人と話をつづけました。相手はいっぱしの画家でもあり、自分の技術によって光と色彩を取り戻した肖像画やほかの作品について、物のわかった口ぶりで語りましたが、わたしの方は、あの絵を見れば見るほど驚きの念に打たれるばかりでした。

「お父様、この絵、わたしの部屋に掛けても良い？」とわたしは訊きました。

「いいとも」と父は笑って言いました。「その絵がそんなに似ていると思ってくれて、嬉しいよ。彼女に似ているなら、わたしが思っていたよりも綺麗な絵にちがいない」

若いお嬢さんはこのお世辞に礼も言わず、聞いてもいない様子でした。腰掛けの背に凭れて、長い睫毛《まつげ》の下の美しい眼は思いに耽るようにじっとわたしを見つめ、一種の恍惚にひたって微笑んでいました。

「それに今は隅に書いてある名前がはっきり読めるわ。マルシアじゃありません。金文字で書いたみたいね。名前はカルンシュタイン女伯爵ミルカーラよ。この上に描いてあるのは小さな宝冠で、下に紀元一六九八年とあるわ。わたし、カルンシュタイン家の末裔なのね。だって、お母様がそうだったんですから」

「まあ！」と令嬢は倦怠げに言いました。「わたしもなのよ。そう思うの。非常に長く続いた古い家系なんです。カルンシュタイン家の人間は今も残っているのかしら？」

「その名を名乗る者はいないはずよ。あの一族はずっと前に内乱で滅びたんだと思うけれど、城址《しろあと》はここからほんの三マイルほどのところにあるわ」

「面白い話ね」彼女は倦怠げに言いました。「でも、ごらんなさい。何てきれいな月の光でしょう！」少し開いていた玄関の扉の外を見やって、「庭を少し散歩して、道と川をながめたらどうかしら」

「あなたがここへいらっしゃった晩にそっくりね」とわたしは言いました。

彼女は微笑んで、ため息をつきました。

彼女はやがて立ち上がり、わたしたちは互いの腰に腕をまわして、甃《いしだたみ》の上へ歩いて出ました。

無言のうちに、ゆっくりと跳ね橋まで歩いて行くと、そこからは目の前に美しい風景がひろがっていました。

「それじゃ、わたしがここへ来た晩のことを考えていたのね？」彼女はささやくように言いました。「わたしが来たことが嬉しい？」

「喜んでいるのよ、愛しいカーミラ」とわたしは答えました。

「あなたはわたしに似ていると思った絵を自分の部屋に掛けてくれと頼んだのね？」

彼女はため息と共にそうつぶやき、腕をわたしの腰に強くまわして、可愛い頭をわたしの肩にのせました。

「あなたはロマンティックなのね、カーミラ」とわたしは言いました。「いつかあなた自身の話をしてくれたら、きっと、その話は一つの物語《ロマンス》なんでしょうね」

彼女は無言でわたしに接吻しました。

「カーミラ、あなたは恋をしているんでしょう。今この時も、心のうちで思い悩んでいるんでしょう」

「誰にも恋をしたことはないし、これからもしないわ」と彼女はささやきました。

「あなたにならべつですけれど」

月光の中で、彼女は何と美しく見えたことでしょう！

彼女ははにかむような妙な顔つきをして、その顔をさっとわたしの首筋と髪の毛の中に隠し、すすり泣くような激しいため息をいくつもついて、顫える手をわたしの手に押しつけました。

彼女の柔らかい頬がわたしの頬にあたり、火照《ほて》っていました。「愛しい人」と彼女はささやきました。「わたしはあなたの中に生きている。あなたはわたしのために死んでくれるでしょう。あなたをそれほど愛しているの」

わたしはハッとして身を離しました。

彼女はわたしをじっと見ていましたが、その眼からは焔も意味ありげな光もすっかり消え去り、顔は血の気が失せて、何も感じていないようでした。

「空気が冷たいのかしら？」彼女は眠たげに言いました。「わたし、寒気《さむけ》がする。今まで夢を見ていたのかしら？　もう中へ入りましょう。さあ、さあ、入りましょう」

「顔色が悪いわ、カーミラ。少し眩暈《めまい》でもしているみたい。お酒を飲んだ方が良いわ」とわたしは言いました。

「ええ。そうしましょう。少し良くなって来たわ。二、三分もすれば、すっかり治るでしょう。ええ、お酒を少しちょうだいね」カーミラはそう答え、わたしたちは扉に近づきました。「もうしばらくだけ景色を見ていましょう。あなたと月の光を見るのは、これが最後かもしれないから」

「今は気分はどう、カーミラ？　本当に良くなって？」とわたしはたずねました。

わたしは彼女がこの地方に流行り始めたという奇妙な伝染病にかかったのではないかと心配になって来たのです。

「少しでも具合が悪かったら、すぐにそう言ってちょうだいね」とわたしは言い足しました。「でないと、お父様がものすごく悲しむでしょう。この近所には腕の良いお医者様がいるの。今日お父様と一緒にいた先生よ」

「あの方はきっと名医でしょう。みなさんが御親切なのはわかっています。でもね、もうすっかり良くなったわ。わたしには悪いところなんてないのよ。ただ少し身体が弱いだけで。みんな、わたしは元気がないと言います。身体を激しく使うことができないの。三歳の子供くらいしか歩けないし、時々、持っているわずかな力が抜けて、さっきみたいになってしまうの。それでも、簡単にもとに戻るの。あっというまにいつもの自分になるわ。わたしが治ったのを見たでしょう」

たしかにその通りで、彼女とわたしはたくさん話し、彼女はたいそう生き生きとして来ました。それで、その晩はわたしが彼女の「のぼせ上がり」と呼んだものはもう起こらずに過ぎました。わたしが言うのは、わたしをまごつかせ、怖がらせさえした狂ったようなおしゃべりと表情のことです。ところが、夜のうちにある出来事が起こって、わたしの考えをまったく新しい方向に向け、カーミラの懶《ものう》い気性さえも驚かして、束の間の活力を与えたようだったのです。

六　奇妙な苦しみ

わたしたちが客間へ入って、コーヒーとチョコレートを飲むために腰掛けると、カーミラはどちらも飲みませんでしたが、すっかり落ち着きを取り戻した様子で、マダムとマドモワゼル・ド・ラフォンテーヌもその席に加わり、ささやかなカード遊びをしました。そのうちにお父様が、本人の言う「大鉢一杯のお茶」を求めて入って来ました。

遊びが終わると、お父様はソファーのカーミラの隣に坐って、こちらへ来てからお母上から便りはありましたかと少し心配そうにたずねました。

カーミラは「いいえ」と答えました。

そこで父は、現在どこに手紙を出したらお母上にとどくか知っていますか、とたずねました。

「申せません」とカーミラは曖昧に答えました。「でも、わたし、おいとましようと考えていたんです。みなさんは今まであまりにも御親切にもてなして下さいました。大変な御迷惑をおかけしましたし、明日にでも馬車を頼んで、大至急母を追って行きたいと思います。母が最後に行くはずの場所は知っておりますから――まだ申し上げることはできませんけれども」

「いや、そんなことは夢にも考えてはいけませんぞ」父が大きな声でそう言ったので、わたしはほっとしました。「そんな風にしてあなたを行かせるわけには参りませんし、お母上が世話をして下さるのならべつですが、ここを出て行くことには賛成しません。お母上は、御自分がお戻りになるまで、あなたがここに残ることに承知して下さったのです。もしお母上から便りがあれば嬉しい限りですが、今晩聞いた話によりますと、この近隣に侵入した謎の病はますます蔓延《はびこ》っておるようです。ですから、美しいお客様、お母上の助言を得られないわたしは、責任を重大に感じるのです。しかし、できるだけのことはしましょう。一つだけはたしかです――お母上のはっきりした御指示がなければ、出て行こうなどと考えてはいけません。あなたとお別れするとなれば、随分つらいことになるので、容易に承知するわけには参りません」

「ありがとうございます。温かいおもてなしには千回もお礼を申し上げます」カーミラは恥ずかしげに微笑《わら》って、答えました。「みなさん、本当に御親切にして下さいました。生まれてからこの方、こんなに幸せだったことはめったにございませんわ。この美しいお城にいて、みなさんがお世話して下さり、素敵なお嬢様と一緒にいられるのですから」

すると父は昔風のやり方で、彼女の手に恭《うやうや》しく接吻しました。彼女のささやかな言葉が嬉しくてニコニコしていました。

わたしはいつものようにカーミラの部屋へついて行き、彼女が寝支度をする間、坐っておしゃべりをしました。

「あなたは」とわたしはしまいに言いました。「いつかわたしに事情をすっかり打ち明けられると思って?」

彼女は笑顔でふり返りましたが、問いには答えず、わたしに向かって微笑みつづけるだけでした。

「答えて下さらないの?」とわたしは言いました。「答えるのがつらいのね。訊いてはいけなかったわ」

「そのことでも何でも、訊いて下さって良いのよ。あなたは自分がわたしにとってどんなに愛しい人か知らないのよ。さもなければ、どんな大事な打ち明け話を求めたって、いけないとはお考えにならないでしょう。でも、わたし、誓いを立てているの。どんな修道女も立てないような厳しい誓いを。だから、たとえあなたにでも、わたしの話はまだすることができないんです。あなたにすべてを知らせる時はもうじき来るわ。残酷でひどく身勝手だとお思いになるでしょうけど、愛はつねに身勝手です。激しければ激しいほど身勝手なんです。わたしがどんなに嫉妬深いか、あなたにはわからないでしょう。あなたは死ぬまでわたしと一緒に来て、愛してくれなければいけないわ。さもなければわたしを憎んで、それでも一緒に来るのよ——死んで、そのあともわたしを憎みながら。情熱の薄いわたしの性格には、そこそこなんていう言葉はないんです」

「まあ、カーミラ、またわけのわからないことを言いはじめたわね」わたしは慌てて言いました。

「そんなことないわ。そりゃあわたしは馬鹿な小娘で、気まぐれや空想で一杯ですけれども。あなたのために賢者みたいにしゃべりましょう。舞踏会に行ったことはあって？」

「いいえ。ずいぶん話が飛ぶのね。それはどんな風？　きっと素敵でしょうね」

「ほとんど忘れてしまったわ。ずっと昔のことですもの」

わたしは笑いました。

「あなた、そんなお年寄りじゃないでしょう。初めての舞踏会を忘れたはずはないわ」

「何だって思い出せるわ――思い出そうとすればね。いろいろなことがすっかり見える――海女《あま》が頭の上で起こっていることを、濃い、小波《さざなみ》の立つ、でも透明な媒体を透《とお》して見るように。あの夜起こった出来事のために、記憶の画面がごちゃごちゃになって、色も褪せてしまったの。わたしは寝床の中で殺されそうになって、ここに傷を受けたのよ」彼女は自分の胸に触れました。「それ以来、けしてもと通りにはならないの」

「死にかけたの？」

「ええ。ほんとに——残酷な愛、わたしの命を奪おうとした不思議な愛。愛は犠牲を欲しがるのよ。血を流さない犠牲はない。もう寝《やす》みましょう。わたし、何かするのがすごく億劫《おっくう》だわ。起き上がって扉に鍵をかけたいんだけど、できるかしら？」

彼女は可愛らしい両手を豊かな波打つ髪の毛に埋《うず》め、頰の下にして、寝ていました。小さな頭を枕にのせて、輝く眼はわたしがどこへ行ってもそのあとを追い、顔には、わたしには意味がわからない恥ずかしげな微笑を浮かべていました。

わたしはおやすみを言って、何か不愉快な気持ちで部屋からそっと出ました。

この可愛いお客様はお祈りをしたことが一度でもあるのだろうか、とわたしはよく思いました。彼女が跪いているのを見たことはありませんでした。午前中は、うちの家族のお祈りが終わってから大分あとまで階下《した》へ下りて来ませんでしたし、夜も、広間で行う短い夕の祈りに加わるため、客間を出ることはけしてありませんでした。

他愛《たあい》ないおしゃべりをしている時に、洗礼を受けたという話がたまたま出て来なかったら、わたしは彼女がキリスト教徒であることを疑っていたでしょう。宗教という話題に関して、彼女が一言でも口にするのを聞いたことはありませんでした。もっと世間を知っていれば、この種の怠慢あるいは反感も、さほどわたしを驚かせなかったでしょうが。

神経質な人の警戒心は端《はた》に伝染《うつ》りますから、同じような気質の人間は、しばらく経つと、たいていそれを真似します。わたしはカーミラの習慣にならって寝室の扉に鍵をかけていました――真夜中の侵入者や徘徊《はいかい》する刺客を恐れる彼女の気まぐれな警戒心が頭に染み込んでしまったのです。また刺客や強盗が「忍んで」いないことを確かめるために、部屋中を一通り調べる彼女の用心も、見習っていました。

わたしはこうした賢明な手立てを取ると、寝床に入って眠りに落ちました。部屋には明かりが一つ燈《とも》っていました。これはうんと幼い頃からの習慣で、何があってもやめる気にならなかったでしょう。

これだけ護りを固めていれば、安心して休めそうなものでした。けれども、夢は石の壁も通り抜けて来ますし、暗い部屋を明るくし、明るい部屋を暗くし、夢の中の人物は勝手に出たり入ったりして錠前師を嘲笑《あざわら》うのです。

わたしはその夜ある夢を見ましたが、それが何とも奇妙な苦しみの始まりでした。それを悪夢と呼ぶことはできません。自分が眠っているのをはっきり意識しておりましたから。けれども、自分の部屋にいて、現実にそうだった通りベッドに寝ていることも、同じように意識していたのです。部屋と家具が最後に見た時そのままに見えました――そのように思いました。ただ違うのはあたりが非常に暗く、何かがベッドの足元で動きまわっていることでした。初めのうちははっきり見分けられませんでしたが、煤のように真っ黒な獣で、巨大な猫に似ていることが次第にわかって来ました。体長四、五フィートはありそうでした。炉端の敷物の上を通った時、敷物とほぼ同じ長さがあったからです。そいつは檻《おり》の中の獣のようなしなやかな動きで、無気味に、せわしなく行ったり来たりしていました。わたしが恐怖にかられたことは御想像になれるでしょうが、声を上げることはできませんでした。獣の足取りはだんだん速くなり、部屋は急に暗くなって、しまいには獣の眼しか見えないほど暗くなりました。すると、獣がベッドにひょいと跳び乗るのを感じました。大きく見開いた二つの眼がわたしの顔に近づいて、突然、刺すような痛みを感じました。まるで二本の大きな針が、

一、二インチの間隔を置いて、胸に深く突き刺さったようでした。わたしは金切り声を上げて目醒めました。部屋は夜通し燃えている蠟燭に照らされており、ベッドの足元、少し右の方に、女の人が立っていました。黒いゆったりした服を着ていて、髪の毛が垂れ、肩を蔽っていました。石の塊でもあんなにじっとはしていなかったでしょう。呼吸《いき》をしている気配は少しもありませんでした。わたしが見つめているうちに、その姿は場所を変えたようで、今は扉に近づいていました。やがて扉がすぐそばで開き、怪しいものは外へ出ました。

わたしはほっと安心して、息をつき、身動きもできるようになりました。最初に思ったのは、カーミラがいたずらをしていたのだ、自分は戸閉まりをし忘れたのだということでした。急いで扉のところへ行くと、いつも通り内側から鍵がかかっていました。わたしは怖くて扉を開けられませんでした——怯えきっていたのです。寝床にとび込むと頭から夜具を引っ被り、朝まで生きた心地もしませんでした。

七　冥府降り

あの夜の出来事を思い返すと、今でも恐ろしくなりますが、どれほど恐ろしいかをお伝えしようとしても無駄でしょう。それは夢を見たあとに残るような束の間の恐怖ではありませんでした。時と共に深まるように思われ、部屋とあの幻を取り囲んでいた家具そのものにさえ染みついていました。

翌日、わたしはほんの片時も一人でいられませんでした。相反する二つの理由がなかったら、お父様に話していたことでしょう。ある時は、父がわたしの話を笑うだろうと思い、冗談事扱いされるのに我慢がなりませんでしたし、またある時はこう考えたのです——父は、わたしが近隣に侵入した謎の病気にかかったと思うかもしれないと。わたし自身はそんな不安を持っていませんでしたし、父はしばらく前から具合が悪く、寝たり起きたりしていましたので、心配をかけたくなかったのです。

わたしは気立ての良い話し相手たち、マダム・ペロドンと元気潑剌《げんきはつらつ》なマドモワゼル・ド・ラフォンテーヌと一緒にいれば、まずまず心が休まりました。二人共わたしが元気をなくし、神経質になっていることに気づいたので、とうとうわたしは胸に重くのしかかっている悩みを二人に話しました。マドモワゼルは笑いましたが、マダム・ペロドンは気遣わしげな顔をしているようでした。

「そういえば」マドモワゼルは笑いながら言いました。「カーミラの寝室の窓のうしろにある、長い科《しな》の木の散歩道に幽霊が出るんですってよ！」

「馬鹿らしい！」とマダムが声を上げました。あまりふさわしくない話題だと思ったのでしょう。「そんな話、誰がしているの？」

「マーティンが言うのよ――中庭の古い門を修繕している時、夜が明ける前に二回来たけれども、二回共、同じ女が科の木の並木道を歩いて行くのを見たって」

「見てもおかしくないわ。川沿いの野原にお乳をしぼる雌牛がいる限りはね」とマダムが言いました。

「そうかもしれないわね。でも、マーティンは怯えているの。馬鹿があんなに怯えるのは見たことがないわ」

「その話、カーミラには一言も言っちゃ駄目よ。あの人の部屋の窓から、その散歩道が見えるんですから」わたしが口を挟みました。「それに彼女は、わたしよりも臆病なくらいなんですから」

カーミラはその日、ふだんよりも少し遅く下りて来ました。

「昨夜《ゆうべ》はとても怖かったの」彼女はわたしのところへ来ると、すぐに言いました。「それに、あの魔除けがなかったら、きっと何か恐ろしいものを見たでしょう――あの可哀想な、背中の曲がった人から買った魔除けよ。わたし、あの人を随分ひどく罵《ののし》ってしまったわね。じつはね、何か真っ黒いものがベッドのそばへ来た夢を見て、もうすっかり怖くなって目が醒めたの。すると、ほんの何秒間か、暖炉のそばに黒い影が見えたと本当に思ったの。でも、枕の下に入れておいた魔除けを手探りして、指の先がそれに触れたとたん、姿は消えてなくなったの。それで確信したわ――魔除けがそばにあったから良かったけれども、さもなければ何か怖ろしい物が現われて、きっとわたしの喉を絞めたんだろうと――噂に聞く可哀想な人たちみたいにね」

「ねえ、聴いてちょうだい」わたしも自分の体験を語り、彼女はそれを聞くとゾッとした様子でした。

「それで、魔除けはそばにあったの？」と真顔になってたずねました。

「いいえ。客間の陶器《やきもの》の花瓶に落としてしまったのよ。でも、今夜は必ず持って行くわ。あなたがそんなに効き目を信じているから」

これだけ時を隔てた今となっては、あの夜自分の部屋に一人で寝られるほど、恐怖を抑えつけることがどうしてできたのか申し上げられませんし、自分でも理解できません。魔除けを枕にピンで留めたのははっきり憶えています。わたしは床につくとすぐに眠り、一晩中、ふだんよりぐっすりと安眠しました。

翌晩も同じように過ごしました。眠りは深くて快く、夢も見ませんでした。けれども、目が醒めた時はだるさと憂鬱を感じたのです。もっとも、それはわずかなもので、贅沢な倦怠《けだる》さという程度にすぎませんでした。

「ほら、言ったでしょう」わたしが静かに眠れたことを話すと、カーミラは言いました。「わたしも昨夜はすごく気持ち良く眠れたわ。魔除けを寝間着の胸にピンで留めておいたの。一昨日《おととい》の晩は離れたところに置きすぎたのよ。あれは全部、夢のところ以外は空想だったにちがいないわ。以前《まえ》は悪霊が夢を見せると信じていたけれど、お医者様がそうじゃないとおっしゃったわ。一時的な熱か何かの病気が、扉を叩くけれども、身体の中に入れないので、ああいう警告をして去《い》ってしまうんですって」

「あの魔除けは何だと思う？」とわたしはたずねました。

「燻《いぶ》すか薬に漬けるかしたもので、毒気の解毒剤なのよ」と彼女は答えました。

「それなら、身体にしか効かないの？」

「もちろんよ。悪霊がリボンの切れ端や薬屋の香水を怖がるなんて思わないでしょう？　そう、こうした病は空気中をさまよっていて、最初にまず神経を試して、それから脳に感染《うつ》るけれども、あなたをしっかりつかまえてしまう前に解毒剤が追い払うのよ。それが魔除けの効き目だとわたしは信じているわ。魔術的なものではなくて、単に自然なものなのよ」

カーミラの言うことに納得が行ったならば、わたしはもっと嬉しかったでしょう。それでもわたしはできるだけのことをして、あの恐ろしい印象はいくらか力を失っていました。

わたしは幾晩か深く眠りましたが、それでも毎朝同じだるさを感じて、ある種の倦怠感が一日中重くのしかかっていました。自分が自分でなくなってしまったようでした。奇妙な憂愁が忍び寄って来ましたが、その憂愁を断とうという気にもなりませんでした。死ぬということをぼんやり考え始めて、自分は次第に弱ってゆくのだという思いが静かにわたしをとらえ、なぜかそれほど厭でもありませんでした。悲しかったかもしれませんが、それが引き起こした心の調子は甘美でもありました。それが何であったにしろ、わたしの魂は黙って従ったのです。

わたしは自分が病気であることを認めようとしませんでした。お父様にも話そうとせず、お医者様を呼ぼうともしませんでした。

カーミラは今までにも増してわたしに夢中になり、倦怠い熱愛の奇妙な発作がいっそう頻繁になりました。わたしの力と元気が衰えてゆけばゆくほど、惚れ惚れとしてわたしをながめるのでした。束の間の狂気の光を見たように、わたしはいつもゾッとしました。

今やわたしはそれと知らずに、人間を苦しめたもっとも奇妙な病気の相当進んだ段階に入っていたのです。その初期の症状には説明しがたい魅力があったために、わたしは自分を無力にする病気の影響にすっかり馴染《なじ》んでいました。魅惑はしばらくの間強まって、ある点に達すると、次第に恐怖の感覚が混じり、それが深まって、これからお話しいたします通り、わたしの生命全体を汚染し、堕落させたのです。

わたしが経験した最初の変化はむしろ快いものでした。それは冥府への下り坂が始まる曲がり角に近かったのです。

眠っている間に、ある種の漠然とした奇妙な感覚が訪れました。とくにはっきりしているのは、水浴びをして川の流れに逆らって動く時に感じるような、気持ち良い、独特の冷たい戦慄でした。やがて、これに夢がついて来ました。その夢はいつまで経っても終わらないように思われ、ひどく漠然としているので、場面も人物も、脈絡のある行動の一部分も思い出すことができませんでした。けれども、恐ろしい印象と疲労感が残って、まるで大きな精神的努力と危険が長いこと続いたあとのようでした。こうした夢から醒めたあとに残っているのは、ほとんど真っ暗な場所にいて、見えない人々に話しかけたという記憶、それからとくに、はっきりした一人の女性の声、非常に深い声の記憶でした。それは遠くの方からゆっくりと話しかけているようで、いつも同じ筆舌に尽くしがたい厳粛さと恐れの感覚を引き起こしました。時には、誰かの手がわたしの頰と首筋をそっと撫でたような気がいたしました。時には、温かい唇がわたしに触れて、ますます長く、ますます愛しげな接吻を繰り返しながら、わたしの喉まで下りて来ると、愛撫はそこで止まりました。わたしは心臓の動悸《どうき》が速くなって、呼吸《いき》がせわしく、深くなりました。それから、すすり泣きが首を絞められるような感覚に高まり、やがて恐ろしい痙攣《けいれん》に変わり、何も感じなくなって意識を失いました。

この不可解な状態が始まってから三週間が経ちました。わたしの病気は、この最後の週になると外見にもあらわれて来ました。顔色が蒼ざめ、眼が大きくなって黒い隈《くま》ができ、長いこと感じていた倦怠《けだる》さが表情にも見えて来ました。

父は具合が悪くないかと何度もたずねました。けれども、わたしは今思えば不可解なほどの頑固さで、大丈夫と言いつづけました。

それはある意味で本当でした。痛みはありませんでしたし、身体の不調と言えるものは何もなかったのです。わたしの病は想像か神経の病のようで、苦しみは恐ろしいものでしたが、わたしは依怙地《いこじ》に隠し立てをして、ほとんど誰にも教えませんでした。

それは農民たちがウーピールと呼ぶ恐ろしい病とは考えられませんでした。わたしはもう三週間も苦しんでいましたが、農民たちは三日以上患《わずら》っていることはめったになく、三日で死がその苦痛を終わらせたからです。

カーミラも夢と熱っぽい感じを訴えていましたけれども、わたしのように深刻なものではありませんでした。本当に、わたしの病はきわめて深刻だったのです。もしも自分の状態を理解することができたら、跪いて、神様に助けと助言を求めたでしょう。考えも及ばぬ影響力《ちから》の麻酔薬がわたしに働きかけて、知覚が麻痺していたのです。

それでは、ある夢のことをお話ししましょう。その夢がきっかけとなって、それからすぐ、ある奇妙なことが発見されたのです。

ある夜、暗闇の中で聞き慣れた声のかわりに、美しくて優しく、しかも恐ろしい声がして言いました。「人殺しに気をつけよとお母上が警告している。」と同時に、思いがけなく光がパッと閃《ひらめ》いて、ベッドの足元にカーミラが立っているのが見えました。白い寝間着を着ていますが、顎から両足まで一面血に染まっていました。

わたしは金切り声を上げて目醒めました――カーミラが殺されてしまうという考えで頭が一杯でした。ベッドから飛び起きたのを憶えていますが、その次の記憶は、広廊下に立ち、助けを求めて叫んでいたことです。

マダムとマドモワゼルがびっくりして自分の部屋から走って来ました。広廊下にはいつも明かりが燈っておりましたので、二人はわたしを見ると、怯えているわけをすぐに悟りました。

わたしはカーミラの部屋の扉を叩いてみなければと言いました。扉を叩きましたが、返事はありません。そこで猛烈にドンドン叩き、大声で騒ぎ立てました。わたしたちは金切り声でカーミラの名を叫びましたが、無駄でした。

わたしたちはみな恐ろしくなりました。扉に鍵がかかっていたからです。慌ててわたしの部屋へ駆け戻ると、そこで呼鈴《よびりん》を長い間、激しく鳴らし続けました。父の部屋が建物のそちら側にあれば、すぐに父を起こして助けてもらったでしょう。けれども、ああ！　父はまったく声のとどかないところにいて、そこまで行くのは長道中です。わたしたちの誰もそんな勇気がありませんでした。

それでも、やがて召使いたちが階段を駆け上がって来ました。わたしはその間に化粧着と上履きをつけて、あとの二人もすでに同じような支度をしていました。広廊下に召使いの声が聞こえると、わたしたちは諸共《もろとも》に打って出ました。カーミラの戸口でもう一度呼んでみましたが返事はなく、わたしは男たちに扉を破るよう命じました。男たちが言われた通りにすると、わたしたちは戸口に立って明かりを高くかざし、部屋を覗き込みました。

カーミラの名を呼びましたが、やはり返事はありません。わたしたちは部屋の中を見まわしました。何ひとつ乱されたものはありません。わたしがおやすみを言って出て行った時のままでした。けれども、カーミラがいなくなっていたのです。

八　捜索

わたしたちが乱暴に押し入ったほかには何一つ乱された様子のない部屋を見て、みんな少し冷静になり、やがて男たちを退らせるだけの分別を取り戻しました。マドモワゼルはこんなことを考えていました――ことによると、カーミラは戸口の大騒ぎで目を醒まし、慌ててベッドからとび出すと、衣装戸棚の中かカーテンのうしろに身を隠したけれども、もちろん、家令やほかの召使いが立ち去るまでは出て来ることができなかったのだ、と。わたしたちはまた捜索を始め、カーミラの名前を呼びはじめました。

その甲斐はまったくありませんでした。わたしたちの困惑と動揺はつのりました。窓を調べてみましたが、しっかりと閉ざしてありました。隠れているなら、意地悪ないたずらはもうやめてちょうだい――出て来て、みんなの心配を終わらせてちょうだい、とわたしはカーミラに哀願しました。それも無駄でした。彼女はこの部屋にも、化粧室にもいないとわたしはもう確信していました。化粧室の扉にはまだこちら側から鍵がかかっていました。彼女がそこを通ったはずはありません。まったくわけがわかりませんでした。この城《シュロッス》には秘密の廊下があるけれども、正確な場所の言い伝えは失われてしまったと、年老《としと》った女中頭が言っておりましたが、カーミラはそういう廊下の一つを見つけたのでしょうか？　もう少し時間が経てば、何もかもきっと説明がつくのでしょうが、その時のわたしたちはまったく途方に暮れていました。

もう四時を過ぎていたので、わたしは夜明けまでマダムの部屋で過ごしました。朝日が射しても、問題は解決されませんでした。

翌朝は、父をはじめとして家中の者が大騒ぎでした。城内は隅々まで調べられました。庭も捜索されました。いなくなった婦人の足跡《そくせき》は見つかりませんでした。川底も浚《さら》ってみようということになり、父は取り乱していました。可哀想な娘の母親が戻って来たら、一体何と言えば良いのでしょう。わたしもほとんど我を失っていましたが、わたしの嘆きはこれとは違う種類のものでした。

午前中は不安と興奮のうちに過ぎました。もう一時になっていましたが、いまだに消息は知れませんでした。わたしはカーミラの部屋へ駆け上がりました。すると、彼女が鏡台のそばに立っていたのです。わたしはびっくり仰天しました。自分の目が信じられませんでした。彼女は何も言わずに、可愛らしい指を立ててわたしを手招きしました。その顔には極度の恐怖が表われていました。

わたしは嬉しさのあまり無我夢中で駆け寄ると、何度も何度も接吻し、抱きしめました。呼鈴のところへ走って行って、けたたましく鳴らしました――ほかのみんなを呼ぶためです。そうすれば、すぐに父の不安を取り除いてくれるでしょうから。

「カーミラ、今までどうしていたの？　みんな、あなたのことを心配して、気が気じゃなかったのよ」とわたしは大声で言いました。「どこへ行っていたの？　どうやって戻って来たの？」

「昨夜《ゆうべ》は不思議な夜だったわ」と彼女は言いました。

「お願いだから、説明できることは全部説明して」

「昨夜の二時過ぎだったわ」と彼女は言いました。「いつものように扉に鍵をかけて――化粧室の扉と長廊下に出る扉よ――寝ようとしてベッドに入ったの。眠りの邪魔をするものはなくて、わたしの憶えている限り夢も見なかったわ。ところが、ついさっき目が醒めると、あそこの化粧室にあるソファーに寝ていて、部屋と部屋の間の扉は開いているし、もう一つの扉は無理矢理こじ開けられていたの。そんなことが起こったのに、どうして目が醒めなかったのかしら？ きっと大きな音がしたにちがいないし、わたしって、人一倍目が醒めやすいのよ。それに、眠ったままどうやってベッドから運び出されたんでしょう。コソリとものが動いてもびっくりするのに」

この頃にはマダムと、マドモワゼルと、父と、それに数人の召使いが部屋にいました。カーミラはもちろん質問攻めにあい、良かった良かった、良く戻って来たなどの言葉を浴びせられました。彼女にはただ一つしか言うことがなく、何が起こったのか、一同のうちで本人が一番わかっていないようでした。

父は何か考えながら、部屋の中を行ったり来たりしておりました。わたしはカーミラの目が一瞬、狡《ずる》そうな暗い眼差しで父の姿を追うのを見ました。

父は召使いたちを退らせ、マドモワゼルは吉草根《きっそうこん》[6]とアンモニア水の小壜を探しに行って、カーミラと部屋に残ったのは父とマダムとわたしだけになりました。すると

6　鎮痛剤に用いられる植物の根。

父は考え深げにカーミラのそばに寄って優しく手を取り、ソファーへ連れて行って、自分も隣に腰を下ろしました。

「お嬢さん、わたしがみだりな臆測の危険を冒して質問をしても、許してくれますか?」

「あなたには誰よりもその権利がおありです」とカーミラは言いました。「何でもお訊きになって下さい。何もかもお話しします。でも、わたしにできるのは狐につままれたような、曖昧な話だけなんです。わたし、なんにもわかりません。お好きなことをおたずねになって下さい。でも、もちろん、母がわたしに課した制限は御存知ですわね」

「良くわかっておりますとも。母上が沈黙を望まれる事柄に触れる必要はありません。さて、昨晩の不思議は、あなたが目を醒まさずにベッドと部屋から出たことにある。移動したのは、窓がまだしっかりと閉めてあり、二つの扉も内側から鍵がかかっていた時とおぼしい。わたしの説をお聞かせして、質問を一ついたしましょう」

カーミラは悄気《しょげ》た様子で、片手をついていました。マダムとわたしは息を殺して聴いていました。

「さて、質問とはこれです。あなたは今まで睡眠中に歩くと疑われたことがありますか？」

「いいえ、子供の頃以来一度もありません」

「だが、子供の頃は睡眠中に歩いたのですね？」

「ええ。それは知っています。婆やが始終言っておりましたから」

父はニッコリして、うなずきました。

「うむ。昨夜起こったのはこういうことです。あなたは眠ったまま起き上がって扉の鍵を外し、ふだんのように錠前に鍵を差しっ放《ぱな》しにしないで、抜いて、外から鍵をかけたのです。そしてまた鍵を抜いて、この階か上下《うえした》の階の二十五ある部屋のどれかに持って行った。部屋や押入れはたくさんあるし、大きな家具もたくさんある。ガラクタ物もたくさん積み上がっていますから、この古い家を徹底的に探すには一週間もかかるでしょう。いいですか、わたしの言う意味がわかりますか？」

「はい。でも、すっかりではありません」と彼女は答えました。

「でも、お父様、彼女は気がついたら化粧室のソファーに寝ていたのよ。それをどう説明なさるの？　わたしたちはあの部屋を注意して探したのに？」

「彼女はおまえたちが探したあとに、まだ眠ったまま化粧室へ戻って、そのうちひとりでに目醒めた。そして自分があそこにいるのを知って、ほかの者と同じくらい驚いたのだ。謎だの神秘だのというものが、すべてあなたの謎のように容易に、罪のないものとして説明されれば良いと思いますよ、カーミラ」父はそう言って笑いました。

「だから、我々はお祝いをしても良いだろうな。この事件のもっとも自然な説明が、薬物にも、錠をこじ開けることにも、押込み泥棒にも、毒殺者にも、魔女にも関わりがないことを——カーミラも、ほかの誰でも、安全のために用心しなければならないものは出て来ないのだ」

カーミラは素敵な顔をしていました。あの肌の色より美しいものはないでしょう。彼女の美しさは持前の優雅な倦怠さによっていっそう際立っていたと思います。父は黙って彼女とわたしの容貌を見較べていたようでした。

「わたしのローラももっと血色が良ければなあ」そう言って、ため息をつきました。

そんなわけで、騒動もめでたく終わり、カーミラは友達のもとへ戻って来たのでした。

九　医師

カーミラは自分の部屋に付き添いが寝ることを承知しませんので、父は召使いが一人扉の外で眠るように取りはからいました。そうすれば、彼女がまたあんな風に出歩こうとしても、部屋の戸口で止められるからです。

その夜は静かに過ぎ、翌朝早く、お医者様がわたしを診《み》に来られました。父がわたしには何も言わないで呼んだのでした。

マダムがわたしについて書斎へ来ました。前にもお話しした先生、白髪で眼鏡をかけた、真面目な顔の小柄なお医者様がそこでわたしを待っていました。

わたしは先生に自分の状態を話し、話が進むほどに、先生はだんだんと厳しい顔になりました。

わたしたち——お医者様とわたし——は窓の一つの引っ込んだところに向かい合って立っていました。先生はわたしの話が終わると両肩を壁に凭《もた》せ、真剣な眼差しでわたしをじっと見つめました。一抹《いちまつ》の恐怖が混じった関心を持っている風でした。

一分間ほど考え込んでいてから、先生は父に会えるかとマダムに訊きました。父はただちに呼ばれ、にこやかに入って来ると、言いました。

「こんなことでお呼び立てするなんて、馬鹿な年寄りだとおっしゃるのでしょう。それならよろしいんですが」

けれども、お医者様が非常に厳しい顔で手招きすると、父の微笑は影の中に消えました。

父と先生は、わたしがつい今し方先生と相談した、窓の引っ込んだところでしばらく話し合っていました。真剣で議論めいた話のようでした。その部屋はたいそう広く、わたしとマダムは好奇心に燃えながら、部屋の遠い端の方に立っていました。けれども、一言も聞き取れませんでした。二人はごく低い声でしゃべっておりましたし、窓の深い窪みはお医者様の姿をこちらからすっかり隠し、父の姿も同様で、ただ足と片腕と肩が見えるだけでした。それに厚い壁と窓がそこを一種の小部屋のようにしていたため、声が透《とお》らなかったのだと思います。

しばらくすると、父が顔を出してこちらを覗きました。青ざめ、何か思い悩んで、動揺しているようでした。

「ローラや、ちょっとこっちへおいで。マダム、今はあなたにしていただくことはないと先生が言っています」

わたしは言われた通り、そばへ寄りましたが、初めて少し不安を覚えました。というのも、身体がひどく弱っているのは感じていましたが、病気とは思いませんでしたし、力というものは、その気になればいつでも出せると人間は思いがちだからです。

わたしがそばに寄ると、父は片手をこちらに差し伸べましたが、顔は先生の方に向けて言いました。

「たしかに、じつに妙ですな。わたしには良くわかりません。ローラや、ここへ来なさい。さあ、シュピールスベルク先生のおっしゃることを良く聞いて、しゃんとしなさい」

「二本の針が、どこか頸のあたりに刺されたような感じがしたとおっしゃいましたね。初めて恐ろしい夢を見た晩だということでしたが。そこはまだ痛みますか？」

「いいえ、全然」とわたしは答えました。

「刺されたと思う場所を指差すことができますか？」

「喉のすぐ下――ここです」とわたしは答えました。

わたしは上等の部屋着を着ており、それが指で示したところを蔽っていました。

「それでは、御自分でおたしかめになると良い」とお医者様は言いました。「お嬢さん、お父上が服を少し引き下げてもかまわんでしょうね。かかっておられる病気の徴候《ちょうこう》を見つけるために必要なのです」

わたしは先生の言葉に従いました。問題の箇所は襟の端からほんの一、二インチ下でした。

「何たることだ！——おっしゃる通りです」父は真っ青になって叫びました。

「あなたは今、御自分の眼でごらんになったわけです」お医者様は陰鬱な勝利を誇るといった調子で、言いました。

「一体何ですの？」わたしは恐ろしくなって来て、声を上げました。

「何でもありませんよ、お嬢さん。ただの小さな青いしみです。あなたの小さな指の先くらいの大きさの。さて」とお医者様はお父様の方をふり返って、話をつづけました。「問題は、どうするのが最善かということですな」

「危険があるんですか？」わたしはすっかりおろおろして言いました。

「そんなことはないでしょう」とお医者様は答えました。「あなたが回復しない理由がわかりません。今すぐにでも快方に向かわない理由がわからんのです。首を絞められるような感覚は、そこから始まるんですね？」

「はい」とわたしは答えました。

「そして――なるべく良く思い出して下さい――同じ場所が、先程おっしゃったゾクゾクする感じの中心だったのですね？　冷たい川の流れがぶつかって来るようだという――」

「そうかもしれません。そうだったと思います」

「うむ。おわかりになりましたか？」先生は父の方をふり向いて言い足しました。

「マダムに一言言っておきましょうか？」

「お願いします」と父は言いました。

お医者様はマダムを呼び寄せて、言いました。

「お嬢さんはとても健康とは申せません。大事には至らないと思いますが、何か措置《そち》を講じなければならんでしょう。それについては追い追い説明いたしますが、さしあたっては、マダム、ローラ嬢をいっときたりと一人にしないでいただきたい。今のところ、わたしに指示できるのはそれだけです。これは絶対に不可欠なことです」

「マダム、あなたの御親切に頼ってもよろしいですな」と父が言い添えました。

マダムはおまかせ下さいと熱をこめて言いました。

「ローラや、おまえも先生のお言いつけに従ってくれるね。

それでは、もう一人の患者について御意見をうかがいましょう。その患者の症状は、先程先生にくわしく御説明した娘のそれとやや似ております。程度はずっと軽いのですが、同じ種類のものだと思います。患者は若い娘さんで——当家の客人なのです。

しかし、先生は今晩またこちらへお立ち寄りになるということですから、夕食を召し上がってゆかれると良いでしょう。その時、彼女に会えるでしょう。彼女は午後にならないと下りて来ないのです」

「有難うございます」とお医者様は言いました。「それなら今晩七時頃、こちらへおうかがいいたしましょう」

それから、二人はわたしとマダムへの指示を繰り返し、父は別れ際の命令をすると、わたしたちを置いて先生と一緒に出て行きました。わたしは二人が、城の前の草の生えた高台で道路と濠《ほり》の間を行きつ戻りつしているのを見ました——真剣な話し合いに夢中になっている様子でした。

お医者様は戻って来ませんでした。その場所で馬に乗り、別れを告げて、森を東の方へ走って行く姿が見えました。それとほぼ同時に、ドランフェルトから手紙を持って来た男が到着し、馬から下りて、父に袋を渡すのが見えました。

一方、マダムとわたしは、先生と父が同意の上でわたしたちに言いつけた、あの奇妙で真剣な指示の理由は何なのだろうとしきりに臆測をめぐらしていました。マダムはあとでわたしに言いました——先生が案じているのは突然病気が起こることで、すぐに助けないとわたしが発作で命を落とすか、少なくとも深刻な害を蒙《こうむ》ると思っていらっしゃるのではないか、と。

わたしにはそんな解釈は思いつきませんでした。わたしは、たぶんわたしの神経にとって幸いなことに、こう考えました——あの言いつけは単に人をそばに置いておくためだったのだ。そうすれば、わたしも身体を動かしすぎたり、熟さない果物を食べたり、若い者がやりがちだと思われている愚かなことをしないだろうから、と。

三十分程すると、父が部屋に入って来ました——父は手紙を持っていて——言いました。

「この手紙は着くのに大分暇《ひま》がかかったな。シュピールスドルフ将軍からだ。将軍は昨日あたりこちらへ着いてもおかしくなかったんだが、明日まで来ないかもしれんし、今日ここへ来るかもしれない」

父は開封した手紙をわたしの手に持たせましたが、面白くない顔をしていました――お客様が、ことに将軍のように愛されるお客様が来る時はいつも嬉しそうでしたのに、今はまるで将軍が紅海の底にでも沈んでしまえば良いと思っているようでした。何か口には出すまいと決めている心がかりがあることは明らかでした。

「お父様、ねえ、教えて下さらない？」わたしはいきなり父の腕に手をかけ、哀願するように顔を覗き込んで言いました。

「そうだな」父はわたしの眼の上の髪を慰めるように撫でながら、答えました。

「先生はわたしが重病だと思っていらっしゃるの？」

「いいや、ちがうよ。先生の考えでは、正しい処置を取れば一日二日ですっかり良くなるそうだ。少なくとも本復《ほんぷく》への道筋に乗るそうだよ」父は少しそっけなく答えました。「それにしても、将軍はべつの時に来てくれれば良かったのになあ。というのはね、おまえが元気になったところで、彼を迎えてもらいたかったのだ」

「でも、どうか教えてちょうだい、お父様」わたしは食い下がりました。「先生はわたしのどこが悪いと思っていらっしゃるの?」

「どこでもない。そう質問攻めにするのはよしなさい」父はそう答えましたが、そんなに苛立っているのを見た憶えは今までにありませんでした。わたしが悲しそうな顔をしたからでしょう、父はわたしに接吻して言い足しました。「あと一日か二日したら、何もかも教えてやろう。つまり、わたしの知っていることを何もかもだ。それまでは、くよくよ考えるんじゃないよ」

父はふり返って部屋を出て行きましたが、わたしがどうもおかしなことだと怪しんでいるうちに戻って来ました。ただこう言いに来たのでした——これからカルンシュタインへ行く。十二時に出られるように馬車を命じておいた。おまえとマダムも一緒に来るのだ。わたしは用事があって、あの絵のような土地の近くに住む司祭と会うことになっている。カーミラはあそこへ行ったことがないから、階下《した》へ下りて来たら、マドモワゼルと一緒にあとから追いかけて来れば良い。マドモワゼルはおまえたちのいうピクニックのためにお弁当を持って行くから、城址《しろあと》で食べよう。

そこで、わたしも十二時までに支度をととのえ、やがて父とマダムとわたしは予定した遠乗りに出かけました。

わたしたちは跳ね橋を渡ると右へ曲がり、勾配のついたゴシック式の橋を通る道を西の方へ、カルンシュタインの廃村と荒れ果てた城へ向かって行きました。

あんなに愉快な森の遠乗りは想像もできないほどでした。地面はなだらかな丘と窪地に分かれ、どこも美しい森に蔽われていて、人工的な造林や早期の耕作や刈込みが与える一律な感じは少しもありませんでした。

地面の凹凸《おうとつ》のために道はしばしば進路を外《はず》れて、窪地の横を通り、丘の急峻な斜面を見事にまわって行きましたが、あたりの地面のとりどりな変化は尽きることがありませんでした。

そうした角《かど》の一つを曲がると、突然、わたしたちの旧友である将軍が騎馬の召使いを従えて、馬で向かって来るのに出くわしました。将軍の旅行鞄は、世間で荷車と呼ぶような借りた車に乗せられて、あとからついて来ました。

わたしたちが停まると将軍は馬から下り、型通りの挨拶が終わると、勧められるままにこちらの馬車の空《あ》いた席に坐って、自分の馬と召使いは城へやりました。

十　先立たれて

わたしたちが最後に将軍と会ったのは十月《とつき》ほど前のことでしたが、将軍の外見は、それから数年も経ったように変わっていました。痩せてしまって、その顔つきの特徴だった温厚さの代わりに、幾分の憂鬱と不安があらわれていました。いつも人の心を見透《みとお》すようだった濃い青色の瞳が、今はモサモサした白い眉毛の下で、険《けわ》しい光を放っていました。それは通常悲しみだけが引き起こす変化ではなく、怒りに満ちた感情が一因となっているようでした。

馬車がまた走り出すと、やがて将軍はいつもの軍人らしい率直さで、彼が死別の悲しみと言うもののことを語り始めました。被後見人だった愛する姪が死んで、その悲しみを味わったのです。それから強い憎しみと激怒の口調で堰《せき》を切ったようにしゃべりはじめ、姪御さんが犠牲になった「地獄の手管」を口をきわめて罵りました。そして敬神の念よりも激昂にかられて、天はなぜそのように非道な欲望の耽溺《たんでき》と地獄の悪意を許しておくのだろうと言いました。

　父は何か尋常ならざることが起こったのをすぐに見て取り、あまりおつらくなかったら、つぶさに事情を話してくれませんか――あのような強い言葉を使っても良いとお思いになる、その事情を、とたずねました。

「話せというなら、喜んで何もかもお話しするがな」と将軍は言いました。「わしの言うことは信じてもらえんじゃろう」

「どうしてです？」と父はたずねました。

「なぜなら」将軍は苛立たしげに答えました。「人は自分の偏見や妄想と相容《あいい》れないものを信じないからじゃ。わしもおまえさんのようだった頃を憶えとるが、今はもう少し知恵がついた」

「わたしを試してみて下さい」と父は言いました。「あなたがお思いになるほどの独断家ではありませんぞ。それに、あなたはふだん証拠がなければものを信じないことを良く存じておりますから、御判断には敬意を払うのですよ」

「わしが不可思議なものを軽々しく信じないというのは正しい――というのも、わしが経験したのは何とも不可思議なことなのじゃが、尋常ならぬ証拠を突きつけられて、持論とは正反対のことを信じざるを得なくなった。わしは超自然の悪企《わるだく》みにしてやられたのだ」

将軍の洞察力を信用すると言ったにもかかわらず、父はここへ来てチラリと将軍の顔を見ました——明らかに相手の正気を疑っている様子でした。

幸い将軍は気がつきませんでした。むっつりと、そして興味深げに、わたしたちの前にひらける樹の間路《こまみち》と森の展望《ながめ》を見ていました。

「カルンシュタインの城址《しろあと》へ行くのかね？」と将軍は言いました。「ああ、それは良い仕合わせじゃ。じつはな、わしはあそこを調査したいから、連れて行ってくれと頼むつもりだったんじゃ。この探索には特別な目的があってな。あそこには礼拝堂の廃墟があって、あの死に絶えた一族の墓がたくさんあるのではないかな？」

「そうです——じつに興味深いところですよ」と父は言いました。「あなたは爵位と領地の権利を主張するおつもりなんじゃありませんか？」

父はふざけて言ったのですが、将軍は笑わず、ニコリともしませんでした。友人が冗談を言ったら、笑うのが礼儀だということも忘れていたのです。それどころか、しかつめらしい、獰猛《どうもう》と言っても良い顔つきをして、自分の怒りと恐怖を掻き立てたことを思いめぐらしていました。

「まったく違う目的じゃよ」と彼は突《つ》っ慳貪《けんどん》に言いました。「あの立派な一族のうちのある者を掘り出すつもりなんじゃ。神の祝福によって、敬虔なる冒瀆行為をそこでやり遂げたいと思っておる。そうすればこの地上からある種の化物どもが一掃され、正直な人間が寝ていても人殺しに襲われぬようになるだろう。友よ、君に奇妙なことを話さねばならん。わし自身、二、三カ月前だったら信じられぬといって鼻であしらったようなことをじゃ」

父はまた将軍を見ましたが、今度は疑いの眼差しではなく――むしろ鋭い理知と警戒の眼で見たのでした。

「カルンシュタイン家は」と父は言いました。「絶えて久しいのです。少なくとも百年になります。わたしの妻は母方がカルンシュタインの出でした。しかし、その名も爵位もとうの昔になくなっています。城は廃墟で、村にも人がいなくなりました。あそこで人家の煙突から煙が立ち上らなくなって、もう五十年も経ちます。屋根一つ残っていません」

「まったくそうじゃ。最後に君と会ってから、その話はいろいろと聞いたよ。君をびっくりさせるようなたくさんのことをな。だが、一伍一什《いちぶしじゅう》を事の起こった順に述べた方が良かろう」と将軍は言いました。「君はわしの可愛い姪に――わしの実の子と言っても良い娘に会ったじゃろう？　あれよりも美しい娘がいたはずはないし、つい三カ月前には本当に花の盛りじゃった」

「ええ、お可哀想に！　最後にお目にかかった時のお嬢さんはたしかにお綺麗でした」と父は言いました。「わたしの悲しみと驚きは口では申せません。あなたにとってどんなに傷手《いたで》かわかっております」

父は将軍の手を取り、二人は優しく互いの手を握りしめました。老いた軍人の目に涙が浮かびました。彼はそれを隠そうともしないで言いました。

「我々は旧知の仲じゃ。子供のないわしの気持ちをわかってくれると思っておった。あの子はわしにとって、親身《しんみ》な心遣いの対象となり、わしの世話に愛情で報いてくれ、それがわしの家を明るくし、生活を幸せにしてくれた。それもすべて終わった。この世でわしに残されている年月はあまり長くないかもしれん。だが、神のお慈悲によって、死ぬ前に一つ人類への奉仕をし、花の蕾《つぼみ》だった哀れなわしの子を殺害した悪鬼どもに天罰を下せると思っているのだ！」

「起こったことをすべて話すと先程おっしゃいましたね」と父は言いました。「どうか話して下さい。わたしが聞きたいのはただの好奇心からではないことを請け合います」

この頃、わたしたちは、将軍がやって来たドルンシュタル街道とカルンシュタインへ行く道とが分かれるところへ差しかかっていました。

「城址までどのくらいある？」将軍が気がかりな様子で前方を見ながら、たずねました。

「半リーグほどです」と父は答えました。「どうか、お約束の話を聞かせて下さい」

十一　物語

「喜んで話すとも」将軍は苦しげにそう言うと、話の中身を整理するために少し間をおいてから、世にも不思議な物語を始めました。

「あの子は、君が魅力的な御令嬢への訪問を準備してくれたから、たいそう心待ちにしておった」将軍はここでわたしに向かって慇懃《いんぎん》な、けれども悲しげなお辞儀をしました。「その間に、わしらは旧友カルルスフェルト伯爵から招きを受けた。伯爵の城はカルンシュタインのさらに向こうへ六リーグほど行ったところにある。招待の趣《おもむき》は数日にわたる祝宴に出ろということで、君も憶えているだろうが、その宴はやんごとない訪問客カール大公に敬意を表して開くものだった」

「そうですね。さぞかし豪華だったでしょう」と父は言いました。

「まるで王侯の宴じゃったよ！　だが、伯爵は王者のように客をもてなすお人じゃからな。アラディンのランプを持っておるんだ。わしの悲しみの発端《ほったん》となった夜は、盛大な仮面舞踏会が催された。庭は開放され、樹々に色とりどりのランプが掛けられた。パリでも見たことのないような花火の見世物があった。それに、あの音楽――わしが音楽好きなことは知っとるじゃろう――あのうっとりするような音楽！　たぶん世界一優れた楽団と、ヨーロッパ中の大歌劇場から集められる一流の歌手がそろっていたな。あの幻想的に照明された庭園をさまよっていると――月光に照らされた城が窓の長い列から薔薇色の光を投じていた――突然、心を蕩《とろ》かすような歌声が、どこか静かな木立や、湖に浮かぶ小舟から忍びやかに聞こえて来るのだった。あたりをながめて音楽を聴いていると、子供の頃に読んだ物語や詩の世界に連れ戻されたような気がした。

花火が終わって舞踏会が始まると、わしらは踊り手のために開放された立派な続き部屋に戻った。知っての通り、仮面舞踏会というのは美しい見物《みもの》だが、あんな眩《まばゆ》いばかりの光景は見たこともなかった。

あれは貴族ばかりの集まりで、このわしはほとんどただ一人の『名もない』出席者だった。

わしの可愛い娘はじつに美しかった。仮面はつけていなかった。興奮と喜びが、いつもきれいなあの子の顔立ちに得も言われぬ魅力を添えていた。やがてわしは一人の若い貴婦人に気づいた。その婦人は素晴らしく豪華な服を着ていたが、仮面を被っていた。並々ならぬ関心を持ってわしの姪を観察しているようだった。彼女の姿は宵のうちに大広間で見かけたし、それから城の窓下のテラスでも、二、三分間、同じように姪を見ながらわしらのそばを歩いておった。やはり仮面をつけた貴婦人が付添役《シャペロン》としてそばにいた。こちらは豪奢だが地味な服を着て、いかにも身分の高い人らしい堂々たる様子をしていた。もちろん、若い婦人がもし仮面をつけていなかったら、本当に姪の様子をうかがっているのかどうか、たしかにわかっただろう。今はそうだったのだと信じている。

わしらはこの時、大広間の一つにいた。姪は踊ったあとだったから、扉のそばの椅子で少し休息していた。わしはそばに立っていた。すると、先に言った二人の貴婦人が近づいて来て、若い方が姪の隣の椅子に坐った。一方、連れの婦人はわしの傍らに立って、しばらく小声で若い婦人に話しかけていた。

彼女は仮面をつけた者の特権を利用して、わしの方をふり向くと、昔馴染みのような口ぶりでわしの名を呼びながら話をはじめた。わしは大いに好奇心をそそられた。婦人はわしに会ったというあちこちの場所のことを言った——宮廷とか、名家の屋敷とかだ。わしが長いこと思い出しもしなかった小さな出来事を話題にしたが、そうしたことは記憶の中に眠っていただけとみえて、言われてみると、たちまち生き生きと蘇った。

この婦人の正体をたしかめたいという好奇心が、刻々につのって来た。彼女はそれを聞き出そうとするわしの試みをやんわりと受け流した。わしの生涯に起こったいろいろの出来事を不可解なほど良く知っていた。婦人はわしの穿鑿を躱《かわ》し、またわしが当惑しながらあれかこれかと想像する様子を見て、無理もないことだが面白がっているようだった。

一方、母親が一、二度ミラーカという変わった名で呼びかけた若い婦人は、同じように気安く優雅な態度で姪と話をはじめた。

彼女は自己紹介として、母親がわしの古い知り合いなのだといった。仮面を被っていると大胆なことができますわね、などと言って、友達のようにしゃべった。姪の衣裳を褒め、姪の美しさに感嘆する気持ちをじつに巧みに仄めかした。舞踏室に雑踏する人々を面白可笑《おか》しく批評して姪を喜ばせ、可哀想なあの子がふざけるのを笑った。彼女はその気になればたいそう機智に富み、快活だった。やがて二人はすっかり仲良しになり、若い見知らぬ婦人が仮面を引き下げると、じつに美しい顔が現われた。わしはその顔を見たことがなかったし、可愛い姪も同じだった。だが、初めて見たとはいえ、綺麗なだけではなく、じつに愛嬌のある顔立ちだったから、強く魅きつけられずにはいられなかった。可哀想な姪はぞっこん参ってしまった。わしは人が初対面の相手にあれほど魅きつけられるのを見たことがない――ただ例外といえば、姪に夢中になってしまったらしい、あの見知らぬ娘自身であった。

一方、わしは仮面舞踏会の無礼講を利用して、年輩の貴婦人に少なからぬ質問をした。

『どうもさっぱりわかりません。お手上げです』わしは笑って言った。『これでもう十分ではありませんかな？　さあ、それでは対等の立場に立つことにして、仮面を取って下さいませんか？』

『そんな理不尽なお頼みがあるかしら？』と婦人は答えた。『淑女に優位を譲れとおっしゃるなんて！　それに、わたしが誰かおわかりになるとどうしてお思いですの？　年月が経つと、人は変わります』

『まったく、ごらんの通りです』わしはお辞儀をし、たぶん少し悲しげに微笑《わら》って言った。

『哲学者たちが言う通りですわね』と婦人は言った。『それに、わたしの顔を見れば誰かおわかりになると、どうしてお思いになりますの？』

『それは運にまかせましょう』とわしは答えた。『年寄りのふりをなさっても、無駄です。お身体の様子を見ればそうでないことがわかりますからな』

『でも、わたしがあなたのお姿を見てから、いえ、あなたがわたしをごらんになってから――そちらの方が肝腎ですので――何年も経っておりますのよ。あのミラーカはわたしの娘です。ですから、若いはずはございませんわ——たとえ、歳月に教えられて寛大になった人の目から見てもです。それに、わたしはあなたが憶えていらっしゃる自分と比較されたくありませんの。あなたは仮面をつけていらっしゃらないから、取ることもできません。代わりに差し出すものがないじゃありませんか』

『あなたの同情にお縋《すが》りするのです、その仮面を取って下さいと』

『わたしがあなたの同情にお縋りするのは、仮面をこのまま被らせて下さいということです』

『ふむ、それならば、せめてフランス人かドイツ人かを教えて下さい。どちらの言葉も完璧にお話しになりますから』

『それも申し上げるつもりはありません、将軍。あなたは奇襲をかけるおつもりで、攻略する箇所を考えていらっしゃるんですもの』

『ともかく、これだけはお断りなさいますまい』とわしは言った。『光栄にもお話をする許しを得ているので、あなたを何とお呼びすべきか知らねばなりません。伯爵夫人とお呼びいたしましょうか？』

婦人は笑って、きっとまたはぐらかすところだったのだろうが、邪魔が入った——

あの会見は何から何まで、深い狡智《こうち》を以てあらかじめ企んだことだと今では信じているが、そんな会見での出来事が偶然によって変わり得るとすれば、の話だ。『それについては』と彼女は言いかけたが、唇《くち》を開くか開かぬかのうちに、黒服を着た紳士に遮《さえぎ》られた。その紳士はとりわけ優雅で秀でた人物に見えたが、一つだけ難があった。その顔は、死人のほかに見たことがないほど恐ろしく青ざめていたのだ。仮装はせず――ふつうの夜会服を着ていて、ニコリともせずに、だが恭しく、深々とお辞儀をして言った。

『伯爵夫人が御興味をお持ちになるやもしれないことを、二言三言申し上げてもよろしゅうございましょうか？』

貴婦人は素早く男の方を向くと、黙っていろというしるしに、唇に指をあてた。それから、わしに言った。『将軍、席を取っておいて下さいな。二言三言話をしたら、戻って参りますから』

ふざけた調子でこう言い残すと、黒服の紳士とわきの方へ歩いて行って、しばらく真剣な様子で話していた。それから二人して人だかりの中へ入って行き、しばらく姿を見せなかった。

その間、わしは自分のことをこんなに良く憶えている貴婦人の正体を臆測し、精一杯知恵を絞っていた。そして考えた――あちらを向いて、可愛い姪と伯爵夫人令嬢との話に割り込み、夫人が戻って来る頃には彼女の名前も、肩書も、城も、領地も掌《たなごころ》を指すように知っていて、驚かすことができないだろうか。だが、その時、夫人は黒服の青白い顔をした男を連れて戻って来た。男は言った。

『玄関に馬車が参りましたら、伯爵夫人にお知らせに上がります』

男はお辞儀をして、引き退った。

十二　頼みごと

『それでは伯爵夫人とお別れですかな。しかし、二、三時間でお戻りになることを望みます』わしはそう言って、低いお辞儀をした。

『それだけかもしれませんし、二、三週間かかるかもしれません。あの人、先程間《ま》の悪い時に話しかけて来ましたわね。わたしが誰か、もうおわかりになりまして？』

わかりません、とわしは言った。

『いずれ教えてさしあげます』と婦人は言った。『でも、今ではございません。わたしたちは、たぶん、あなたがお考えになっているよりも古くて親しいお友達なのです。今はまだ名乗るわけに参りません。三週間したら、わたしはあなたの美しいお城のそばを通ります。そのお城についていろいろ調べましたの。その時、一時間か二時間お目にかかって、旧交を温めましょう――あなたとのおつきあいのことを思うと、愉しい思い出が千も蘇って来ますわ。じつは先程、青天の霹靂《へきれき》のようにある報せがとどきました。わたしは今すぐ出立《しゅったつ》して、面倒な道筋をたどり、百マイルほども旅をしなければなりません――できるだけ大急ぎで行くんです。悩みごとが増えてしまいましたわ。わたしは自分の名を明かさない義務を負っていますが、そうでなければ、たいそう奇妙なお願いをするところです。わたしの娘はまだすっかり健康を回復しておりません。馬に乗って狩を見に行ったところ、馬が転倒いたしまして、娘の神経はまだその衝撃から立ち直っていないのです。お医者様が言われるには、当分の間、けっして無理をしてはいけないそうです。ですから、ここへもうんと楽な道中で、一日に六リーグと進まないで参りました。わたしは今生き死にのかかっている使命を帯びて、夜を日についで旅をしなければなりません。その務めがいかに重大で危急のものであるかは、今度お目にかかった時に御説明できるでしょう。二、三週間もすればお会いできると思いますが、その時は何も隠す必要はなくなっているでしょう』

彼女はつづいて頼み事をしたが、要求をすることが恩恵を求めるよりも、むしろ与えることになる、そういう人物のような口ぶりだった。これは態度の上だけのことで、当人は意識していないようだった。言葉遣いはこれ以上ないほど切実だった。頼みというのは、自分の留守中、わしが令嬢を引き受けることにすぎなかった。

万事を考え合わせると、厚かましいとは言わないまでも、奇妙な頼みだった。婦人はわしの方が言うべき断りの理由を並べ立て、一々認めて、わしの義侠心にすべてを委《ゆだ》ねた。そうやって、いわばわしを無防備にしたのだ。ちょうどその時、一切をあらかじめ定めていたかと思われる宿命によって、可哀想な姪がわしのそばに寄り、新しい友達ミラーカが城を訪ねて来るように誘ってくれと小声で頼んだのだ。姪は相手の気持ちを探っていたが、母親さえ許せば、令嬢は大喜びで来るだろうと考えた。

べつの時だったら、わしは姪に少し待つように、少なくとも相手の素性を知るまで、と言っただろう。だが、いっときも考える閑《ひま》がなかった。二人の婦人は一緒になってわしを攻め立て、白状しなければならんが、令嬢の上品な美しい顔——それには高貴な生まれの持つ優雅さや輝きと共に、何かこの上なく人の心を魅きつけるものがあった——がわしの心を決めさせた。わしは圧倒されて降参し、母親がミラーカと呼ぶ令嬢の世話を軽率にも引き受けたのだ。

伯爵夫人は娘を手招きし、娘は真剣な面持ちで母親の話を聴いた。母親は漠然とした言葉で、否やを言わせぬ呼び出しを急に受けたこと、また娘をわしの世話にまかせる取り決めのことを語り、わしは自分のうんと古い、尊敬する友達の一人なのだと言い添えた。

もちろん、わしもこの場に必要と思われることを言ったが、あとでつくづく考えてみると、あまり嬉しくない立場に置かれたわけだ。

黒服の紳士が戻って来て、たいそう仰々しく婦人を部屋から連れ出した。

この紳士の態度からして、伯爵夫人は、つつましい称号から思ったよりも、ずっと重要な貴婦人なのだとわしは確信した。

夫人が最後にわしに頼んだのは、自分が戻って来るまで、自分についてすでに推量した以上のことを知ろうとするなということだった。彼女を招いた宴の主人、著名なる伯爵がその理由を知っているという。

『でも』と夫人は言った。『わたしも娘も、ここに一日以上留まっていると安全ではありません。わたしは一時間ほど前にうっかり仮面を外してしまい、あなたに見られたと思いました。それで、少しお話しする機会を求めたんです。もしもあなたに見られたことがわかったら、高潔な名誉心にお縋りして、数週間わたしの秘密をお守りいただいたでしょう。でも、わたしの顔は御覧になっていなかったことを納得いたしました。それでも、もしわたしの正体に今お気づきなら、あるいは、あとで考え直して思いあたるようなら、やはりあなたの名誉心にお縋りいたします。娘は秘密を守るでしょうし、考えなしにそれを明かさないよう、あなたも時々娘に注意して下さるでしょうね』

彼女は令嬢に二言三言ささやくと、急いで二度接吻して、黒服の青ざめた紳士に付き添われて立ち去り、人混みの中に姿を消した。

『隣の部屋に』とミラーカが言った。『玄関の扉を見下ろせる窓があります。お母様の姿を見送って、投げキスをしてあげたいわ』

わしらはもちろん承知し、窓辺までついて行った。外を見ると、旅の案内人や従僕の一団が立派な古めかしい馬車を囲んでいた。青ざめた黒服の紳士の痩せた姿が見えた。彼は厚手の天鵞絨の外套を持ち、それを夫人の肩に着せかけて、頭巾を被らせた。夫人はうなずいて、紳士の手に手を触れた。紳士は扉が閉まる時、何度も深々とお辞儀をし、馬車は動き始めた。

『行ってしまった』ミラーカはため息をついて言った。

『行ってしまった』とわしもつぶやいた。というのも、初めて――令嬢を預かると言ってからの慌《あわただ》しい時間の中で――自分の行為の愚かしさに思い至ったのだ。

『母はこちらを見上げてもくれなかったわ』令嬢は嘆くように言った。

『きっと仮面を外したので、顔を見せたくなかったんでしょう』とわしは言った。

『それに、あなたが窓辺におられることを知っていたはずがありませんよ』

令嬢はため息をついて、わしの顔を見た。彼女はあまりに美しかったので、わしの心は和らいだ。歓待の約束をほんの一瞬でも後悔したことが恥ずかしくなり、わしの承諾が、口にこそ出さないが、渋々だったことの埋め合わせをしようと思った。

令嬢はまた仮面を被ると、姪と一緒になって、もうじきまた音楽会が始まるから、庭へ戻りましょうとわしを促《うなが》した。わしらは庭へ行き、城の窓下にあるテラスを行きつ戻りつした。ミラーカはわしらとすっかり打ち解けて、テラスで見た貴人たちの様子を生き生きと語ったり、噂話をしたりして、わしらを楽しませた。わしは一分ごとに彼女が好きになった。彼女のする悪気《わるぎ》のない噂話は、長いこと世間から遠ざかっていたわしにはこよない気晴らしになった。このお嬢さんは、わしらが家で過ごす、時として寂しい晩にどれほどの活気を与えてくれるだろうと思った。

舞踏会は朝日が地平線の上に顔を出す頃まで続いた。大公閣下がそれまで踊ることを望まれたので、忠義な人々は立ち去ることもできず、寝ることも考えられなかったのだ。

混んだ大広間を通り抜けた時、ミラーカはどうしたの、と姪がたずねた。わしは彼女が姪のそばにいると思い、姪はわしのそばにいると思い込んでいた。実際は、はぐれてしまったのだった。

わしは彼女を探したが、無駄だった。ミラーカはいっときわしらと離れた際に、慌てて他人をわしらと間違え、そのあとについて行って、客人に開放された広大な庭の中で迷子《まいご》になったのではないかと思った。

わしは名前も知らない若い娘を預かったことの愚かさを、あらためて痛感した。しかも、わしにはわからぬ理由で押しつけられた約束に縛られていたため、行方不明の若い娘は二、三時間前に出立した伯爵夫人の御令嬢なのだ、と人に説明することさえできなかった。

朝が来た。わしはあたりが明るくなるまで捜索を諦めなかった。いなくなった令嬢の消息を聞いたのは、午後の二時近くだった。

その時分に召使いが姪の部屋の扉を叩いて、こう言ったのだ。若い御婦人がひどくお困りの様子で、真剣に訴えておられます、男爵シュピールスドルフ将軍とその御令嬢がどこにいらっしゃるか教えてくれませんか、わたしは母に置いてゆかれて、その方たちに預けられたのです、と。

少し不正確な点もあったが、我々の若い友が出て来たことに疑いはなかった。事実、見つかったのだ。あの時、はぐれたままならば良かったのに！

彼女はわしの可哀想な娘に、長い間わしらを見つけることができなかった理由を話した。夜も更けたのでわしらを探すのを諦め、女中頭の寝室へ行って、そのままぐっすり眠り込んでしまった。長く眠ったが、舞踏会で疲れたため元気を回復するのに十分ではなかった、というのだ。

その日、ミラーカはわしらと一緒に家へ来た。わしは結局、愛しい娘に魅力的な話し相手のできたことが嬉しくてならなかった。

十三　木樵《きこり》

ところが、まもなく困ったことが起こった。第一に、ミラーカはこの上ない倦怠感を訴え——病み上がりで、まだ身体が弱っているのだ——午後もかなり遅くなってからでないと、けして部屋から出て来なかった。次に、これは偶然判明したのだが、彼女はいつも扉に内側から鍵をかけ、化粧を手伝わせるため女中を中に入れるまで、鍵をけして鍵穴から外さなかった。しかし、時々早朝とか、日中でもさまざまな時刻に——自分がもう起きたことを知らせようとする前だったが——部屋にいないことがあったのだ。城の窓から彼女の姿を、明け方のかすかな灰色の光の中で見かけることも度々あったが、そんな時、彼女は木立の中を東へ向かって、まるで夢うつつの人間のような顔をして歩いていた。わしは彼女が眠ったまま歩くのだと確信したが、そう考えても謎は解決できなかった。一体どうやって、扉に内側から鍵をかけたまま部屋を出たのだろう？　扉や窓のかんぬきを外しもせずに、どうやって家から脱け出したのだろう？

思い悩んでいると、もっとずっと差し迫った心配事が生まれた。

わしの愛しい娘が容姿も健康も衰えて来た。しかも、その様子が何とも不思議で、恐ろしいくらいだったから、わしは震え上がったのだ。

娘は最初ぞっとするような夢に襲われた。それから、彼女《あれ》が考えるには、妖怪が時にはミラーカに似た姿、時には獣の形で、ぼんやりとしか見えないが、ベッドの足元をこちらからあちらへ歩きまわっていたという。最後にはいろいろなものを感ずるようになった。その一つは、不愉快ではないが、じつに妙な感覚で、娘によると、氷のように冷たい小川の流れが胸にぶつかるようだったそうだ。もっとあとになると、大きな二本の針のようなものが喉のやや下を突き刺すのを感じて、非常に鋭い痛みが走ったという。それから数日後の夜、じわじわと痙攣的に首を絞めつけられる感じがして、やがて意識がなくなった」

わたしには優しい老将軍の語る一言一言がはっきりと聞こえました。この頃、馬車は道路の両側に生い茂る丈の低い草の上を走っていたからです——その草地は、半世紀以上人家の煙が立ったことのない村へ近づくにつれて、広がっていました。わたしが話を聞いていてどんなに奇妙な気持ちだったか、お察しになれるでしょう。わたし自身の症状と、気の毒なお嬢さんの経験したという症状が、まるでそっくりなのですから。お嬢さんは、そのあとの破局がなければ、今頃父の城の賓客だったはずなのです。また将軍が細々《こまごま》と語る習慣や謎めいた癖が、実際、わたしたちの美しい客人カーミラのそれと同じであるのを聞いて、わたしがどう感じたかも御想像できるでしょう！

前方の森が切れて、見通しがひらけました。わたしたちは突然、廃村の煙突や切妻屋根の下に出て、装飾も何も取り去られた城の塔や胸壁が、周囲を巨木に取り囲まれて、小高いところからわたしたちを見下ろしていました。

わたしは怖い夢でも見ているような心地で、馬車を下りましたが、何も言いませんでした——というのも、わたしたちめいめいに考えることがたくさんあったからです。みんなはやがて坂を登り、広々した部屋部屋と、螺旋階段と、薄暗い廊下がある城の中に入りました。

「これがかつてはカルンシュタイン家の御殿だったのか！」しまいに将軍が大窓から外の景色を見て言いました。そこから見ると、村の向こうに起伏する森が遠くまで広がっていました。「あれは良からぬ一族だったが、ここにはその血塗られた年代記が記してあるのだ。かれらが死して後も残忍非道な欲望をもって人類を害しつづけるのは、けしからぬことだ。あれがカルンシュタイン家の礼拝堂じゃな、あすこにあるのが」

将軍が指差したのは、急坂を少し下りたところに、木の葉の隙間《すきま》から一部分が見えているゴシック式の建物の灰色の壁でした。「それに木樵《きこり》の斧の音が聞こえるぞ」と言い足しました。「礼拝堂のまわりの森で忙しく働いておる。あの男なら、もしかするとわしが知りたいことを教えて、カルンシュタイン女伯爵ミルカーラの墓の在処《ありか》を示してくれるかもしれん。こういう田舎の人間は大家にまつわる土地の話を語り伝えているものだ。金持ちの貴族の間では、一族そのものが絶えると、そんなことはすぐに忘れられてしまうがな」

「わが家にはカルンシュタイン女伯爵ミルカーラの肖像があります。御覧になりたいですか？」と父がたずねました。

「ちょうど良いな」と将軍は答えました。「わしは本人を見たと信じておる。最初の予定よりも早く君のところへ来た動機は、一つには我々が今向かっている礼拝堂を探索することなのだ」

「何ですって！　ミルカーラ女伯爵に会った？」と父は叫びました。「しかし、百年以上前に死んだ人ですぞ！」

「君が思うほどに死んではおらんらしいよ」と将軍は答えました。

「正直言って、将軍、おっしゃることがまったくわかりません」父はそう答えましたが、わたしが前に気づいた疑念がまた起こって、相手の顔を一瞬チラと見たようでした。けれども、老将軍の態度には時折怒りと嫌悪の情があらわれたものの、何もおかしなところはありませんでした。

「この世にいられるあと数年の間」ゴシック式教会の――そう呼んでもおかしくないほど規模が大きかったからです――重厚な拱門《きょうもん》をくぐる時、将軍は言いました。「わしが関心を持てることはただ一つしか残っておらん。あの女に復讐することだ。有難いことに、それはまだ人間の腕で成し遂げられるのだ」

「どういう復讐をするというんです？」父はますます驚いて訊きました。

「怪物の首を刎《は》ねてやるのさ」将軍は凄まじく顔を赤らめ、どしんと足を踏み鳴らすと、その音はうつろな廃墟に物悲しく谺《こだま》しました。と同時に握りしめた手を持ち上げて、まるで斧の柄をつかんでいるようなその手を猛烈に振りまわしました。

「何ですって？」父は今まで以上に呆気《あっけ》にとられて叫びました。

「あの女の首を斬り落とすのだ」

「首を斬り落とす！」

「そうとも。手斧でも鋤でも何でも、あの人殺し女の喉を掻《か》っ裂くことができるものでな。そのわけを聞かせてやろう」将軍は怒りに顫えながら答えました。そしてずんずん先へ進みながら言いました。

「あの材木は椅子代わりになるじゃろう。お嬢さんはお疲れじゃ。坐らせておあげなさい。そうしたら、もう二言三言でわしの恐ろしい物語を語り終えよう」

礼拝堂の草の茂る石畳に転がっていた、その四角い木の塊は恰好のベンチになっていたので、わたしは喜んでそこに腰かけました。一方、将軍は古い壁にかかる大枝を払っていた木樵を呼びました。筋骨たくましい老人は斧を手に持ったまま、わたしたちの前に立ちました。

木樵は問題の墓碑については何も知りませんでしたが、この森の番をしている老人が現在二マイルほど離れた司祭の家に滞在しており、その人ならカルンシュタイン家の墓碑を全部指差して示すことができるだろうと言いました。ほんの少々お駄賃をいただければ、連れて来てさしあげましょう。馬を一頭貸して下されば三十分もかかりますまい、と。

「この森で久しく働いているのかね？」父は老人に訊きました。

「わしはずっと」老人は訛《なま》りの強い言葉で答えました。「林務官様の下でここの木樵をしております。親父もそうでしたし、祖父《じい》さんもそうで、わしの知っとる限り代々お勤めして参りましたのじゃ。ここの村には、わしの先祖が住んでいた家もございますんで」

「村にはどうして人がいなくなったんだね？」と将軍が訊きました。

「幽霊に悩まされておったんです、旦那様。何匹かは墓をつきとめて、おきまりの験《ため》しにかけて正体を見破り、おきまりのやり方で首を斬って、杭を刺して、焼いて滅ぼしました。ですが、それまでに大勢の村人が殺されました。

ですが、常法《じょうほう》通りにこういうことをしても」と老人は語りつづけました――「たくさんの墓を暴《あば》き、たくさんの吸血鬼どもの恐ろしい力を奪っても――村の難渋《なんじゅう》はやみませんでした。けれども、たまたまこのあたりを旅しておられたモラヴィアの貴族様が事情をお聞きになって――あの国では大勢の人がそうですが――そういうことに長《た》けていらしたので、村を悪い奴から解放してやろうとおっしゃいました。その人はこんな風にしたんです。あれは明るい月夜でしたが、あのお方は日が沈むとまもなく、ここにある礼拝堂の塔に登りました。そこからは足元の墓地がはっきりと見えました。墓地は、ほれ、あすこの窓から見えますがな。貴族様がこの場所から見張っていると、そのうち吸血鬼が墓から出て来て、身体をつつんでいた麻布を墓のそばに置くと、村人に悪さをしに行きました。

よそから来たお人はそれを見とどけると、尖塔から下りて来て、吸血鬼がくるまっていた麻布を取って、塔の上へ持って行きました。また塔に登ったんです。吸血鬼は村をうろつきまわってから帰って来て、布がないことに気がつくと、塔の上にいるモラヴィアのお人に向かって凄まじい声で叫びました。すると相手は、登って来て布を取るがいいと手招きました。吸血鬼は誘いに乗って尖塔を登りはじめ、胸壁のところへ着いたとたん、モラヴィアのお人が剣の一撃で頭を真っ二《ぷた》つに断ち割り、下の墓地へ叩き落としました。自分も曲がった階段を下りて、そちらへ追いかけて行くと、吸血鬼の首を斬り落とし、翌日《あくるひ》首と胴体を村人に引き渡して、村人はそれに杭を突き刺して焼きました。

このモラヴィアの貴族様は、当時の一族の長からカルンシュタイン女伯爵ミルカーラの墓をよそへ移す許しを得て、やがてその通りになさいましたから、しばらくすると、墓の場所はすっかり忘れられてしまいました」

「それがどこにあったか、教えられるかね？」将軍は熱心にたずねました。

森の男は首を振って、ニヤッと微笑《わら》いました。

「今生きている人間で、それを知っている者はいませんや。それに亡骸《なきがら》はよそへ移されたといいますが、たしかなことは誰にもわかりません」

こうして語り終えると、時間も経っていたので、木樵は斧を置いて立ち去り、あとに残ったわたしたちは将軍の奇妙な話の続きを聞きました。

十四 邂逅《かいこう》

「わしの愛しい娘は」と将軍は語りつづけました。「急に具合が悪くなった。医者にも診てもらったが、病は少しも良くならなかった。あの時は病気だと思っていたのだ。医者はわしの心配する様子をみて、ほかの医者との協議を提案した。わしはグラーツからもっと有能な医者を呼んだ。その医者は数日後に到着した。学識が深いだけでなく、善良で信心深い人だった。二人は一緒に姪を診ると、書斎へこもって相談し、意見を交わした。わしは隣の部屋で呼ばれるのを待っていたが、二人の紳士の声は、厳密に学問的な議論というよりも、もっと鋭く高い声になっていた。わしは扉を叩いて中に入った。グラーツから呼んだ年老《とし と》った医者が自説を主張していた。相手はあからさまに冷やかし、何度も大声で笑いながら反駁《はんばく》していた。わしが入って来ると、この見苦しい諍《いさか》いはおさまり、議論は終わった。

『閣下』と第一の医者が言った。『わたしの学識ある先輩は、あなたに医師ではなく魔術師が必要と考えておられるようです』

『憚《はばか》りながら』グラーツから来た医者は不快そうな顔をして言った。『この病症に関する所見は、べつの機会にわたしなりのやり方で申し上げましょう。残念ですが、将軍閣下、わたしの技術《わざ》と学問によってお役に立つことはできません。しかし、お暇《いとま》する前に少し考えを述べさせていただきましょう』

彼は考え込む様子で、机の前に坐って何か書きはじめた。

わしはひどく失望して、一礼した。ふり返って出て行こうとすると、もう一人の医者がものを書いている仲間を肩ごしに指差し、それから肩をすくめて、思わせぶりに額に手をあてた。

してみると、この協議は、わしにとって何の益《えき》もなかったのだ。わしは心も千々《ちぢ》に乱れて、庭へ出た。十分か十五分すると、グラーツから来た医者が追いかけて来た。彼はわしについて来たことを詫びたが、もう二言三言言わないで辞去することは良心に悖《もと》るのだと言った。自分はけして間違っていないと彼は言った。ああした症状を呈する自然の病はなく、死がもう間近に迫っている。しかし、まだ一日か、ことによると二日は保《も》つだろう。もしも致命的な襲撃をただちに食い止められれば、細心の注意と技術で、姪御さんの体力は戻るかもしれない。しかし、今は万事取り返しのつかぬところに差しかかっている。もう一度襲われれば、今にも絶えようとしている生命力の最後の火花が消えてしまうかもしれない。

『あなたのおっしゃる襲撃とはどのようなものなのです？』とわしは嘆願するようにたずねた。

『この手紙にすべて詳しく記してあります。これをお渡しいたしますが、一つはっきりした条件があります——この近所にいる聖職者を呼んで、その人の立ち会いのもとに手紙を開封なさって下さい。聖職者が一緒でなければ、けっして読んではなりません。さもないと、手紙に書いてあることを軽んじられるでしょうが、生きるか死ぬかがかかっているのです。牧師が見つからないようなら、その時はお読みになっても結構です』

医者はいよいよ別れを告げる間際になって言った——手紙をお読みになったら、閣下はたぶん、ほかの何よりもあることに関心を持たれるでしょう。その問題に奇妙に精通している人物がおりますが、お会いになりたいですか、と。そして、その人物をぜひこちらへ招きなさいと勧めて帰った。

聖職者が不在だったので、わしは一人で手紙を読んだ。べつの時、またべつの状況だったら、その内容を鼻で笑っただろう。だが、通常の手段がいずれも功を奏さず、愛する者の生命が危殆に瀕している時、人は藁《わら》にもすがる思いで、どんないかさま治療にも飛びつくではないか？

あの博学な人の手紙を読んだら、こんな馬鹿げたものはないと君は言うだろう。それは彼を病院に送るに十分なほど途方もない内容だった。患者は吸血鬼に襲われて苦しんでいるというのだ！　姪が喉のあたりにできたという孔《あな》は、周知の通り吸血鬼特有の、長くて細く、鋭い二本の歯が食い込んだ跡であって、小さくて青黒い痕跡がはっきり認められるにちがいない、と彼は言う――それは悪魔の唇に吸われて生じるものだとすべての記録が述べている。患者が語るすべての症状が、同様の事例に関して記録されているものとぴったり一致する、と。

吸血鬼などという奇怪なものの存在については、わし自身まったく懐疑的だったから、善良な医師の超自然説は、わしが考えるには、学識と知性が妄想と奇妙に結びついた例を新たに提供するものであった。しかし、わしはひどく惨めだったので、何もしないよりはと思い、手紙の指示に従って行動したのだ。

わしは病人の部屋につづいている暗い化粧室に――そこには蠟燭が一本燃えている

だけだった——身を隠し、姪がぐっすり眠り込むまで様子を見守っていた。扉の前に立って、小さな隙間から隣の部屋を覗いていたのだが、傍らのテーブルには医師の指示通り、剣をのせておいた。やがて一時を少し過ぎた頃、真っ黒で形のはっきりしない大きな物がベッドの足元から這い上がるようにして、哀れな娘の喉のあたりまで素早く伸びて来ると、その喉元で、一瞬のうちに、ドクンドクンと動悸《どうき》を打つ大きな塊にふくれ上がった。

わしはいっとき茫然自失して、立ちすくんだ。それから剣を手に持ってとび出した。黒い怪物は突然ベッドの足元に向かってスルスルと縮み、滑るようにそこを乗り越えると、ベッドの足元から一ヤードほど離れた床に立った。卑劣な凶暴さと恐怖の光を目に浮かべて、わしをじっと睨んでいたその化物はミラーカだった。わしは何を考えたか憶えておらんが、すかさず剣で斬りかかった。ところが、女は傷一つ負わず、今度は扉のそばに立っていた。わしはギョッとして追いかけ、もう一度斬りかかった。女は消えて、剣は扉にぶつかり、勢い良くふっ飛んだ。

あの恐ろしい夜に起こったことを何もかも聞かせることはできん。家中の者が起きて、大騒ぎした。妖怪ミラーカはいなくなった。だが、彼女の犠牲者は急速に弱っていき、夜明け前に息を引き取ったのだ」

老将軍は興奮していました。わたしたちは話しかけませんでした。父は少し離れたところへ歩いて行き、墓に刻まれた字を読みはじめました。そうして、調べを行うために、側堂の扉から中へぶらぶらと入りました。将軍は壁に寄りかかり、眼を拭《ふ》いて、深いため息をつきました。その時、近づいて来るカーミラとマダムの声が聞こえたので、わたしはホッとしました。声は遠ざかって、消えてゆきました。

この寂しい場所で聞かされた何とも奇妙な話は、まわりの塵や蔦の中で一族の墓碑が朽ちてゆく高貴な死者たちと関わりがあり、語られる出来事の一つひとつがわたし自身の謎めいた病気と恐ろしく結びついていました。しかも、この取り憑かれた場所は、四面にそそり立つ木々に囲まれ、音もしない壁の上に高くみっしりと茂った葉叢《はむら》に暗く蔽われているのです。やがて恐怖がわたしの心に忍び寄り、自分の友人たちが、もうすぐこの物悲しい不吉な場面を掻き乱しに来るのだと思うと、気が重くなりました。

老将軍は地面をじっと見つめ、崩れた記念碑の土台に片手をついて、寄りかかっていました。

やがて狭い拱門の下に——その上には、古いゴシック式彫刻の皮肉めいた奇怪な好みを示す悪魔的な怪物像がのっていました——カーミラの美しい顔と姿があらわれ、影の濃い礼拝堂へ入って来るのを見て、わたしはすっかり嬉しくなりました。

わたしは彼女の特別に愛嬌のある微笑にこたえて、笑顔でうなずきながら、立ち上がって話しかけようとしました。その時、傍らにいた老人が大声を上げて、木樵の手斧をつかむと、前へ躍り出ました。老人を見たとたんに、まるで獣と化したような変化がカーミラの顔の上に現われました。それは瞬時のおぞましい変容で、それと共に彼女は屈み込むようにして、うしろへ一歩退《さが》りました。わたしが金切り声を上げる閑《ひま》もないうちに、将軍は力一杯彼女に打ちかかりましたが、彼女は打撃をかいくぐり、傷一つ負わずに、小さな手で将軍の手首をつかみました。将軍はしばらく腕をふりほどこうとあがいていましたが、その手が開いて、斧は地面に落ち、娘は逃げてしまいました。

将軍はよろよろと壁際まで退りました。白髪が逆立ち、顔が脂汗に光って、今にも死にそうな様子でした。

この恐ろしい場面はほんのいっときで終わりました。あとになって最初に思い出すのは、マダムが目の前に立って、もどかしげに何度も同じ質問をしていたことです――「マドモワゼル・カーミラはどこにいるんですか?」

わたしはやっと答えました。「知らないわ――わからない――あそこへ行ったの」と言って、マダムがたった今入って来た扉口を指差しました。「つい一、二分前のことよ」

「でも、わたしはマドモワゼル・カーミラがお入りになってから、ずっとあそこの廊下に立っておりました。あの方はお戻りになりませんでしたよ」

マダムはあらゆる扉と通路から、また窓からも「カーミラ」と呼びかけましたが、返事はありませんでした。

「あの女はカーミラと名のったのかね?」いまだ興奮の冷めやらない将軍がたずねました。

「はい、カーミラです」とわたしは答えました。

「そうか」と将軍は言いました。「あれはミラーカじゃよ。遠い昔、カルンシュタイン女伯爵ミルカーラと呼ばれていたのと同じ人物だ。お嬢さん、できるだけ早くこの呪われた土地を離れなさい。馬車で牧師さんの家へ行って、わしらが来るまでそこにいなさい。行くのだ！　あなたが二度とカーミラの姿を見ないことを祈る。彼女はここにはおらんじゃろう」

十五　審判と処刑

将軍がそう言っている間に、見たこともないような変わった風体《ふうてい》の男が、カーミラが出入りした扉から礼拝堂へ入って来ました。背が高く、胸幅が狭く、猫背で、肩は高く張り、黒い服を着ていました。褐色の顔には深い皺が刻まれ、鍔《つば》の広いおかしな形の帽子を被っていました。白髪混じりの長い髪が両肩に掛かっていました。男は金縁眼鏡をかけ、よろめくような妙な足取りで、ゆっくりと歩きました――顔を時には空に向け、時にはうなだれて地面に向け、たえず微笑を浮かべているようでした。長くほっそりした両腕をぶらぶらさせ、痩せた手にはダブダブの古い黒の手袋をはめて、心ここにあらずといった風に、その手を振ったり何かの仕草をしたりしていました。

「まさに、この男だ！」と将軍は叫び、喜びをあらわにして進み出ました。「親愛なる男爵、お目にかかれて嬉しゅうございますぞ。こんなに早くお会いできるとは思ってもいませんでした。」将軍はもうこちらへ戻っていたわたしの父に合図をして、男爵と呼んだ風変わりな老紳士を父と引き会わせました。その紳士を正式に紹介し、三人はすぐに真面目な話し合いをはじめました。見知らぬ紳士はポケットから巻いた紙を取り出して、そばにあった墓のすり減った石の上に広げました。鉛筆入れを指先で持ち、それで紙上の一点から一点へ想像上の線を引きました。三人が一緒になって、その紙から建物のあちらこちらに何度も視線を送っているのを見ると、紙は礼拝堂の見取り図と察せられました。例の紳士はいわば講義の口調で話しながら、時々、汚れた小さい帳面から一節を読み上げました。その黄色いページにはびっしりと字が書き込んでありました。

三人はわたしがいる場所の反対側にあたる側廊を一緒にぶらぶら歩いて行って、歩きながら話しておりました。やがて歩幅で距離を測りはじめ、最後にみんな一緒に立って側壁のある箇所に向かい、そこを入念に調べはじめました。からみついた蔦を引き剝がし、杖の先で漆喰《しっくい》をコツコツと叩き、ここをこそげ取り、あそこを叩いて、しまいに幅広い大理石の石板――その上に文字が浮き彫りになっているものの存在をたしかめました。

まもなく戻って来た木樵の助けを借りて、碑銘と彫り込まれた盾形の紋地が露《あら》わにされました。それは長いこと所在の知れなかったカルンシュタイン女伯爵ミルカーラの墓碑でした。

老将軍はきっとお祈りをする気分ではなかったと思いますが、両手を上げ、目を天に向けて、しばらく無言のうちに感謝の念を示していました。

「明日」と将軍が言うのが聞こえました。「事務官がここへ来るから、定法通り審問が行われるじゃろう」

それから、先に様子をお話しした金縁眼鏡の老人の方を向くと、両手をとって熱烈に揺さぶって言いました。

「男爵、どれほど礼を申し上げたら良いのじゃろう？　わしらはみな、あなたにどれほど礼を申し上げたら良いのじゃろう？　あなたは百年以上も住民を苦しめて来た悪疫から、この地方を救うことになるんですぞ。有難いことに、恐るべき敵の居場所がとうとう突きとめられたのですからな」

父は新来の人をわきへ連れて行き、将軍がそのあとについてゆきました。わたしの病気のことを話せるように、二人を声のとどかないところへ連れて行ったのです。話し合いが進む間、二人は何度もこちらをチラチラ見ておりました。

父はわたしのところへ来て何度も接吻し、礼拝堂から連れ出して言いました。

「そろそろ帰る時間だが、家に帰る前に、ここから少し離れたところに住んでいる司祭様を仲間に加えねばならん。その人を説得して、一緒に城へ来てもらうのだ」

この試みは上手く行きました。わたしは口では言えないほど疲れきっておりましたから、家に着いた時はほっといたしました。けれども、カーミラについての報せが何もないことがわかると、安心は落胆に変わりました。荒れ果てた礼拝堂で起こった一件については何の説明もしてもらえず、父が今のところわたしに隠しておこうと決めたことは明らかでした。

カーミラが不気味にも姿を見せないことは、あの場面の記憶をわたしにとっていっそう恐ろしいものにしました。その夜を過ごすための支度は奇異なものでした。召使い二人とマダムが、わたしの部屋で夜通し起きていることになり、聖職者は父と共に隣の化粧室で見張りをしました。

牧師様はその夜、厳かな儀式を執《と》り行いましたが、わたしにはその目的が理解できませんでしたし、眠っている間わたしの身を護るために、こうした普通でない用心をする理由もわかりませんでした。

二、三日して、わたしは一切をはっきりと悟りました。

カーミラが姿を消してから、わたしの夜毎の苦しみはふっつりと途絶えました。

あなたはきっと、お聞きになったことがおありでしょう——上スティリアと下スティリア、モラヴィア、シレジア、トルコ領セルビア、ポーランド、そしてロシアにさえ広まっている驚くべき迷信のことを。吸血鬼の迷信と呼ばなくてはなりませんが。もしも人間の証言に——無数の委員会の面前で注意深く、厳粛に、裁判の手続きに則《のっと》って行われ、委員会はいずれも高潔さと知性によって選ばれた大勢の人々から成り、また、証言はおそらく他のいかなる事柄に関して存在する記録よりも、もっと夥《おびただ》しい記録を構成する——そういうものに何か価値があるとすれば、吸血鬼という現象の存在を否定することは、いや、疑うことさえも難しいのです。

わたしとしては、この地方の古く、証拠も十分にある信念によって供されるもの以外には、自分が目撃し経験したことを説明できる説を聞いたことがありません。

翌日、カルンシュタインの礼拝堂で正式な審理が行われました。

ミルカーラ女伯爵の墓が暴《あば》かれ、将軍とわたしの父は、露わになった顔にそれぞれ不実な美しい客人を認めました。その顔面は葬られてから百五十年も経っているというのに、命の温もりをおびて色づいていました。両眼は開いており、棺から屍臭はしませんでした。二人の医師は――一人は職掌上その場に立ち会い、もう一人は審問の発頭人役をつとめたのでしたが――かすかながら呼吸が認められて、それに応じ心臓が活動していることを証言しました。四肢はまったく柔軟《しなやか》で、肉に弾力がありました。鉛の棺には血が一杯たまっており、女の身体はそこに七インチの深さまで浸《つ》かっていました。ですから、ここには吸血鬼のしるしや証拠と認められたものがすべてそろっていたのです。そこで、この肉体は古来の習慣に従って持ち上げられ、鋭い杭が心臓を貫き、吸血鬼はその瞬間つんざくような悲鳴を上げました。それはあらゆる点で、生きた人間が断末魔の苦悶の際に洩らすような声でした。それから首が斬り落とされ、切断された頸から血が滝のように迸《ほとばし》りました。次に胴体と頭が薪《たきぎ》の山の上に置かれて灰となりましたが、灰は川に投げ込まれて流され、以来、この地方が吸血鬼の訪れに害されることは絶えてありません。

父は帝国委員会の報告書の写しを持っています。それには、内容が真実であることを証明するものとして、審理に立ち会った人々全員の署名が付せられています。この最後の衝撃的な場面は、この公文書から要約してお話ししたのです。

十六　結び

わたしがこうしたことを落ち着いて書いているとお思いかもしれませんが、大違いです。あのことを考えると、今でも動揺してしまいます。あなたの度重なる熱心なお頼みがなかったら、こんな仕事のために机に向かうことはなかったでしょう。この文章を書き始めてからというもの、数カ月にわたって、わたしの神経は乱れ、言うに言われぬ恐怖の影がまたしても忍び寄って来ました。わたしはその恐怖故に、救われたあと何年も昼と夜を怯えて過ごし、一人でいることが怖くて耐えられなかったのです。

あの風変わりなフォルデンブルグ男爵について一言二言つけ加えさせて下さい。ミルカーラ女伯爵の墓を発見できたのは、この人の不思議な知識のおかげなのですから。男爵はグラーツに居《きょ》を定めていました。そこで、わずかなお金で暮らしながら——

上スティリアにいた一族のかつて王侯のようだった財産も、それだけしか残っていなかったのです——吸血鬼に関する驚くほど信憑性の高い伝承を、精細に孜々《しし》として研究していました。この問題に関する大小のあらゆる著作に精通していました。『死後の魔術』[7]、プレゴン[8]の『驚くべき事物について』、アウグスティヌスの『死者のための心遣いについて』[9]、ヨハン・クリストファー・ヘーレンブルクの『吸血鬼に関する哲学的並びにキリスト教的思索』、さらに無数の著作をお持ちで、そのうちわたしが憶えているのは、父に貸して下さった数冊の書物だけです。彼はあらゆる裁判の内容を記した浩瀚《こうかん》な摘録《てきろく》を持っていて、そこから吸血鬼の生態を——あるものは常に、他のものは限られた時だけ——支配するらしい原理の体系を抽《ひ》き出していました。ちなみに、この種の幽霊が持つといわれる死者のような青白さは、メロドラマ的なつくり話にすぎないことを申し上げておきましょう。かれらは墓の中でも、人間社会に現われる時にも、健康な生きた人間のように見えます。棺桶の中にいるところを明るみに出すと、死んで久しいカルンシュタイン女伯爵が吸血鬼として生きていた証拠に挙げられる徴候をすべて示すのです。

かれらがどうやって毎日何時間か墓から脱け出し、また墓へ戻ったのか——土を動かすことも、棺や屍衣《しい》に乱された跡を残すこともなく——は古来説明不可能なこととされて来ました。吸血鬼の二重生活は、毎日墓の中で眠ることによって支えられています。生きた人間の血を求めるおぞましい欲望が、目醒めている時の活力となります。吸血鬼は恋情に似た一途な激しさで特定の人物に魅了される傾向があります。そうした相手を追い求める際には、不屈の忍耐力を持って果てしない策略を講じます。特定の対象に近づく際には種々の邪魔が入り得るからです。吸血鬼はその情欲を満たし、好きでたまらぬ犠牲者の生命を吸い尽くすまで、けしてやめることはありません。こういう場合には享楽家の洗練された態度で殺人の楽しみを少しずつ味わい、長引かせ、巧みな求愛によって次第に近づいて行って、楽しみを大きくするのです。こうした場合には何か同情と承諾に似たものを欲しがるように見えます。けれども、通常はいき

7 カール・フェルディナント・フォン・シェルツ（一七二四年没）が一七〇六年にオルミュッツ（現在のチェコのオロモウツ）で出版した書物。
8 トラレスのプレゴン。二世紀のギリシア人著述家。ハドリアヌス帝の解放奴隷であったという。
9 原文は de curâ pro Mortuis とあるが、正しくは「de cura pro mortuis gerenda」。

なり狙った相手のところへ行って、力ずくで圧伏《あっぷく》し、しばしば一回の饗宴で絞め殺し、吸い尽くすのです。

吸血鬼は、ある種の状況に於いては特別な条件に従うようです。わたしがお話しした例では、ミルカーラはある名前に縛られているようでした。それは、たとい本名ではないにしろ、少なくとも、本名を構成する文字を一字たりとも省いたり足したりすることなく、いわば置き換え文字式に再現しなければならないのです。カーミラもそうでしたし、ミラーカもそうでした。[10]

父はフォルデンブルグ男爵に——彼はカーミラが駆除されたあと、二、三週間わが家に滞在しました——モラヴィアの貴族とカルンシュタイン墓地の吸血鬼の話をして、それから、長い間隠されていたミルカーラ女伯爵の墓の正確な場所をどうやって発見したのかとたずねました。男爵の異様な顔は謎めいた微笑を浮かべてくしゃくしゃになりました。彼は下を向き、使い古した眼鏡入れに向かってなおも微笑みながら、それをいじっていました。やがて面《おもて》を上げて言いました。

「わたしはあの秀でた人物が書いたたくさんの日記や、ほかの書類を持っております。中でも一番興味深いのは、あなたの言われるカルンシュタインへの訪問を記したものです。もちろん、言い伝えは事実を多少脚色し、歪めています。彼はモラヴィアの貴族と呼んで良いかもしれません。あの地方へ引っ越しましたし、貴族でもあったからです。しかし、本当は上スティリアの生まれでした。若い頃に美貌のカルンシュタイン女伯爵ミルカーラを熱愛し、相手にも気に入られたと言えば十分でしょう。女伯爵が若死にすると、彼は慰めるすべもない悲嘆に突き落とされました。吸血鬼は増え、繁殖する性質を持っていますが、それはこれまでに確認された幽冥の法則に従うのです。

まず初めに、この厄介者がまったくいない地方があると仮定して下さい。吸血鬼はどのようにして現われ、どのようにして繁殖するのでしょうか？　それはこういうことなのです。多かれ少なかれ邪悪な人間が自殺をします。自殺者はある条件の下で吸血鬼になります。その魔物が、生きている人間を眠っているうちに襲います。襲われた者は死に、ほとんどすべてが墓の中で吸血鬼になります。美しいミルカーラの場合

10　カーミラ、ミラーカ、ミルカーラの原綴はそれぞれ Carmilla、Millarca、Mircalla である。残念ながら、拙訳の日本語表記ではアナグラムにならないが。

にもこのことが起こりました。彼女は悪魔の一人に取り憑かれていたのです。わたしの先祖フォルデンブルグは――わたしはその称号を今も受けついでいるのですが――すぐにこのことを知り、研究に没頭する過程でさらに多くのことを学びました。わけても、彼は死んだ女伯爵――生前は彼の偶像だった人――が早晩吸血鬼の疑いをかけられることを予想しました。彼女が何者であれ、亡骸が死後の処刑という暴行をうけて瀆《けが》されることに恐怖をおぼえました。彼は興味深い論文を残していますが、それは吸血鬼が二重の生存から駆逐されると、もっとずっと恐ろしい境涯に投げ込まれることを証明しています。そこで彼はかつて愛したミルカーラをこの運命から救う決心をしました。

彼はこの地へやって来て、彼女の亡骸をよそに移すと偽り、実際にはその墓碑を隠すという方策を用いました。老いが忍び寄り、歳月の谷間から、もうじき別れを告げる人生の数々の場面をふりかえった時、彼は以前とは違う心境で自分のやったことを考え、恐怖に取り憑かれました。そこでわたしをあの場所へ導いた透写図と覚え書をつくり、自分がした欺《あざむ》きの懺悔録を書き上げました。このことについて、さらに何かをするつもりだったとしても、死がそれを妨げました。そして遠い末裔の手が、多くの人にとって遅すぎたのですが、獣の巣穴を見つけ出す案内をしたのです」

わたしたちはもう少し話しましたが、彼はこんなことも言いました。

「吸血鬼の特徴の一つは、手の力です。ミルカーラの繊《ほそ》い手は、将軍が斧を振り上げて打とうとした時、鋼鉄の万力《まんりき》のように将軍の手首をつかみました。しかし、その力は握力だけではありません。その手で手や脚をつかまれると、麻痺《しびれ》が残って、たとえ回復するとしても時間がかかるのです」

翌年の春、父はわたしをイタリア周遊旅行に連れて行きました。わたしたちは一年以上海外に留まりました。その前に起こったさまざまな出来事の恐ろしさが薄らぐまでには、長い時間がかかりました。今になっても、カーミラの姿は曖昧に形を変えて記憶に蘇ります——時にはいたずら好きで倦怠げな美しい娘として、時には、あの荒れ果てた教会で見た身悶える魔物として。わたしはよく客間の戸口にカーミラの軽やかな足音が聞こえたと思って、夢想からハッと醒めるのです。

解説

南條竹則

十九世紀とそれ以前の英米の雑誌は、小説の作者の名前を載せないことがよくありました。

ですから、匿名で発表された作品が、作者の没後何十年も経ってから発掘されて全集に入る、などということが珍しくないのです。あの『宝島』を書いたスティーヴンスンの初期作品にも、そういうものがあります。

本書の作者シェリダン・レ・ファニュも匿名で作品をいくつも発表しました。その中から怪奇小説だけを拾い出し、『クロウル奥方の幽霊、その他の謎の物語』という作品集を編んだのが、怪談の巨匠M・R・ジェイムズであります。

ジェイムズはこの本に前書きと後書きを付していますが、後者にレ・ファニュの経歴を簡潔にまとめています。

ちょっと訳して引用してみましょう——

私はジョーゼフ・シェリダン・レ・ファニュの新しい伝記を編むほどの材料を持ち合わせていない。彼の生涯については、『英国人名事典』、令弟が書いた面白い本『アイルランド生活の七十年』、それに『パーセル文書』と『詩集』の序に記されている。私の関心は彼の長篇小説と短篇にあり、これから申し上げることを理解するには、取りあえずこれだけを知っていただければ十分である。ユグノーの末裔《まつえい》であるアイルランド人レ・ファニュは、一八一五年から一八七三年までアイルランドに生き、大部分をダブリン市内とその近郊で暮らした。彼の文学活動は一八三八年頃に始まった。学者であり紳士であり、誰に聞いてもたいそう魅力的な人柄だったが、一八五八年に夫人が亡くなった後は相当の世捨て人となり、ほとんど完全に執筆に没頭した。一八六一年から一八六九年まで「ダブリン大学雑誌」を所有し、その主筆をつとめた。同誌にはしばしば寄稿している——本書の主要部分が示すように、大部分は匿名で——が、一八六一年以降は自分の名前で連載小説を発表するようになり、編集をやめたあとは、別の雑誌に執筆を続けた。彼は一八七三年二月七日に没した。

生年と死亡した日が間違っているけれども（正しい日付は年譜を御覧下さい）、これはじつに手際良く要点をつかみ出していると思います。とはいえ、さすがにこれだけでは物足りないという読者もいらっしゃるでしょうから、レ・ファニュの経歴をもう少し詳しく御紹介いたしましょう。

＊

「レ・ファニュ Le Fanu（フランス語の発音はル・ファニュ）」という苗字からも察せられるように、彼の父方の先祖はフランス人で、ノルマンディーに住む名家でしたが、ユグノーすなわち新教徒だったため、宗教的迫害を逃れて、十七世紀の末英国に渡りました。

先祖の一人シャルル・ル・ファニュ・ド・クレスロン（英語読みをすればチャールズ・レ・ファニュ・ド・クレスロン）は、名誉革命で王位についたウィリアム三世のためにボイン川の戦いで戦功を挙げ、国王の肖像画を陛下から直々に授かったといいます。その後、十八世紀を通じて、一族は商業や銀行業などを営み、当時のアイルランドで支配階級だったプロテスタントの社会に溶け込みました。

一方、我らが作家のシェリダンというミドルネームは、父方の祖母の旧姓であります。レ・ファニュの祖父ジョーゼフに嫁いだ妻アリシアは喜劇「悪口学校」の作者として知られる劇作家リチャード・ブリンズリー・シェリダンの妹でした。

このシェリダン家はダブリンの名門で、芸術家の家系として知られています。アリシアの父トマス・シェリダンは俳優で舞台監督。その妻フランシスは劇作家・小説家。この夫婦に二男二女がおり、次男は先に述べた「悪口学校」のシェリダンで、妹のアリシアも「エリンの息子たち」という劇を書いています。さらに年下の妹ベッツィーは小説家、その娘のアリシア・レ・ファニュも小説家・詩人でした。

ですから、レ・ファニュは平井呈一が言うように、「父方の勤勉誠実な篤信家の血と、祖母方シェリダン家のボヘミアンな芸術家かたぎの血を、奇《く》しくも受けついだ」わけであります。

*

ジョーゼフ・トマス・シェリダン・レ・ファニュは一八一四年八月二十八日、アイルランドのダブリンに生まれました。

父トマス・フィリップ・レ・ファニュは英国国教会の牧師、母エマ・ルクリーシア（旧姓ドビンズ）は、同じ国教会の牧師の娘でした。

レ・ファニュが生まれた翌年の一八一五年、父はフェニックス・パークにある王立ヒベルニア軍学校の施設付き牧師となりました。この学校は、アイルランドにいる英国軍人の子女を教育するための施設で、当時六百人ほどの生徒がいたといいます。そこでレ・ファニュ家はダブリンの街中からフェニックス・パークに引き移ります。

フェニックス・パークはダブリンの北西郊外にある広い緑地で、南をリフィー川が流れ、近くにチャペリゾッド、パーマストン、ブランチャーズといった村々がありました。パークはレ・ファニュが生まれた当時すでに公園でしたが、アイルランドを統治する英国高官の住居などがありました。幼い頃に住んだこの土地は、レ・ファニュと弟ウィリアムにとって思い出の場所となります。

一八二三年、父トマスはリムリック州アビントンの教区牧師となりましたが、不住の牧師で、時々教区を訪れるにすぎず、一家はいまだフェニックス・パークに住み続けました。しかし、トマスは一八二六年からティペラリー州の村エムリーの地方執事《ディーン》を兼任することになり、これを機に家族はアビントンへ引っ越しました。

牧師一家は数年間穏やかな田舎暮らしをしていましたが、やがて険悪な風が吹いて来ます。

御存知のように、アイルランドは二十世紀に念願の独立を果たすまで、長い間英国の植民地的存在でした。

カトリック教を信ずる多くの貧しい農民の上に、アングロ・アイリッシュと呼ばれるイングランド系の住民がいわば支配階級を形成しており、こちらはおおむねプロテスタント、とくに英国国教会の信者でした。両者の間にはしばしば問題が起こりましたが、その一つが「十分の一税戦争」といわれる騒動でした。

アイルランドの地方の農民は大多数がカトリック教徒で、当然カトリックの教会に通っていました。一方、英国は統治政策の一環ということもあって、ろくすっぽ信者のいない地区にも国教会の教会をつくり、牧師を任じました。そして政府は「十分の一税」と呼ばれる税金を、信ずる宗派に関係なく英国国教会に納めるよう求めたため、不払い運動が起こり、流血の事件にまで発展したのです。レ・ファニュの弟ウィリアムは回想録『アイルランド生活の七十年』に、こう記しています——

一八三一年に十分の一税戦争が始まり、それと共に私たちとカトリックの司祭や人々との親しい関係は終わった。前者は、無理もないことだが、夢中になって煽動《せんどう》を始めた。プロテスタントの聖職者は、煽動家や司祭によって演台から、祭壇から非難され、民衆の最悪の敵という烙印を押され、狂犬のように人々をこの国から追い立てる輩《やから》だと言われた。どこへ行っても侮辱され、多くの者が襲われ、中には殺される者もあった。親切心と善意がまたたく間に侮辱と憎しみに変わる唐突さは、今となっては想像もしがたい。しばらくの間、私たちは近所の聖職者ほど酷《ひど》い扱いは受けなかったが、人々は私たちに声もかけず、私たちが通りかかると顔を顰《しか》めた。

（前掲書第五章より）

アイルランドの知識人の多くは、この国古来の文化や風土を愛しながら、国内の政治的対立に関わらざるを得ませんでした。レ・ファニュも幼い時からそういう分断・葛藤の中にいたわけです。

一八三二年、レ・ファニュはダブリンの大学トリニティ・コレッジに入学して、古典や法律を学びながら、「大学歴史協会」という政治的な討論をさかんに行うクラブに入ります。

大学を卒業すると弁護士の資格を得ますが、法曹界へは進まず、文芸やジャーナリズムの活動に力を注ぎました。「ウォーダー」という新聞の株を買って同紙の編集と執筆にあたり、トーリー派の論客として活躍しました。のちに彼は「ダブリン・イヴニング・ニューズ」紙の株なども買い、複数の新聞紙上で健筆を振るいます。

一八四三年、レ・ファニュは弁護士ジョージ・ベネットの娘スザンナ・ベネットと結婚したあと、やがて『「雄鶏と錨」亭』（一八四五）、『トーロー・オブライエンの運命 The Fortunes of Colonel Torlogh O'Brien』（一八四七）という二冊の長篇小説を刊行しますが、このあと一八六〇年代に入るまで、長篇は書きません。

しかし、小説の筆を折ったわけではなく、「ダブリン大学雑誌」に短篇を寄稿していました。

この雑誌は一八三三年から一八八二年まで刊行されましたが、「大学雑誌」といってもダブリン大学と公式の関係はなく、卒業生など同大学の関係者が、主としてトーリー派の政治的な意見を主張するためにつくったものです。レ・ファニュはこれに怪奇小説、論説、バラッド、笑話などを発表し、その中には、のちに『パーセル文書』としてまとめられる作品群があります。

レ・ファニュは愛妻スザンナとの間に二男二女を儲《もう》けますが、一八五八年、妻に病気で先立たれてしまいます。この時の衝撃は大きく、以来彼の生活は一変します。

アルフレッド・パーシヴァル・グレイヴズの回想によると、レ・ファニュはアイルランド流の機知に富んだ洒落《しゃれ》者として社交界で輝いていたそうですが、妻が死んだあとは――

この社交界から完全に消えてしまったため、あだ名をつけるのが好きなダブリン人は彼を「見えざる貴公子」と呼んだ。実際、彼は長い間、家族ともっとも親密な友人以外にはほとんど姿を見せなくなっていた。ただ例外として、夕方に時々、まるで以前の彼の幽霊のように、新聞社の事務所とメリオン・スクエアの自宅との間を忍び歩く姿が見られ、また時には裏町の古い本屋で、ゴシック文字で書かれた占星術か悪魔学の稀覯本《きこうぼん》を読み耽っているところに出くわすことがあった。

（「ジョーゼフ・シェリダン・レ・ファニュ回想」より）

のちにこのことが誇張されて、レ・ファニュは人間界との交渉を全然絶ったかのように言われましたが、もちろん、そんなことはありません。しかし、社交の場を避けたのは事実のようで、W・J・マコーマックの伝記『シェリダン・レ・ファニュ』によると、二人の娘エレノアとエマが社交界へのデビューとしてダブリン城での舞踏会に出た時も、弟が代理でエスコートしたといいます。

この時期につきあっていたわずかな友人の一人に、パトリック・ケネディー（一八〇一～七三）がいました。グレイヴズが「裏町の古い本屋」というのは、この人の店だったかもしれません。

ケネディーはウェックスフォード州の農民階級の出身で、教職を務めたあとダブリンのアングルシー街に貸本屋兼書店を開き、三十年も店を続けました。フォークロアの研究家で、『レンスター山の伝説』（一八五五）、『アイルランドのケルト人の伝説的物語』（一八六六）などの本を出しています。レ・ファニュとは不思議とウマが合ったようで、交友は前者の死まで続きました。

この友人からの影響もあったのでしょう。レ・ファニュは晩年、「オール・ザ・イヤー・ラウンド」誌に「サー・ドミニクの契約」「妖精にさらわれた子供」など、フォークロアを題材とした作品を載せています。そのうちの一つ、「ロッホ・グア物語」は、わたしも以前、倉阪鬼一郎氏と一緒に翻訳したことがありますが、リムリック州の伝説を題材にした香り高い作品です。

話が前後しますが、レ・ファニュは一八六一年に「ダブリン大学雑誌」を買い取り、その主筆となりました。そして同誌に自作を発表、とくに長篇を続けざまに連載します。

彼はかねてから英本国の出版界への進出を目論んでいて、『アンクル・サイラス』など大部分の単行本は、ロンドンの版元から出していますが、六〇年代末からは、ディケンズが創刊した週刊誌「オール・ザ・イヤー・ラウンド」をはじめ、「テンプル・バー」「ベルグレイヴィア」「カッセルズ・マガジン」「ザ・ダーク・ブルー」「ロンドン・ソサエティー」といった本国の雑誌に短篇・長篇を次々と寄稿しました。世間とのつきあいを絶った反面、執筆活動は随分精力的に行いましたが、やがて健康の衰えを感じ、一八六八年には遺言を書いています。そして一八七三年二月十日、心臓発作のためにダブリンの自宅で死去しました。この年に単行本として出た最後の長篇は奇しくも『死を望んで Willig to Die』という題名でした。

＊

レ・ファニュの著作は詩や小説、新聞記事、政治的パンフレットなど多岐にわたりますが、そのうち小説は長篇が十四篇、中短篇は八十篇以上あります。

ちなみに、レ・ファニュについて日本語で書かれた解説を見ると、彼の長篇を十五篇とか十六篇としているものがあります。これは数え方の問題です。

彼の長篇十四篇は独立した単行本として出ていますが、作品集『ゴールデン・フライヤーズ年代記』には、「ローラ・ミルドメイ嬢の生涯に於ける奇妙な冒険」「取り憑かれた準男爵」「渡り鳥」の三篇が収められていて、このうち最初の二つは、現代日本の読者の感覚からすると長篇といってもおかしくない長さです。ですから、このどちらか、あるいは両方を含めて十五篇とか十六篇という人もあるわけです。

その長篇のうちでもっとも有名なのは『墓畔の家』（一八六三）、『アンクル・サイラス』（一八六四）、『ワイルダーの手』（一八六四）の三作でしょう。いずれも「ダブリン大学雑誌」を買い取ったあと、同誌に連載した作品です。『墓畔の家』はチャペリゾッドを舞台とした歴史小説、他の二作はイングランドを舞台にした〝センセーション・ノベル〟と言って良く、いずれもゴシック小説的な色彩が加わっています。たとえば、アンソロジーによく採られる「An Authentic Narrative of the Ghost of a Hand」（平井呈一訳の訳題は「白い手の怪」）は、レ・ファニュの怪談でもとくに怖いものの一つですが、『墓畔の家』の一章を抜き出したものです。

レ・ファニュの作風は同時代の作家ウィルキー・コリンズ（一八二四〜八九）と比較されることが多いのですが、『月長石』や『白衣の女』の作者コリンズは、巧みな筋立てで読者をグイグイ引っ張ってゆくのに対し、レ・ファニュは登場人物や情景の描き込みに優れているというのが、大方の評判であります。それがあたっているかどうかは、読者御自身で判断なさるよりありません。

右に挙げた三作はいずれも邦訳があります。『アンクル・サイラス』は榊優子氏による訳が創土社から出、『墓畔の家』も、同じ訳者が『墓地に建つ館』という邦題で河出書房新社から出しています。『ワイルダーの手』は日夏響氏による訳が国書刊行会の「世界幻想文学大系」に入っています。

＊

レ・ファニュは今日「カーミラ」の作者としてもっとも良く知られていると思いますが、その「カーミラ」は一八七二年に出した『鏡の中におぼろげに In a Glass Darkly』という自選怪談集に収められました。

彼の小説の世界は怪談だけではありませんけれども、このジャンルを本人も好んでいたことは争われない事実でしょう。レ・ファニュの再評価に貢献したM・R・ジェイムズなども、怪奇作家としての彼に魅きつけられたのであります。

ここでジェイムズに雁行するレ・ファニュの紹介者のことを少し述べたいと思います。

その一人アルフレッド・パーシヴァル・グレイヴズは有名な詩人ロバート・グレイヴズの父親で、本人も詩人であり、フォークロア研究家でした。レ・ファニュの長男トマスとは幼馴染みでした。

グレイヴズはレ・ファニュの没後、「ダブリン大学雑誌」に掲載された一連の作品を単行本にまとめて、『パーセル文書』と名づけ、同書に「ジョーゼフ・シェリダン・レ・ファニュ回想」を寄せています。またレ・ファニュの詩を初めて集めた『ジョーゼフ・シェリダン・レ・ファニュ詩集』（一八九六）にも序文を書いており、M・R・ジェイムズが例の「後書き」の中で『詩集』と言っているのは、この本のことです。

レ・ファニュの次男ブリンズリーも、父親の作品の普及に努めた人です。

彼は父親の死後イングランドに渡り、挿絵画家となりました。『監視者、その他の物語集』（一八九四）、『「雄鶏と錨」亭』（一八九五）など父の作品に挿絵を入れて復刊しており、いずれも版元はエドマンド・ダウニーです。ダウニーはアイルランドの作家で出版に携わっていましたが、やはりイングランドに渡ってから、一八九〇年代に自分の出版社を始めました。そこでブリンズリーといわばコンビを組んだのです。ブリンズリーと会って父親の話を色々聞いた人の一人に、ステュアート・マーシュ・エリスがいます。

文学史家などという大袈裟な肩書はこの人にふさわしくないでしょうが、エリスは十九世紀の英文学をこよなく愛し、有名無名の作家について味わいのある文章を残しました。『ジョージ・メレディス』、『ウィルキー・コリンズ、レ・ファニュその他』（一九三一）、『主にヴィクトリア朝作家について』などの著書があります。エリスは一九一六年に「アイルランドの愛書家《アイリッシュ・ブック・ラヴァー》」誌にレ・ファニュの書誌を寄稿し、ジェイムズもこれが役に立ったと述べています。『ウィルキー・コリンズ、レ・ファニュその他』には、レ・ファニュについての長い文章が収められていますが、この中でエリスはレ・ファニュが死ぬ前のエピソードを紹介しています。

その部分を訳して引用しましょう――

しかし、彼はこの安らかな死を得ることを許されなかった。恐ろしい夢が最後まで彼を悩まし続け、その中でもっとも度々見るしつこい夢は、広大で何か凶事が起こりそうな古い館（彼がしばしば物語に描いたような）の夢であった。その館は荒れ果てていて、今にも夢見る者の上に崩れ落ち、押しつぶしてしまいそうだったが、夢見る者はその場に根が生えたように動くことができないのだ。繰り返されるこの恐怖はたいそうな苦痛で、彼は眠りながらもがき、叫び声をあげた。彼はこの悩みを医師に話した。最期が訪れて、レ・ファニュの寝床の傍に立った医師は、故人の恐怖に撃たれた眼を覗き込んだ時、あの家がとうとう崩れ落ちたのだと言った。

（『ウィルキー・コリンズ、レ・ファニュその他』より）

エリスはこの話の情報源を明らかにしていませんが、ブリンズリーから聞いたことは間違いないでしょう。風変わりな詩文集『レ・ファニュの幽霊』の著者ギャヴィン・セラリーの「ブリンズリー・レ・ファニュ（一八五四～一九二九）」によると、この話を最初に公表したのは、エドマンド・ダウニーが一九一〇年に発表した新聞記事だということですが、ダウニーに話をしたのもやはりブリンズリーだと思われます。

一方、ブリンズリーの姉エマが親戚のダッファリン卿に書いた手紙には、こうあります――

父は気管支炎のひどい発作をほとんど乗り越えましたが、体力が尽きて、眠っている間に急に弱り、亡くなりました。……その顔はじつに幸せそうで、美しい微笑を浮かべていました。

（W・J・マコーマック『シェリダン・レ・ファニュ』より）

一体、どちらが本当なのでしょうか？　虚心に両者を見較べてみると、わたしにはこう思われます――姉が親戚への手紙にこう書いているからといって、ブリンズリーの話が嘘とは決めつけられない。ああいう恐ろしいことがもし本当だったとしても、故人の娘がそれをむやみに人に伝えるかどうか、考えてみればわかるでしょう。一方、エマの手紙を見ると、レ・ファニュは大分衰弱したあとに亡くなったようです。そうすると、ブリンズリーの話は少々作り事めいて聞こえます。「恐怖に撃たれた眼を」瞠《みは》るほどの体力が病人に残っていたかどうか疑問だからです。とはいえ、彼が死ぬ前によく悪夢を見たというのは、もしかすると事実かもしれません。

いずれにしても、これは「はなし」として聞いておけば良いだけのことですが、怪奇作家レ・ファニュにまつわる伝説として忘れられることはないでしょう。

ジェイムズの『クロウル奥方の幽霊、その他の謎の物語』に続くレ・ファニュの怪談集としては、アメリカの出版社アーカム・ハウスのオーガスト・ダーレスが『緑茶、その他の怪談』（一九四五）を出しました。ダーレスはまた「墓場の水松《いちい》 The Churchyard Yew」という短篇を「ウィアード・テイルズ」誌（一九四七年七月号）にレ・ファニュ作として載せていますが、じつはこれはレ・ファニュの作風を模倣したダーレス自身の小説です。

一方、わたしなどの世代の怪談好きにレ・ファニュの傑作に接する便宜を与えてくれたのは、ドーヴァー社から出た二冊の作品集、『Best Ghost Stories of J. S. Le Fanu』（一九六四）と『Ghost Stories and Mysteries』（一九七五）であります。これらの編者E・F・ブライラーも、レ・ファニュ紹介の功労者と言って良いでしょう。

＊

ところで、M・R・ジェイムズはどうしてレ・ファニュの怪談を高く買っていたのでしょうか。御参考までに彼が『クロウル奥方の幽霊、その他の謎の物語』に寄せた序文から引用しましょう——

彼［レ・ファニュ］は怪談の書き手として、絶対に第一級の地位に立つ。これは、彼の超自然的な物語を手に入る限りすべて読んだ後の、私の慎重な判断である。彼以上に上手に場面を設定する者はいないし、彼よりも手際良く効果的な細部を描き込んでゆく者はいない。私が彼の悠長な作風を美点と考えるようになったのは、自分が中年を過ぎた事実を意味するにすぎないとは思わない。というのも、私はこの分野の小説におけるもっと現代的な試みを評価しない者ではないからだ。そうだ、これは認識しなければいけないと思うが、怪談はそれ自体やや古風な形式である。語り口にいささかの悠然たる趣を必要とする。語り手が年配者のように振舞ったり、「三十年ばかり前」の経験をふり返ったりすると、我々はいっそう良く耳を傾けるのである。

ジェイムズは「もっと現代的な試み」を評価するどころか、自ら実践した人でした。簡潔な筆致で、読者を恐怖の核心に急速に引き摺り込む彼の作風とこの言とを考え合わせると、まことに興味深いものがあります。

怪奇作家としてのレ・ファニュについては、創元推理文庫『吸血鬼カーミラ』に付した平井呈一の解説が、今読み返しても勘所《かんどころ》を良く押さえています。また同じ文庫の『ドラゴン・ヴォランの部屋』に付した千葉康樹氏の解説は、レ・ファニュという作家の全体像を説明してくれるものとして、便利です。

＊

それでは個々の収録作品について、一言二言申し上げましょう。

●シャルケン画伯 Schalken the Painter

初出は「ダブリン大学雑誌」一八三九年五月号。『パーセル文書』の一つで、初出時の題名は「シャルケン画伯の生涯に於ける奇妙な出来事」でした。

レ・ファニュは一八五〇年のクリスマス向けの本として、『幽霊譚と謎の話 Ghost Stories and Tales of Mystery』を編みました。これは結局クリスマスに間に合わず、翌五一年の一月に出たのですが、作者は「シャルケン画伯」を同書に収録するにあたって、大幅な改訂を施しました。本書に訳したのは改訂版の方です(ちなみに、単行本『パーセル文書』には最初の版が入っています)。

この物語の主人公 Godfried Schalcken(一六四三〜一七〇六)はオランダの実在の画家です。彼の名前はオランダ語の発音を聞くと、「ホットフリート・サルケン」という風にも聞こえるのですが、片仮名ではむろん正確に表わせません。また画家のゴッホの場合のような慣用表記も定着しておりません。

そこで Schalcken は英語の発音に近い平井訳の「シャルケン」を踏襲しました。ファースト・ネームは、レ・ファニュの原文では Godfrey と英語形になっていますが、オランダを舞台とした物語の中でこれだけ露骨に英語形というのも興醒めだと思い、拙訳ではゴットフリートとしてみました。

●幽霊と接骨師 The Ghost and the Bone-Setter

初出は「ダブリン大学雑誌」一八三八年一月号。『パーセル文書』に収録。

本篇はレ・ファニュが最初に発表した小説であると同時に、のちに『パーセル文書』と呼ばれる作品群の最初のものです。

副題に「ドラムクーラの教区司祭・故フランシス・パーセル師の手稿からの抜粋」とありますが、フランシス・パーセルはカトリックの司祭という設定になっています。レ・ファニュはこのシリーズを「ダブリン大学雑誌」に十二回掲載しました。これらは二、三の例外を除いて、ゴシック的色彩の濃い短篇小説です。

この話の枕の部分で語られている俗信については、作者の弟ウィリアムの『アイルランド生活の七十年』第三章に、ほぼ同じ内容が記されています。

ちなみに、この弟は土木技術者・実業家として成功し、兄とその家族を助けました。『アイルランド生活の七十年』は最晩年に人の勧めによって書いた回想録ですが、若い頃の兄ジョーゼフの面影を伝えるだけでなく、全体に興味深い内容であります。

とくに重要なのは、レ・ファニュのバラッド「シェイマス・オブライエン」に関するエピソードです。

ウィリアムによると一八四〇年のこと、レ・ファニュはウォルター・スコットの

「若きロッキンヴァー」というバラッドをお手本にして、「シェイマス・オブライエン」を書きました。これは一七九八年に起こったアイルランド反乱の直後、官憲に捕らえられたシェイマスという英雄が、処刑の当日、仲間に助けられて見事逃げ了《おお》せる話です。この詩はアイルランド民衆の愛国心に訴え、ことにアメリカに渡ったアイルランド人の間で大人気を博しました。

レ・ファニュはこれを一段また一段と書き上げるごとに、当時家を離れていた弟への手紙に書いて送りました。ウィリアムはそれをすっかり暗記してしまいました。その後、レ・ファニュは「ダブリン大学雑誌」にこれを発表しようと思ったけれども、原稿がありません。記憶を手繰って書き直した際、弟に助けられたというのです。

●チャペリゾッドの幽霊譚 Ghost Stories of Chapelizod

これは「ダブリン大学雑誌」一八五一年一月号に匿名で発表され、M・R・ジェイムズが内容からレ・ファニュの作と判断して、『クロウル奥方の幽霊、その他の謎の物語』に収録しました。

『墓畔の家』と同様、幼い頃に親しんだ土地チャペリゾッドへのオマージュです。

●緑茶 Green Tea

「シャルケン画伯」などと並んでアンソロジーによく採られる本篇は、「オール・ザ・イヤー・ラウンド」誌に一八六九年十月から十一月にかけ四回にわたって連載され、その後、『鏡の中におぼろげに』に収録されました。

御覧の通り、この作品にはスウェーデンボリの著書が引用され、その用語も使われています。レ・ファニュは一時この神秘家の著作を読み込んだらしく、『アンクル・サイラス』にはさらに顕著な影響の跡がうかがわれます。

●クロウル奥方の幽霊 Madame Crowl's Ghost

この作品は初め「オール・ザ・イヤー・ラウンド」誌一八七十年十二月号に匿名で発表され、翌七一年に出た単行本『ゴールデン・フライヤーズ年代記』所収の「ローラ・ミルドメイ嬢の生涯に於ける奇妙な冒険」に挿話として組み込まれました。そのあと、M・R・ジェイムズの『クロウル奥方の幽霊、その他の謎の物語』に収録されました。

今回翻訳に用いたテキストは「ローラ・ミルドメイ嬢」からの抜粋で、初出のテキストにはない導入部がついています。炉端の物語が始まる情景が如何にも雰囲気たっぷりに描かれているので、こちらの方を訳してみたのです。

本書に収めた作品のうち、この作品と「幽霊と接骨師」にはアイルランドの方言が多用されていて、これをどのように表現するかは翻訳者にとって悩ましい問題です。レ・ファニュの怪談の紹介者として重要な役割を果たした平井呈一は、アンソロジー『こわい話 気味のわるい話』に本篇を訳出していますが、その解説にこう記しています――「越後あたりの土俗ことばを基調にして、鵺的な方言らしきもので訳してみたことはみたが、われながらお恥ずかしいものである。どなたか完全なものにしてくださるまで、お許しを願っておく」

平井訳は非常に面白くて一読の価値がありますが、人工的方言が成功しているかどうかは意見の分かれるところでしょう。永井荷風の弟子だった日本語の達人がやってもそうだとすると、わたしなどが真似をしたところで、とても成功する気遣いはありませんから、この点はスッパリと諦め、拙訳にはほとんど方言を使いませんでした。

●カーミラ Carmilla

この作品はロンドンで発行された月刊文芸誌「ザ・ダーク・ブルー」に、一八七一年十二月から一八七二年三月にかけて、四回にわたって連載され、その後『鏡の中におぼろげに』に収録されました。

英国吸血鬼小説の古典として『ドラキュラ』に次いで有名な作品ですが、その特徴は、吸血鬼が魅力的な女の魔物であることでしょう。

このジャンルの先行作品としては、フランスにジャック・カゾットの「恋する悪魔」やテオフィール・ゴーチェの「死霊の恋」があり、英国にはM・G・ルイスの「破戒僧《マンク》」があります。これらに登場する女妖はいずれも男をたぶらかし、餌食にしようとしますが、「カーミラ」の場合、同性愛的色彩が大変濃厚であります。

そういう視点から見直すと、べつの先行作品が思い浮かびます。サミュエル・テイラー・コールリッジの物語詩「クリスタベル姫」です。これは未完の作品ですが、ゴシック趣味の横溢する傑作です。どんな話かといいますと――

中世のお城にクリスタベルという姫がいる。

ある月夜の晩、クリスタベルは真夜中にこっそり城の外の森へ出てゆく。夢を見て、遠くにいる恋人の無事を祈るため、樫の大木の下に跪《ひざまず》いて、祈る。と、うめき声が聞こえて来たので、その大木の裏側にまわると、輝くばかりに美しい女がいた。彼女はジェラルダインといって、身分の高い娘だが、五人の賊に襲われてそこへ連れて来られた。賊はすぐに戻って来ると言って、どこかへ去った。どうか助けてくださいとクリスタベルに訴える。

クリスタベルは彼女を城内に入れるが、真夜中でみな寝静まっているため、父に事情を話すのは明日にして、ジェラルダインを自分の閨房《ねや》へ連れ込む。ところが、ジェラルダインはじつは魔性の物なのだった。

クリスタベルが床に就くと、彼女もやがて帯を解いて、衣をするすると脱ぐ。そこにあらわれた裸身は――

A sight to dream of, not to tell,

その眺めは夢に見るべくして、語るべきにあらず

とあり、夢のように美しいのか、それとも醜い妖怪の姿なのか、どちらとも取れる

ように書いてある。ジェラルダインはそのままクリスタベルの床に入って、彼女を胸に抱き、魔法をかける――

レ・ファニュは短篇「酔いどれの夢」にこの「A sight to dream of, not to tell,」という行を引用しておりますから、「クリスタベル姫」を読んでいたことは明白で、「カーミラ」を書くにあたって少なからぬ影響を受けたことはたしかでしょう。

それから、もう一つ指摘しておきたいのは、この作品に「ウーピール（レ・ファニュの表記は oupire）」が出て来ることです。

ウーピールはスラヴ人やトルコ人の民間伝承に登場する魔物で、「ヴァンピール」の祖形といわれます。英国のロシア学者W・R・S・ロルストンの『ロシアの民話』（一八七三）を引くと――

ロシア帝国で、ヴァンピールの信仰がもっとも盛んな地域は、白ロシアとウクライナである。しかし、おぞましい吸血鬼ウーピール（Upir）――その名は我々の「ヴァンピール」に似たさまざまな形で、実に多くの異国の言語に取り入れられている——は、ロシアの他の多くの地方に住む農民の心を悩ませる。もっとも、上に名前を挙げた地域や、他のスラヴ人の国々の住民の間に広がっている強烈な恐怖を感じさせるほどではないかもしれないが。（前掲書・第五章三二〇—三二一頁より）

レ・ファニュは、たぶん作者として手の内をあまり晒《さら》したくないためでしょう、作中ではウーピールを疫病とも妖怪ともつかないように書いています。そこで、文中には敢えて訳註をつけませんでした。

＊

本訳書の底本には、「チャペリゾッドの幽霊譚」と「幽霊と接骨師」は例のドーヴァー版の『Ghost Stories and Mysteries』を、他は『Best Ghost Stories of J. S. Le Fanu』を用い、適宜べつの版を参照しました。

翻訳に際しては野町二、平井呈一、橋本槇矩、横山潤、江井是仁といった方々の既訳を参照して、大いに助けられました。先人の訳業に深く感謝いたします。そして毎度のことながら、翻訳作業にあれこれと便宜を図って下さった光文社翻訳編集部の皆様に御礼を申し上げます。

シェリダン・レ・ファニュ年譜

一八一四年
八月二八日、ダブリンに生まれる。フルネームはジョーゼフ・トマス・シェリダン・レ・ファニュ。父はトマス・フィリップ・レ・ファニュ、母はエマ・ルクリーシア・ドビンズ。一八一三年に生まれた姉キャサリン・フランシスがいた。

一八一五年　一歳
父トマスがダブリンのフェニックス・パークにある王立ヒベルニア軍学校の施設付き牧師となり、一家はフェニックス・パークに移る。

一八一六年　二歳
弟ウィリアム・リチャード生まれる。

一八二三年　九歳
父トマス、リムリック州アビントンの教区牧師となるが、不住の牧師で、未だダブリンに住み続ける。

一八二六年　一二歳
父はエムリーの地方執事を兼任。家族はアビントンに移る。

一八三一年　一七歳
十分の一税戦争始まる。

一八三二年　一八歳
ダブリンのトリニティ・コレッジに入学。法律や古典を学ぶ。
一八三七年　二三歳
同学で古典の優等学位を取る。
一八三八年　二四歳
「ダブリン大学雑誌」に「パーセル文書」を執筆開始。
一八三九年　二五歳
弁護士の資格を得るも開業せず。
一八四〇年　二六歳
この頃、「ウォーダー」紙の株を買う。
一八四一年　二七歳
姉キャサリン死去。
一八四三年　二九歳
弁護士ジョージ・ベネットの娘スザンナ・ベネットと結婚。
一八四五年　三一歳
父死去。『「雄鶏と錨」亭』初めての長篇。長女エレノア生まれる。この年よりアイルランドの大飢饉。
一八四六年　三二歳
次女エマ生まれる。
一八四七年　三三歳
『トーロー・オブライエンの運命』長篇。長男トマス・フィリップ生まれる。
一八五一年　三七歳
『幽霊譚と謎の話』短篇集。匿名で刊行。
一八五二年　三八歳
カーロウ州からトーリー党の候補として選挙に出馬しようとするが、果たせず。
一八五四年　四〇歳
次男ジョージ・ブリンズリー生まれる。
一八五六年　四二歳
義父が死去し、メリオン・スクエア一八番地の家に住む。
一八五八年　四四歳
妻スザンナ死去。
一八六一年　四七歳
「ダブリン大学雑誌」を買う。母死去。
一八六三年　四九歳
『墓畔の家』長篇。
一八六四年　五〇歳
『ワイルダーの手』長篇。『アンクル・サイラス』長篇。
一八六七年　五三歳
「A Lost Name」を「テンプル・バー」に連載。
一八六九年　五五歳
「緑茶」を「オール・ザ・イヤー・ラウンド」に連載。「ダブリン大学雑誌」を売却。
一八七〇年　五六歳
「ウォーダー」紙を売却。
一八七一年　五七歳
『ゴールデン・フライヤーズ年代記』中長篇三篇を収める。
一八七二年　五八歳
『鏡の中におぼろげに』怪談集。
一八七三年　五八歳
二月一〇日、心臓発作のためダブリンの自宅で死去。

一八八〇年
『パーセル文書』短篇集。
一九二三年
『クロウル奥方の幽霊、その他の謎の物語』M・R・ジェイムズが編んだ短篇集。

訳者あとがき

わたしは明治生まれの祖父母に育てられたため、家でコーヒーというハイカラな飲料を飲んだことがありません。

よそで出て来れば飲みますけれども、コーヒーには今でもあまり関心がなく、お金や手間がかかっても美味しいものを飲みたいと思うのは、お茶です。それも杭州の上等な龍井《ロンジン》茶が一番好きで、新型コロナウイルスの流行以前は毎朝いれておりましたが、このところ買いに行く機会がないので、べつのお茶で我慢しています。

そんな人間からすると、レ・ファニュの「緑茶」は随分と突飛かつ面妖な話です。お茶に何か麻薬でも入っていればべつだけれども、尋常の緑茶を飲んで悪霊に取り憑かれたのでは、たまったものではない。

イギリス人にとって緑茶とはそんなに珍奇なものだったのかと、初めてこの作品を読んだ時はそう思っておりましたが、さにあらず。緑茶を愛飲した英国の文人は結構いることを知りました。

たとえば、チャールズ・ラムがその一人です。彼の『続エリア随筆』に「古陶器《オールド・チャイナ》」という名篇が入っています（岡倉天心の弟、岡倉由三郎はこれを「喫茗瑣談」と題して訳しました）。語り手のエリア氏と従姉のブリジェットは、昼下がりに景徳鎮か何かの茶碗で「熙《き》春《しゅん》」という中国茶を飲みながら昔の思い出話をするのですが、この「熙春」は康熙《こうき》帝に献上されたという高級な緑茶であります。

光文社古典新訳文庫に入っている『白魔』の作者アーサー・マッケンも緑茶党でした。

彼は若い頃、故郷ウェールズからロンドンに出て来て、本のカタログ作りをしたり、家庭教師をしたりしながら、暖炉もない狭い下宿に住み、かつかつの生活を送っていました。所用で我が家に帰った時、彼がパンにバターを塗ることを忘れているのを見て、家族はショックを受けたそうです。

マッケンはロンドンで、そのバターをつけないパンを毎日の夕食にしていましたが、そのくせいつも緑茶を飲み、パイプをふかしていました。これも贅沢貧乏の一種と言えるでしょうか。

ですから、緑茶をテーマにしたアンソロジーを作ることができたら面白いだろうとよく思うのです。その中で、きっとレ・ファニュの作品は異彩を放つことでしょう。

光文社古典新訳文庫

カーミラ　レ・ファニュ傑作選

著者　レ・ファニュ
訳者　南條《なんじょう》 竹則《たけのり》

2023年12月20日　初版第1刷発行
2024年1月20日　第2刷発行

発行者　三宅貴久
印刷　萩原印刷
製本　ナショナル製本

発行所　株式会社光文社
〒112-8011東京都文京区音羽1-16-6
電話　03（5395）8162（編集部）
03（5395）8116（書籍販売部）
03（5395）8125（業務部）
www.kobunsha.com

ISBN978-4-334-10167-1 Printed in Japan

いま、息をしている言葉で、もういちど古典を

長い年月をかけて世界中で読み継がれてきたのが古典です。奥の深い味わいある作品ばかりがそろっており、この「古典の森」に分け入ることは人生のもっとも大きな喜びであることに異論のある人はいないはずです。しかしながら、こんなに豊饒で魅力に満ちた古典を、なぜわたしたちはこれほどまで疎んじてきたのでしょうか。

ひとつには古臭い教養主義からの逃走だったのかもしれません。真面目に文学や思想を論じることは、ある種の権威化であるという思いから、その呪縛から逃れるために、教養そのものを否定しすぎてしまったのではないでしょうか。

いま、時代は大きな転換期を迎えています。まれに見るスピードで歴史が動いていくのを多くの人々が実感していると思います。

こんな時わたしたちを支え、導いてくれるものが古典なのです。「いま、息をしている言葉で」——光文社の古典新訳文庫は、さまよえる現代人の心の奥底まで届くような言葉で、古典を現代に蘇らせることを意図して創刊されました。気取らず、自由に、心の赴くままに、気軽に手に取って楽しめる古典作品を、新訳という光のもとに読者に届けていくこと。それがこの文庫の使命だとわたしたちは考えています。

このシリーズについてのご意見、ご感想、ご要望をハガキ、手紙、メール等で翻訳編集部までお寄せください。今後の企画の参考にさせていただきます。
メール　info@kotensinyaku.jp

光文社古典新訳文庫　好評既刊

新アラビア夜話
スティーヴンスン
南條　竹則
坂本あおい　訳

ボヘミアの王子フロリゼルが見たのは、「自殺クラブ」での奇怪な死のゲームだった。「ラージャのダイヤモンド」をめぐる冒険譚を含む、世にも不思議な七つの物語。

臨海楼綺譚　新アラビア夜話 第二部
スティーヴンスン
南條　竹則　訳

放浪のさなか訪れた「草砂原《リンクス》の楼閣」で一人の女性をめぐり、事件に巻き込まれる表題作を含む四篇を収録の傑作短篇集。第一部収録の前作『新アラビア夜話』と合わせ待望の全訳。

消えた心臓／マグヌス伯爵
M・R・ジェイムズ
南條　竹則　訳

イギリス怪奇小説の巨匠による傑作怪談集。中世の大聖堂や古文書など、ゴシック趣味あふれる舞台を背景に、独特な不気味さが漂うなか、徐々に、そして一気に迫る恐怖を描く。

秘書綺譚　ブラックウッド幻想怪奇傑作集
ブラックウッド
南條　竹則　訳

芥川龍之介、江戸川乱歩が絶賛した怪奇小説の巨匠の傑作短篇集。表題作に古典的幽霊譚や妖精話、詩的幻想作など、主人公ジム・ショートハウスものすべてを収める。全11篇。

怪談
ラフカディオ・ハーン
南條　竹則　訳

「耳なし芳一の話」「雪女」「むじな」「ろくろ首」……。日本をこよなく愛したハーン、日本名小泉八雲が、古来の文献や伝承をもとに流麗な文章で創作した怪奇短篇集。

光文社古典新訳文庫　好評既刊

白《びゃく》魔《ま》

マッケン
南條　竹則　訳

妖魔の森がささやき、少女を魔へと誘う「白魔」や、平凡な銀行員が〝本当の自分〟に覚醒していく「生活のかけら」など、幻想怪奇小説の大家マッケンが描く幻想の世界、全五編！

カンタヴィルの幽霊／スフィンクス

ワイルド
南條　竹則　訳

アメリカ公使一家が買ったお屋敷には頑張り屋の幽霊が……（「カンタヴィルの幽霊」）。長詩「スフィンクス」ほか短篇４作、ワイルドと親友の女性作家の佳作を含むコラボレーション短篇集！

木曜日だった男　一つの悪夢

チェスタトン
南條　竹則　訳

日曜日から土曜日まで、七曜を名乗る男たちが巣くう秘密結社とは？　幾重にも張りめぐらされた陰謀、壮大な冒険活劇が始まる。奇想天外な幻想ピクニック譚！

ねじの回転

ジェイムズ
土屋　政雄　訳

両親を亡くし、伯父の屋敷に身を寄せる兄妹。奇妙な条件のもと、その家庭教師として雇われた「わたし」は、邪悪な亡霊を目撃する。その正体を探ろうとするが——。（解説・松本　朗）

天来の美酒／消えちゃった

コッパード
南條　竹則　訳

小説の〝型〟にはまらない意外な展開と独創性。短篇の職人・コッパードが、「イギリスの奇想、恐怖、不思議」に満ちた物語を詩情とユーモア溢れる練達の筆致で描いた、珠玉の十一篇。